歐陽脩文彙評

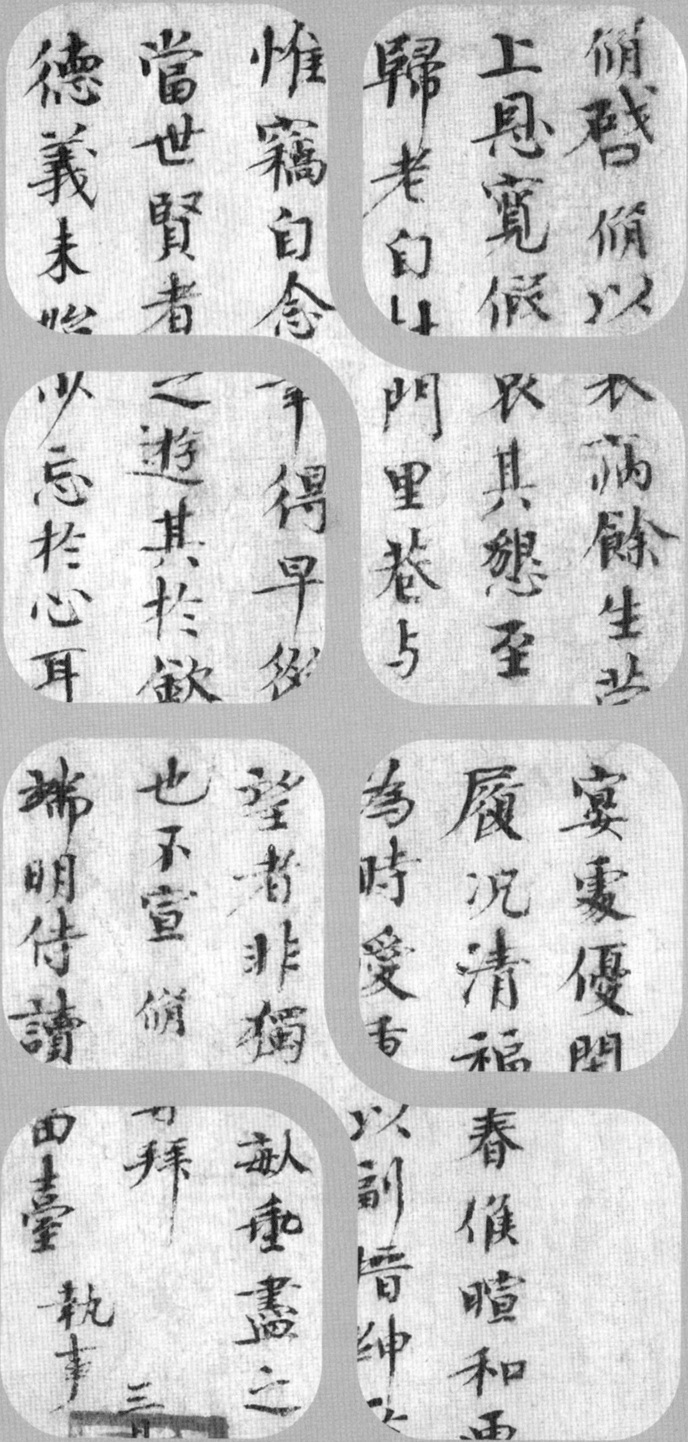

王基倫——著

五南圖書出版公司 印行

序言

歐陽脩，字永叔，晚號六一居士，北宋吉州廬陵（今江西吉安）人。生於眞宗景德四年，卒於神宗熙寧五年（一〇〇七～一〇七二），年六十六。

脩平日博極羣書，早年讀《昌黎文集》，苦心探索，後又與尹洙（一〇〇二～一〇四七）、梅堯臣（一〇〇二～一〇六〇）、蘇舜欽（一〇〇八～一〇四八）交遊，日爲古文詩歌，聲名益顯。他的文章周到完備，平易近人，清新自然，婉轉多姿。無論敘事、說理、記人、狀物，全寫得從容不迫，語近情深，一方面能博辯明快，討論大是大非的道理；另一方面又能委婉詳細，寄託死生契闊的情感，總體形成親切有味的特殊風格。在世時已儼然爲北宋文壇盟主，領導古文的復興，後世以唐代韓、柳及宋代歐陽、曾、王、三蘇合爲八大家。詩詞亦清麗明媚，富有情思。著有《歐陽文忠公集》、《新五代史》、《新唐書》等。

「讀其書，尙想乎其人」。本書選錄歐陽脩的古文名作二十八篇，選文依寫作時間排列，呈現歐陽脩不同階段的生活面貌，並盡量收錄歐陽脩創作的不同文體。通過文本的閱讀理解，希能明白歐陽脩的道德操守，以及處理當代事務的立場，同時能看出他下筆一絲不苟，愼重其事的立言觀念。透過篇章的布局、運筆行氣的轉折、字句寫法的運用，更能明瞭歐陽脩文章中表達出來的寫作技巧，這些技巧至今依然令人佩服。歐陽脩是後人學習的典範，包括立身處世的原則，以及優秀的筆墨情感。

一、古文評點書概況

本書一開始的發想，得自葉百豐（約一九一三～一九八六）編著《韓昌黎文彙評》（正中書局，一九九〇年二月）、胡楚生（一九三六～）編著《韓文選析》（臺灣學生書局，二〇二〇年七月）、《柳文選析》（臺灣學生書局，二〇二〇年七月）的作法，精選古文名家的代表作品數十篇，附上林雲銘（一六二八～一六九七）《古文析義》、吳楚材（一六五五～一七一九）《古文觀止》等書已有的古人閱讀心得，以供讀者參考。起初以爲，搜羅古代選集的評註材料不難，事實並非如此。畢竟費時數年始得完成，頗爲艱苦。

古人閱讀古文的心得，保留在古文的選本。這類古文的選集評注，大多數讀者未曾見過。歷代學者的評點書籍，散落海內外各地，搜羅不盡。而搜羅到的版本，魯魚亥豕，形近訛誤，所在多有。有許多類似樓昉（一一九三年進士）《崇古文訣》、虞集（一二七二～一三四八）《文選心訣》、林雲銘《古文析義》、唐德宜（一八七三年刻本）《古文翼》的典籍，迄今沒有通行的標點本，藏在圖書館的線裝書室內，不見天日。更有許多古書的注解者陳陳相因，抄寫前人的書，反覆引用，在過去沒有著作權觀念的時代，引用前賢說法而未列明來源出處，不但不違法，有時候反而更是一種推崇前賢、流傳前賢優良心得的一種方式。

再看看今人的作法：吳楚材《古文觀止》算是最通行的著作了。這本書被後人不斷地改編出版，卻完全抹去了作者吳楚材原有的評點文字，改換成白話文的注解翻譯本。吳楚材生活在清朝順治、康熙年間，他怎麼可能會寫白話文？也就是說，坊間所看到的吳楚材《古文觀止》，幾乎都不是吳楚材的原作，只是掛上他的名字、採用他的選篇，其他全都亂套了。更有沈德潛（一六七三～一七六九）《八大家文讀本》、余誠（約一六九七～一七六六後）《古文釋義》之類的古書，被大陸學者改成簡體字出版，其中任意刪削文字內容，改頭換面，已非本來面目。

二、本書整理過程

面對上述情形，這本書調整了一些作法：

首先，古文的選集評注我們盡量搜羅。畢竟古人幾乎終身誦讀古文，他們的注解評論，往往比今人來得深入，有助於讀者瞭解古文的義蘊，提升鑑賞古文的能力。

怎麼樣才能讀懂每一篇古文呢？古人的說法是：「讀書百遍，其意自見。」這也是劉勰（約四六五～約五二〇）《文心雕龍．知音》說：「操千曲而後曉聲，觀千劍而後識器」的意思。前人閱讀心得，可供我們借鑑學習。

因此，本書共計搜羅了二十八本古文選集的注解材料。我們先參酌各本書的選文、注釋、評語，加上自己的閱讀經驗，決定好篇章。再來依據南宋周必大（一一二六～一二〇四）所編《歐陽文忠公文集》（四部叢刊本）所附胡柯（一一九五前後）〈廬陵歐陽文忠公年譜〉、近人林逸（一九一五～？）《宋歐陽文忠公脩年譜》、嚴杰（一九五一～）《歐陽脩年譜》、劉德清（一九四九～）《歐陽脩紀年錄》、洪本健（一九四五～）《歐陽脩詩文集校箋》等書，確定各篇選文的寫作時間，據此編排目錄。

每篇文章有題解、正文、隨文夾注、彙評、問題延伸思考等單元。

歐陽脩正文以大字呈現。在正文的前頭，先解說篇題；再將所有古文選集的注解，一一放在正文的下面，以小字呈現。正文分段盡量從寬，因為加入夾注，已拉長文字，為了方便讀者閱讀之故。

搜集歷代古文選本的注解時，將古書中的評注摘錄下來，可以考察歷代讀者研讀歐陽脩文的角度。每條注釋加上人名，依時間先後排列。這裡也補充加入編者的看法。為了不讓文句支離破碎，所有夾注在句中的文字，一律改置當句之末。然後將古文選家對全文的總評，置放在正文之後。

搜羅資料的過程中，尚須比對版本，校勘文字，重新標點句讀，減少文意解讀的錯誤。如果注解者引用了先秦兩漢古籍，說明典故出處，或是人名、帝王年號之類，人人所注相同，由於這些古書已經屬於公共財，《論語》、《孟子》、《莊子》、《史記》、《漢書》……誰都可以引用，因此本書不注明誰先引用，直接還原到古籍原典即可。有些古書評語乃沿用前賢書籍而來，當評注意見明顯陳陳相因時，我們取其最早出現的說法，僅列原創者一人為代表。

序言的最後，列出簡單的接受路線圖，將有明確引用前人說法的路線勾勒出來，可以明顯看出後人是誰引用過前人的說法。譬如桐城派人士沿續師說的作法十分鮮明，反之，非桐城派人士之間也有大量的傳承接受關係。此外，我們列出歐陽脩選文在各家古文選本的入選情形表，以供讀者檢索。

本書所列參考文獻，有一些善本書來自海外，可見評註古籍得來不易。不過，或囿於篇幅所限，或以其理學家的道德氣息濃厚，或因尚未尋得善本，本書未及收入呂留良（一六二九～一六八三）《晚邨先生八家古文精選》、杭永年（？～一七〇九）《古文快筆貫通解》、張伯行（一六五一～一七二五）《唐宋八大家文鈔》、馬寬裕《古文精言》（一七三五成書）、清高宗（一七一一～一七九九）御選《唐宋文醇》、朱宗洛（一七六〇進士）《古文一隅》、李扶九（一八七八前後）《古文筆法百篇》等書的內容。古文評點資料，實難以蒐羅完整。

三、本書的價值

這本書用心於搜集和輸入資料，有其特色，說明如下：

（一）保存許多古書文獻的注解，以及古人對歐陽脩文的評論意見。其中有些內容，十分罕見。

（二）辨識許多古籍文字不清楚處，有些是刻工印刷的手民之誤，有些是板本一再翻刻而漫漶不清。

（三）將所有評注材料依時間先後排列，明顯看出各本書之間的傳承接受概況。其中清代過珙的生卒年在吳楚材之前，然而過珙《古文評註全集》所選蘇軾（一〇三七～一一〇一）〈方山子傳〉一文的評注，曾經明言讀過吳楚材《古文觀止》，而且過珙書確實蒐羅了許多前賢的研究成果，因此本書排列吳楚材在過珙之前。清代儲欣撰述《唐宋八大家類選》、《唐宋十大家全集錄》，茲依據其生平，斷定《類選》在《全集錄》之前。

（四）本書在收錄各家評注時，發現許多後世的編纂者接受了前人的說法，以下我們先標示出有哪些前人影響到後人的現象，以箭頭符號表示：

呂祖謙（東萊）、朱熹→謝枋得（疊山）

呂祖謙→虞集
謝枋得、唐順之（荊川）→茅坤（鹿門）
歸有光（震川）→金聖歎
呂祖謙、樓昉（迂齋）、謝枋得、王鏊（守溪）、唐順之、茅坤、王世貞（鳳洲）、
　孫鑛（月峯）、鍾惺（伯敬）→姚靖（天目）
歸有光→林雲銘（西仲）
呂祖謙、謝枋得、歸有光、金聖歎、林雲銘→吳楚材
朱熹、謝枋得、歸有光、王世貞、金聖歎、林雲銘、吳楚材→過珙（商侯）
謝枋得、林希元、歸有光、茅坤、孫鑛、金聖歎、吳楚材、過珙→孫琮（執升）
茅坤、林雲銘、儲欣（同人）、方苞（望溪）→沈德潛（確士、歸愚）
孫琮、沈德潛→浦起龍
朱熹、虞集、祝堯、茅坤、錢謙益、儲欣、呂葆中、汪份（武曹）、過珙、華希閔、
　沈德潛→秦躍龍
歸有光、金聖歎、林雲銘、儲欣、吳楚材、過珙→余誠（自明）
茅坤、方苞、劉大櫆（海峯）、姚範（薑塢）→姚鼐（惜抱）
沈德潛→賴襄（山陽）

呂祖謙、歸有光、茅坤、金聖歎、林雲銘、儲欣、吳楚材、孫琮、沈德潛、秦躍龍

→唐德宜

林雲銘、儲欣、吳楚材、過珙、沈德潛、唐德宜→宋文蔚

朱熹、茅坤、汪份、沈德潛、劉大櫆、姚範、張英（文端）、曾國藩（文正）、張裕釗（廉卿）、吳汝綸（摯甫）、宋文蔚、姚永樸→李剛己

方苞、姚範、方績、吳汝綸、姚永概、姚永樸、李剛己→吳闓生（北江、辟彊）

歸有光、唐順之、茅坤、方苞、沈德潛、劉大櫆、姚範、方績、姚鼐、張裕釗、吳汝綸、尙秉和、李剛己、吳闓生→高步瀛

方苞、劉大櫆、姚範、方績、姚鼐、張裕釗、吳汝綸、吳闓生→王文濡

歸有光→謝无量

以上是簡明扼要的接受路線圖。首先，後人引用前賢的說法，這是對前賢書籍內容給予肯定，發揚光大前人的說法，有些內容而今已經不容易找到原始出處，譬如沈德潛的說法，有時只見於賴襄、高步瀛的引述，方苞、劉大櫆、姚範、方績、姚鼐和吳汝綸的說法，往往見於桐城派後學李剛己、吳闓生、高步瀛、王文濡等人的引述。後代書籍有保存文獻資料的功勞。

其次，後人引用前賢的說法，也可以看出後代編纂者的用心閱讀，因爲他們篩選出前人的精華，這能幫助今天的讀者更容易讀到原文的奧妙深處。譬如孫琮《山曉閣選古

文全集》、唐德宜《古文翼》、高步瀛《唐宋文舉要》這三本書，都大量吸收了前人成果，他們想盡辦法集大成，而《古文翼》受到林雲銘、吳楚材、孫琮的影響尤大，《唐宋文舉要》受到茅坤、歸有光和桐城派諸君子的影響較深。這說明了評點家也有各自的喜好趨向。

（五）當然，也有些評點者不依傍前人，而是匠心獨運，別出心裁，其中早期的呂祖謙、樓昉、歸有光等人固然如此，到了清代以後，金聖歎、林雲銘、儲欣、方苞、姚鼐，乃至民國時期的唐文治等人，都儼然自成一家，引領風騷，令人爲之鼓掌喝采。因爲古文閱讀者如過江之鯽，各有心得，後人能再出體會，實在不容易。也有如錢基博《模範文選》者，一篇歐陽脩的文章都不入選，實屬罕見特例，箇中原因耐人尋味。

此次書籍的整理工作，動用不少國科會研究計畫的獎助經費，聘請多位臺灣師範大學國文系的學生協助，他們是陳亮汝、王羽禾、黃筠軒、李明霈、江承翰等同學，謹此誌謝。

目錄

《宋史・歐陽脩傳》

歐陽脩，字永叔，廬陵人。四歲而孤，母鄭，守節自誓，親誨之學，家貧，至以荻畫地學書。幼敏悟過人，讀書輒成誦。及冠，嶷然有聲。

宋興且百年，而文章體裁，猶仍五季餘習，鎪刻駢偶，淟涊弗振，士因陋守舊，論卑氣弱。蘇舜元、舜欽、柳開、穆修輩，咸有意作而張之，而力不足。脩遊隨，得唐韓愈遺稿於廢書簏中，讀而心慕焉。苦志探賾，至忘寢食，必欲並轡絕馳而追與之並。

舉進士，試南宮第一，擢甲科，調西京推官。始從尹洙遊，爲古文，議論當世事，迭相師友，與梅堯臣遊，爲歌詩相倡和，遂以文章名冠天下。入朝，爲館閣校勘。

范仲淹以言事貶，在廷多論救，司諫高若訥獨以爲當黜。脩貽書責之，謂其不復知人間有羞恥事。若訥上其書，坐貶夷陵令，稍徙乾德令、武成節度判官。仲淹使陝西，辟掌書記，脩笑而辭曰：「昔者之舉，豈以爲己利哉？同其退不同其進可也。」久之，復校勘，進集賢校理。

慶曆三年，知諫院。時仁宗更用大臣，杜衍、富弼、韓琦、范仲淹皆在位，增諫官員，用天下名士，脩首在選中。每進見，帝延問執政，咨所宜行。既多所張弛，小人翕翕不便。脩慮善人必不勝，數爲帝分別言之。初，范仲淹之貶饒州也，脩與尹洙、余靖皆以直仲淹見逐，目之曰「黨人」。自是，朋黨之論起，脩乃爲〈朋黨論〉以進。其略曰：「君子以同道爲朋，小人以同利爲朋，此自然之理也。臣謂小人無朋，惟君子則有之。小人所好者利祿，所貪者財貨，當其同利之時，暫相黨引以爲朋者，僞也。及其見利而爭先，或利盡而反相賊害，雖兄弟親戚，不能相保，故曰小人無朋。君子則不然，所守者道義，所行者忠信，所惜者名節。以之修身，則同道而相益，以之事國，則同心而共濟，終始如一，故曰惟君子則有朋。紂有臣億萬，惟億萬心，可謂無朋矣，而紂用以亡。武王有臣三千，惟一心，可謂大朋矣，而周用以興。蓋君子之朋，雖多而不厭故也。故爲君但當退小人之僞朋，用君子之眞朋，則天下治矣。」

脩論事切直，人視之如仇，帝獨奬其敢言，面賜五品服，顧侍臣曰：「如歐陽脩者，何處得來？」同修起居注，遂知制誥。故事，必試而後命，帝知脩，詔特除之。

奉使河東。自西方用兵，議者欲廢麟州以省饋餉。脩曰：「麟州，天險，不可廢；廢之，則河內郡縣，民皆不安居矣。不若分其兵，駐並河內諸堡，緩急得以應援，而平時可省轉輸，於策爲便。」由是州得存。又言：「忻、代、岢嵐多禁地廢田，願令民得耕之，不然，將爲敵有。」朝廷下其議，久乃行，歲得粟數百萬斛。凡河東賦斂過重民所不堪者，奏罷十數事。使還，會保州兵亂，以爲龍圖閣直學士、河北都轉運使。陛辭，帝曰：「勿爲久留計，有所欲言，言之。」對曰：「臣在諫職得論事，今越職而言，罪也。」帝曰：「第言之，毋以中外爲間。」賊平，大將李昭亮、通判馮博文私納婦女，脩捕博文繫獄，昭亮懼，立出所納婦。兵之始亂也，招以不死，既而皆殺之，脅從二千人，分隸諸郡。富弼爲宣撫使，恐後生變，將使同日誅之，與脩遇於內黃，夜半，屏人告之故。脩曰：「禍莫大於殺已降，況脅從乎？既非朝命，脫一郡不從，爲變不細。」弼悟而止。

方是時，杜衍等相繼以黨議罷去，脩慨然上疏曰：「杜衍、韓琦、范仲淹、富弼，天下皆知其有可用之賢，而不聞其有可罷之罪，自古小人讒害忠賢，其說不遠。欲廣陷良善，不過指爲朋黨，欲動搖大臣，必須誣以顓權，其故何也？去一善人，而眾善人尚在，則未爲小人之利；欲盡去之，則善人少過，難爲一一求瑕，唯指以爲黨，則可一時盡逐，至如自古大臣，已被主知而蒙信任，則難以他事動搖，惟有顓權是上之所惡，必須此說，方可傾之。正士在朝，羣邪所忌，謀臣不用，敵國之福也。今此四人一旦罷去，而使羣邪相賀於內，四夷相賀於外，臣爲朝廷惜之。」於是邪黨益忌脩，因其孤甥張氏獄傅致以罪，左遷知制誥、知滁州。居二年，徙揚州、潁州。復學士，留守南京，以母憂去。服除，召判流內銓，時在外十二年矣。帝見其髮白，問勞甚至。小人畏脩復用，有詐爲脩奏，乞澄汰內侍爲奸利者。其羣皆怨怒，譖之，出知同州，帝納吳充言而止。遷翰林學士，俾修《唐書》。奉使契丹，其主命貴臣四人押宴，曰：「此非常制，以卿名重故爾。」

知嘉祐二年貢舉。時士子尚爲險怪奇澀之文，號「太學體」，脩痛排抑之，凡如是者輒黜。畢事，向之囂薄者伺脩出，聚譟於馬首，街邏不能制；然場屋之習，從是遂變。

加龍圖閣學士、知開封府，承包拯威嚴之後，簡易循理，不求赫赫名，京師亦治。旬月，改羣牧使。《唐書》成，拜禮部侍郎兼翰林侍讀學士。脩在翰林八年，知無不言。河決商胡，北京留守賈昌朝欲開橫壟故道，回河使東流。有李仲昌者，欲導入六塔河，議者莫知所從。脩以為：「河水重濁，理無不淤，下流既淤，上流必決。以近事驗之，決河非不能力塞，故道非不能力復，但勢不能久耳。橫壟功大難成，雖成將復決。六塔狹小，而以全河注之，濱、棣、德、博必被其害。不若因水所趨，增堤峻防，疏其下流，縱使入海，此數十年之利也。」宰相陳執中主昌朝，文彥博主仲昌，竟為河北患。

臺諫論執中過惡，而執中猶遷延固位。脩上疏，以為「陛下拒忠言，庇愚相，為聖德之累」。未幾，執中罷。狄青為樞密使，有威名，帝不豫，訛言籍籍，脩請出之於外，以保其終，遂罷知陳州。脩嘗因水災上疏曰：「陛下臨御三紀，而儲宮未建。昔漢文帝初即位，以羣臣之言，即立太子，而享國長久，為漢太宗。唐明宗惡人言儲嗣事，不肯早定，致秦王之亂，宗社遂覆。陛下何疑而久不定乎？」其後建立英宗，蓋原於此。

五年，拜樞密副使。六年，參知政事。脩在兵府，與曾明仲考天下兵數及三路屯戍多少、地理遠近，更為圖籍。凡邊防久缺屯戍者，必加搜補。其在政府，與韓琦同心輔政。凡兵民、官吏、財利之要，中書所當知者，集為總目，遇事不復求之有司。時東宮猶未定，與韓琦等協定大議，語在〈琦傳〉。英宗以疾未親政，皇太后垂簾，左右交構，幾成嫌隙。韓琦奏事，太后泣語之故。琦以帝疾為解，太后意不釋，脩進曰：「太后事仁宗數十年，仁德著於天下。昔溫成之寵，太后處之裕如；今母子之間，反不能容邪？」太后意稍和，脩復曰：「仁宗在位久，德澤在人。故一日晏駕，天下奉戴嗣君，無一人敢異同者。今太后一婦人，臣等五六書生耳，非仁宗遺意，天下誰肯聽從。」太后默然，久之而罷。

脩平生與人盡言無所隱。及執政，士大夫有所干請，輒面諭可否，雖臺諫官論事，亦必以是非詰之，以是怨誹益眾。帝將追崇濮王，命有司議，皆謂當稱皇伯，改封大國。脩引〈喪服記〉，以爲：「『爲人後者，爲其父母服』，降三年爲期，而不沒父母之名，以見服可降而名不可沒也。若本生之親，改稱皇伯，歷考前世，皆無典據。進封大國，則又禮無加爵之道。故中書之議，不與眾同。」太后出手書，許帝稱親，尊王爲皇，王夫人爲後。帝不敢當。於是御史呂誨等詆脩主此議，爭論不已，皆被逐。惟蔣之奇之說合脩意，脩薦爲御史，眾目爲奸邪。之奇患之，則思所以自解。脩婦弟薛宗孺有憾於脩，造帷薄不根之謗摧辱之，輾轉達於中丞彭思永，思永以告之奇，之奇即上章劾脩。神宗初即位，欲深護脩。訪故宮臣孫思恭，思恭爲辨釋，脩杜門請推治。帝使詰思永、之奇，問所從來，辭窮，皆坐黜。脩亦力求退，罷爲觀文殿學士、刑部尚書、知亳州。明年，遷兵部尚書、知青州，改宣徽南院使、判太原府。辭不拜，徙蔡州。

脩以風節自持，既數被污衊，年六十，即連乞謝事，帝輒優詔弗許。及守青州，又以請止散青苗錢，爲安石所詆，故求歸愈切。熙寧四年，以太子少師致仕。五年，卒，贈太子太師，謚曰文忠。

脩始在滁州，號「醉翁」，晚更號「六一居士」。天資剛勁，見義勇爲，雖機阱在前，觸發之不顧。放逐流離，至於再三，志氣自若也。方貶夷陵時，無以自遣，因取舊案反覆觀之，見其枉直乖錯不可勝數，於是仰天歎曰：「以荒遠小邑，且如此，天下固可知。」自爾，遇事不敢忽也。學者求見，所與言，未嘗及文章，惟談吏事，謂文章止於潤身，政事可以及物。凡歷數郡，不見治迹，不求聲譽，寬簡而不擾，故所至民便之。或問：「爲政寬簡，而事不弛廢，何也？」曰：「以縱爲寬，以略爲簡，則政事弛廢，而民受其弊。吾所謂寬者，不爲苛急；簡者，不爲繁碎耳。」脩幼失父，母嘗謂曰：「汝父爲吏，常夜燭治官書，屢廢而歎。吾問之，則曰：『死獄也，我求其生，不得爾。』吾曰：『生可求乎？』曰：『求其生而不得，則死者與我皆無恨。夫常求其生，猶失之死，而世常求其死也。』其平居教他子弟，常用此語，吾耳熟焉。」脩聞而服之終身。

爲文天才自然，豐約中度。其言簡而明，信而通，引物連類，折之於至理，以服人心。超然獨騖，眾莫能及，故天下翕然師尊之。獎引後進，如恐不及，賞識之下，率爲聞人。曾鞏、王安石、蘇洵、洵子軾、轍，布衣屏處，未爲人知，脩即遊其聲譽，謂必顯於世。篤於朋友，生則振掖之，死則調護其家。

好古嗜學，凡周、漢以降金石遺文、斷編殘簡，一切掇拾，研稽異同，立說於左，的的可表證，謂之《集古錄》。奉詔修《唐書》紀、志、表，自撰《五代史記》，法嚴詞約，多取《春秋》遺旨。蘇軾敘其文曰：「論大道似韓愈，論事似陸贄，記事似司馬遷，詩賦似李白。」識者以爲知言。

樊侯廟災記

【題解】

本文選自《歐陽文忠公文集》卷六十三，《居士外集》卷十三。

樊侯，名噲，沛人，以屠狗爲業，後隨劉邦起兵反秦，以軍功封舞陽侯，見《史記・樊酈滕灌列傳》。《大清一統志》卷一五〇〈開封府・二〉：「樊將軍廟在滎陽縣縣東南三十里，祀漢樊噲。」

鄭（鄭州屬京西路）之盜，有入樊侯廟刳（ㄎㄨ）神象之腹者。既而大風雨（ㄩˋ）雹（ㄅㄠˊ），近鄭之田麥苗皆死。◯王文濡：兩事適會於一時。人咸駭曰：「侯怒而爲之也。」◯孫琮：敘事起，後發議。◯浦起龍：人駭侯怒，揭辯因。◯宋文蔚：敘明廟災以人言立案。

余謂樊侯本以屠狗立軍功，◯秦躍龍：爲樊侯廟立案。佐沛公至成皇帝，位爲列侯，邑食舞陽，〇《史記・樊酈滕灌列傳》張守節《正義》：「舞陽在許州葉縣東十里。」〇洪本健：鄭與許爲南北相鄰之州。剖符傳封，與漢長久，《禮》所謂有功德於民則祀之者歟！〇《禮記・祭法》：「夫聖王之制祭祀也，法施於民則祀之，以死勤事則祀之，以勞定國則祀之，能禦大菑則祀之，能捍大患則祀之。」〇孫琮：一段言廟食之宜。一層。〇浦起龍：有功宜廟一層。〇宋文蔚：提出「有功德於民」五字，反對題意，即伏下正意。舞陽距鄭既不遠，又漢、楚常苦戰滎陽（宋時屬鄭州，今屬河南）、京（春秋鄭邑，故址在今滎陽東南）、索（古城，故址在今滎陽）間，〇《漢書・項籍傳》：「漢王稍收散卒，蕭何亦發關中卒，悉詣滎陽，戰京、索閒，敗楚。楚以故不能過滎陽而西。」亦侯平生提戈斬級所立功處，〇唐德宜：筆力勁絕。故廟而食之，宜矣。〇儲欣：已上原樊侯之宜廟食。〇孫琮：二層。〇浦起龍：鄭宜有廟一層。〇宋文蔚：此言樊侯有功於鄭，亦反對題意。

方侯之參乘沛公，事危鴻門，振目一顧，使羽失氣，其勇力足有過人者，故後世言雄武稱樊將軍，宜其聰明正直，有遺靈矣。〇孫琮：三層。〇浦起龍：節舉一端，神固非淫昏者，又一層。〇宋文蔚：此言侯之靈聰明正直，益見必不妄作威福，亦反對題意。〇王文濡：辨得近理。然當盜之傳（ㄗˋ）刃（以刀插入）腹中，獨不能保其心腹腎腸哉？〇儲欣：一詰嚴甚。已下俱推衍此意。〇孫琮：辨得的當。〇浦起龍：折轉辯之。而反貽怒於無罪之民，以騁其恣睢（ㄙㄨㄟ，恣意怒視），何哉？〇浦起龍：頂兩「哉」字作朴擊。〇宋文蔚：轉筆反振，領起下文。**豈生能萬人敵，而死不能庇一躬邪？**◯孫琮：三疊。文有光芒萬丈之勢。◯沈德潛：上已斷盡，又起三波。◯秦躍龍：層層辨詰。◯宋文蔚：承上進一層詰難。**豈其靈不神於禦盜，而反神於平民以駭其耳目邪？**◯宋文蔚：承上更進一層詰難。**風霆**（疾雷）**雨雹，天之所以震耀威罰有司者，而侯又得以濫用之邪？**◯姚靖：譏雖過刻，然亦近理。◯孫琮：一段辨風霆雨雹，非侯之能使。◯浦起龍：拈合「風」、「雹」作朴擊。◯宋文蔚：承上詰難，筆法變換。◯王文濡：疑得近理。

蓋聞陰陽之氣，怒則薄而爲風霆，其不和之甚者凝結而爲雹。◯儲欣：此意似主。◯沈德潛：此正論。◯浦起龍：此層折轉爲正解，曉駭者在此。◯宋文蔚：此災之由來是正意。**方今歲且久旱，伏陰不興，壯陽剛燥，**[1]**疑有不和而凝結者，豈其適會民之自災也邪？**◯儲欣：正解。◯孫琮：看得活。◯宋文蔚：前路千迴百折，至此方結明正意，此文章蓄勢法。◯王文濡：以正理譬解斷言。**不然，則喑嗚**（發吁聲）**叱吒**（怒訶），**使風馳霆擊，則侯之威靈暴矣哉！**◯儲欣：掉筆橫絕。◯孫琮：終有不滿之意。◯浦起龍：掉尾奇變。◯宋文蔚：反掉作收，正意更醒。◯王文濡：一收全局俱振。

1 「方今歲且久旱」三句：《資治通鑑長編》卷一一二載：明道二年七月，京東西、河東、陝西等地旱蝗成災，食草木殆盡，而公私乏食。

【彙評】

〔明〕唐順之：文不過三百字，而十餘轉摺，愈出愈奇，文之最妙者也。（《唐宋八大家文鈔·歐陽文忠公文抄》卷二十一引）

〔明〕茅坤：議歸於正，分明是誚讓樊將軍之旨。（《唐宋八大家文鈔·歐陽文忠公文抄》卷二十一）

〔清〕姚靖：轉摺處分明誚讓樊侯意。（《唐宋八大家偶輯》卷七）

〔清〕儲欣：雄辨以釋愚民之惑，大似柳柳州。（《唐宋八大家類選》卷十一）

〔清〕儲欣：奇矯逼柳柳州。○非劾樊將軍也。不如此，不足以解愚夫愚婦之惑。（《唐宋十大家全集錄·六一居士外集錄》卷一）

〔清〕孫琮：此篇大段有二：一段辨禾稼災傷，必非樊侯遷怒，此是明於人道；一段辨風霆雨雹，亦非樊侯所能驅使，此是明於天道。大儒立言有本，能使羣疑盡釋。（《山曉閣選古文全集》卷二十四）

〔清〕沈德潛：辨折鋒快，眞乃比於武事。不如此，不足以破愚民之惑。（《增評八大家文讀本》卷十二）

〔清〕浦起龍：廟災在像，鄭災在苗，本兩事也。人駭，捏作一事。擊侯，正以曉眾也，勿黏死句。（《古文眉詮》卷六十）

〔清〕盧文弨：歐公意，本只謂會民之自災。然徒爲此言，不足解俗人之惑，乃反借樊侯爲辨耳。（《唐宋八大家文鈔．歐陽文忠公文抄》卷二十一引）

〔民國〕宋文蔚：「如此篇〈樊侯廟災〉，起手即將人言「侯怒而爲之」一句，敘明立案。次段言侯之功德，宜在祀典，而其聰明正直又如此，可知必不妄作威福以禍民。第三段又承次段說來，層層詰難，則人言之不足據，不攻自破。末始揭醒己意，所謂「圖窮而匕首見」2也。更以反掉之筆，繳足己意，神完氣足，最擅勝場。（《評註文法津梁》上冊）

〔民國〕宋文蔚：前路寓意含蓄，中間層層駁難，無意不搜，無語不雋，結到正意，反掉作收，一筆束住全篇，是何神勇。（《評註文法津梁》上冊）

〔民國〕宋文蔚：有從題之反面壓者，如前〈樊侯廟災記〉中段云：「《禮》所謂有功德於民則祀之者歟！」又云：「宜其聰明正直，有遺靈矣。」有此兩句，則樊侯之不當爲災自見。……凡此，……皆從本題推高一層立論。（《評註文法津梁》上冊〈高一層壓題〉）

〔民國〕王文濡：義正詞嚴，雪誣闢妄。（《評註古文辭類篹》卷五十四）

2 圖窮而匕首見，語出《戰國策．燕策三》荊軻刺秦王故事。

延伸思考

1.《史記》、《漢書》寫樊噲有哪些故事？

2. 民間常有神明顯靈而降災於老百姓的故事，這些故事發生的原因是否與本文中的樊噲顯靈有些相似？

3. 試說明歐陽脩本文有何啓示意義？

與高司諫書

【題解】

本文選自《歐陽文忠公文集》卷六十七，《居士外集》卷十七。

高若訥（ㄋㄜˋ），字敏之，并州榆次人。歷任監察御史裏行、右司諫、河東路都轉運使、權御史中丞、樞密副使、參知政事等職，官至樞密使。卒謚文莊。《宋史》有傳。

胡柯《盧陵歐陽文忠公年譜》於景祐三年載：「公年三十。是歲，天章閣待制、權知開封府范仲淹言事忤宰相，落職，知饒州。公切責司諫高若訥，若訥以其書聞。五月戊戌，降爲峽州夷陵縣令。」

田況《儒林公議》：「若訥得書，怒甚，乃繳其書，奏之曰：『伏覩勑牓節文，范仲淹言事惑眾，離間君臣，自結朋黨，妄自薦引。及知開封府以來，區斷任情，免勘落天章閣待制，知饒州，及諭中外臣僚事。臣以位備諫列，自仲淹落職之後，諸處察訪端由，參驗所聞，略與勑牓中事符合。臣風聞本人謀事疎濶，及躁憤狂肆，陷於險薄，遂有離間君臣之罪。臣既見朝廷行遣未至過當，固不敢妄有救解也。十六日，有館閣校勘歐陽脩，令人力持書抵臣，言仲淹平生剛正，好學通古今，班行中無與比者。謂臣爲御史裏行日，俯仰默默，無異眾人。責臣今來不能辨仲淹非辜，乃庸人常情，作不才諫官，乃昂然自得，了無愧畏，不敢一言，在其任而不言，便當去之，無妨他人之堪其任者。言臣猶有面目見士大夫，出入朝中稱諫官，及謂臣不復知人間有羞恥事……。臣與歐陽脩交結素疎，未嘗失色，非意凌犯，固不可校。然本人謂范仲淹班行無比，稱其非辜，仍言今日天子、宰相忤意逐賢人，責臣不賢。臣謂賢臣者，國家恃以爲治也。若陛下以忤意逐之，臣合諫諍；宰臣以忤意逐之，臣合論列。以臣愚見，范仲淹頃以論事切直，比來亟加進用，知人之失，堯、舜病諸，忽茲狂言，自取譴辱。寬大之典，固亦有常。脩乃謂之非辜，稱其無比，仍謂天子以忤意逐賢人。誠恐中外聞之，所損不細，臣所以徘徊迫切而不敢自隱也。』事下中書，夷簡乃貶脩爲峽州夷陵令。」

脩頓首再拜白司諫足下：某年十七時，家隨州，見天聖二年（仁宗年號，一〇二四）進士及第牓，始識足下姓名。是時予年少，未與人接，又居遠方，但聞今宋舍人兄弟（宋庠（ㄒㄧㄤˊ）、宋祁）與葉道卿、鄭天休數人者，以文學大有名，號稱得人。而足下厠其間，獨無卓卓可道說者，〇孫琮：可疑者一。予固疑足下不知何如人也。〇姚靖：起手故作疑句，語氣甚激。〇孫琮：篇中以「疑」字、「怪」字、「惜」字數虛字作眼目。

其後更十一年（景祐元年，一〇三四），予再至京師（任職館閣校勘），足下已爲（監察）御史裏行，然猶未暇一識足下之面，但時時於予友尹師魯（洙）問足下之賢否，而師魯說足下正直有學問，君子人也，〇茅坤：揚。予猶疑之。〇孫琮：可疑者一。夫正直者不可屈曲，有學問者必能辨是非，以不可屈之節，有能辨是非之明，又爲言事之官，而俯仰默默，無異衆人，是果賢者邪？此不得使予之不疑也。〇孫琮：委曲詳盡。

自足下爲諫官來，始得相識，侃然正色，論前世事，歷歷可聽，褒貶是非，無一謬說。〇儲欣：小人情狀如此。噫！持此辯以示人，孰不愛之？雖予亦疑足下真君子也。〇孫琮：可疑者一。是予自聞足下之名及相識，凡十有四年，而三疑之。〇儲欣：總。〇孫琮：總束一筆，落出正意。今者推其實迹而較之，然後決知足下非君子也。〇姚靖：快。〇儲欣：一句截。〇沈德潛：以上不甚緊要，文境亦平衍。〇賴襄：篇首至「然後決知足下非君子也」一段，數十頓折，不可謂平衍。

前日（景祐三年五月九日）范希文（仲淹）貶官後，與足下相見於安道（余靖）家，足下詆（毀）誚（譏笑）希文爲人。〇孫琮：指出詆希文一事。予始聞之，疑是戲言，及見師魯，亦說足下深非希文所爲，然後其疑遂決。〇孫琮：了「疑」字。希文平生剛正，好學通古今，其立朝有本末，天下所共知，今又以言事觸宰相得罪。〇李燾《續資治通鑑長編》（以下簡稱《長編》）卷一一八：（景祐三年五月）范仲淹抨擊呂夷簡，「爲四論以獻，一曰帝王好尚，二曰選賢任能，三曰近名，四曰推委，大抵譏指時政。」「夷簡大怒，以仲淹語辨於帝前，且訴仲淹越職言事，薦引朋黨，離間君臣。仲淹亦交章對訴，辭愈切，由是降黜。侍御史韓瀆希夷簡意，請以仲淹朋黨牓朝堂，戒百官越職言事，從之。」◯沈德潛：忤呂夷簡。

足下既不能爲辨其非辜，又畏有識者之責己，◯儲欣：提。遂隨而詆之，以爲當黜。是可怪也。◯儲欣：誅心。◯此處立定罪案，以下層層攻擊總不出此。◯賴襄：不留後段餘地，開口便發露本意，使讀者疑後將何言？然及讀後面，乃更滾滾，是歐公獨擅，正老蘇所謂「意盡語極，急言竭論，而容與閑易」者也。

夫人之性，剛果懦軟，稟之於天，不可勉強，雖聖人亦不以不能責人之必能。今足下家有老母，身惜官位，懼飢寒而顧利祿，不敢一忤宰相以近刑禍，此乃庸人之常情，不過作一不才諫官爾。◯儲欣：惡毒至此。雖朝廷君子，亦將閔足下之不能，而不責以必能也。◯沈德潛：以縱爲擒，以寬爲緊。今乃不然，反昂然自得，了無愧畏，便（ㄆㄧㄢˊ，辯說）毀其賢，以爲當黜，庶乎飾己不言之過。夫力所不敢爲，乃愚者之不逮；以智文（ㄨㄣˋ，文飾）其過，此君子之賊也。◯姚靖：更快。◯孫琮：披剝幾無餘地。◯賴襄：「是可怪也」、「此君子之賊也」二段，責高正面議論。

且希文果不賢邪？◯儲欣：此段攻擊最猛。◯大展辨力。自三四年來，從大理寺丞至前行員外郎，作待制日，日備顧問，歐陽脩〈資政殿學士戶部侍郎文正范公神道碑銘〉謂仲淹：「以大理寺丞爲秘閣校理。以言事忤章獻太后旨，通判河中府。」《長編》卷一◯八指明，時爲天聖七年（一〇二九）冬。又《長編》卷一一六載景祐二年（一〇三五）三月，范仲淹出任禮部員外郎、天章閣待制。同書卷一一七載同一年十二月，仲淹改任「吏部員外郎、權知開封府。」洪本健：「宋六部分三行，吏部、兵部爲前行，户部、刑部爲中行，禮部、工部爲後行。」綜上可知，仲淹「從大理寺丞至前行員外郎」非三四年來事，乃六年間之事。今班行中無與比者。是天子驟用不賢之人？夫使天子待不賢以爲賢，是聰明有所未盡。◯孫琮：又將希文賢不賢，辨駁一番。足下身爲司諫，乃耳目之官，當其驟用時，何不一爲天子辨其不賢，反默默無一語，待其自敗，然後隨而非之？◯孫琮：客意。若果賢邪，則今日天子與宰相以忤意逐賢人，足下不得不言。◯孫琮：主意。是則足下以希文爲賢，亦不免責；以爲不賢，亦不免責，◯姚靖：責得無辭。◯孫琮：真無詞以解。大抵罪在默默爾。◯茅坤：結。◯賴襄：以上以范之「賢」、「不賢」兩意雙敲，而歸到「默默」。

昔漢殺蕭望之與王章，◯茅坤：此一段，借古人事發今人情。◯儲欣：已上破其飾非，隨借漢事爲證。◯洪本健：蕭望之，字長倩，漢宣帝時，嘗以儒家經典教授太子。元帝即位後，甚受尊重。後因反對宦官弘恭、石顯爲中書令，遭誣陷，被迫自殺。事見《漢書·蕭望之傳》。王章，字仲卿，以直言出名。漢元帝時爲左曹中郎將，因抨擊石顯被罷官。成帝時任京兆尹，不滿外戚大將軍王鳳專權，奏請罷之，遭忌恨，下獄而死。事見《漢書·王章傳》。計其當時之議，必不肯明言殺賢者也，◯儲欣：證。必以石顯、王鳳爲忠臣，◯洪本健：石顯，字君房，宦官。宣帝時爲僕射，弘恭死，代爲中書令。元帝時擅朝中大權，蕭望之等大臣遂遭陷害。成帝時被免官，徙歸故郡，死於道中。事見《漢書．佞幸傳》。王鳳，字孝卿，漢成帝元舅，爲大司馬、大將軍、領尚書事，權傾一時。事見《漢書．元后傳》。望之與章爲不賢而被罪也。○儲欣：大難爲時相。今足下視石顯、王鳳果忠邪？望之與章果不賢邪？當時亦有諫臣，必不肯自言畏禍而不諫，亦必曰當誅而不足諫也。○儲欣：無中生有。今足下視之，果當誅邪？是直可欺當時之人，而不可欺後世也。今足下又欲欺今人，而不懼後世之不可欺邪？況今之人未可欺也。○姚靖：轉得靈捷。○孫琮：詞氣嚴毅。○沈德潛：句句折，是歐公擅長。○賴襄：引古事，影前文，「論前世事，歷歷可聽」。「況今之人」一句，絕妙。

伏以今皇帝（仁宗）即位已來，進用諫臣，容納言論。如曹脩古、劉越，○洪本健：曹修古，字述之，嘗任監察御史等職。劉太后臨朝時，遇事敢言，無所畏忌。劉越，字子長，嘗爲秘書丞，與滕宗諒上書，請劉太后還政。仁宗親政時，二人已故，分別贈以右諫議大夫、右司諫以褒揚之。事見《宋史．曹修古傳》、《宋史．滕宗諒傳》。雖歿猶被褒稱。今希文與孔道輔，皆自諫諍擢用。○洪本健：范仲淹與孔道輔嘗因諫廢郭后被貶。據《長編》卷一一七載，景祐二年，仲淹擢爲吏部員外郎、權知開封府，孔道輔爲龍圖閣直學士。孔道輔，字原魯，孔子四十五世孫。以剛毅諒直聞名，官至御史中丞。足下幸生此時，遇納諫之聖主如此，猶不敢一言，何也？○孫琮：一段責其有負賢君。前日又聞御史臺牓朝堂，戒百官不得越職言事，是可言者惟諫臣爾。若足下又遂不言，是天下無得言者也。足下在其位而不言，便當去之，無妨他人之堪其任者也。〇孫琮：一段責其有忝官職便當去位。

昨日安道貶官，〇洪本健：據《長編》卷一一八，余靖時爲秘書丞、集賢校理，因諫阻貶斥仲淹，落職，監筠州酒稅。師魯待罪，〇洪本健：《長編》卷一一八載尹洙上言：「臣常以范仲淹直諒不回，義兼師友。自其被罪，朝中多云臣亦被薦論，仲淹既以朋黨得罪，臣固當從坐……。況余靖素與仲淹分疏，猶以朋黨得罪，臣不可幸於苟免。乞從降黜，以明典憲。」遂亦貶監郢州酒稅。足下猶能以面目見士大夫，出入朝中稱諫官，是足下不復知人間有羞恥事爾！〇沈德潛：快絕。所謂顏之厚也。所可惜者，聖朝有事，諫官不言，而使他人言之，書在史冊，他日爲朝廷羞者，足下也。〇孫琮：似痛似惜。〇賴襄：以上極其痛罵。以下稍一弛之，已而又大張一語，出自己身當之，振起全勢。

《春秋》之法，責賢者備。〇《新唐書．太宗紀贊》云：「《春秋》之法，常責備於賢者。」今某區區猶望足下之能一言者，不忍便絕足下，而不以賢者責也。〇孫琮：以寬一步看緊。若猶以謂希文不賢而當逐，則予今所言如此，乃是朋邪之人爾。願足下直攜此書於朝，〇茅坤：過激。使正予罪而誅之，使天下皆釋然知希文之當逐，亦諫臣之一效也。〇儲欣：激甚。〇孫琮：見得此書非一人私言，可公之朝堂，可公之天下，何等氣骨！〇沈德潛：憤激至此。語云：「怒不作書」，洵然。〇若訥果以此書上聞，歐公遂落館職，責授夷陵令，尹洙亦貶官。◯秦躍龍：尖冷。◯亦事勢不得不趕到此地步，非過激也。

前日足下在安道家，召予往論希文之事，時坐有他客，不能盡所懷，故輒布區區，伏惟幸察。不宣。脩再拜。

【彙評】

〔明〕茅坤：歐公惡惡太過處，使在今日，恐不免國武子之禍也。（《唐宋八大家文鈔・歐陽文忠公文抄》卷十）

〔清〕姚靖：有三代遺直。（《唐宋八大家偶輯》卷七）

〔清〕儲欣：憤其詆誚范公，而移書責之，非冀其尚能一言以救也，故書詞激直無款曲。然歐公用此竄斥，而其文亦遂與日月爭光，憤以義動，亦何負於人哉？◯義動於中，則言激於外，公固不能自制也。使若訥僅中人，稍有廉恥，公此書仍可無事。（《唐宋八大家類選》卷九）

〔清〕儲欣：直詆希文以自飾其不諫，公所以義激於中，髮上指冠也。怒罵之文，辭氣砢磊不平，而文章仍有法度。（《唐宋十大家全集錄・六一居士外集錄》卷一）

〔清〕呂葆中：高若訥，字敏之，官至尚書左丞，史傳頗稱之。王聞修《續編》，謂：「其餘無他過，止以此書奏貶歐公，不合人意耳。」然歐公此事原非中道，故晚年編集亦去此篇，余謂：見此書而不肯屈服，則其人概可知矣。（《唐宋八大家文選》卷十四引）

〔清〕孫琮：通篇切責司諫，純作嚴毅之筆。起手設二層疑案，而斷以決非君子，已咄咄逼人。

以後責其爲君子之賊，責其罪在默默，責以人不可欺，責以不知羞恥，責以爲朝廷羞，層層敲擊，幾無剩隙。至今讀之，猶覺通身汗下，不知司諫當日竟何以爲顏？（《山曉閣選古文全集》卷二十三）

〔清〕方苞：歐公苦心韓文，得其意趣，而門徑則異。韓雄直，歐變而紆餘；韓古朴，歐變而美秀。惟此篇骨法形貌，皆與韓爲近。（《古文約選．歐陽永叔文約選》）

〔清〕沈德潛：此石守道〈四賢一不肖〉之詩所由作也。稜角峭厲，略無委曲，憤激於中，有不能遏抑者耶？而歐公亦貶斥矣。○公是年只三十歲，氣盛，故言言憤激，不暇含蓄。（《增評八大家文讀本》卷十一）

〔清〕秦躍龍：〈上范書〉切至，〈與高書〉憤激，要皆是嚴氣正性，噴礴而成，亦諫官之左右座銘也。（《唐宋八大家文選》卷十四〈歐陽廬陵文五〉）

〔日本〕賴襄：當面搶白唾罵之文，古今來第一快絕書牘也。（《增評八大家文讀本》卷十一）

〔日本〕賴襄：文有當含蓄者，有當發露者。必以含蓄爲貴，不知文者論耳。（《增評八大家文讀本》卷十一）

〔民國〕陳曾則：以公論，以私論，均不免責，面面俱到。雖非問答體，然用意與〈爭臣論〉相類。（《古文比》卷二）[1]

1 陳曾則《古文比》卷二，引自洪本健：《歐陽脩資料彙編》，下冊，一三四二頁。

延伸思考

1. 高若訥之爲人究竟如何？查找高若訥的生平事迹，思考歐陽脩對他的批評是否過於苛責？
2. 范仲淹乃「天下第一清流人物」，備受世人讚譽。爲何北宋同時有人批評反對范仲淹呢？
3. 蘇洵〈上歐陽內翰書〉說：「孟子之文，語約而意盡，不爲巉刻斬絕之言，而其鋒不可犯。韓子之文，如長江大河，渾浩流轉，魚黿蛟龍，萬怪惶惑，而抑遏蔽掩，不使自露，而人望見其淵然之光，蒼然之色，亦自畏避，不敢迫視。執事之文，紆餘委備，往復百折，而條達疏暢，無所間斷。氣盡語極，急言竭論，而容與閑易，無艱難勞苦之態。此三者，皆斷然自爲一家之文也。」試由〈與高司諫書〉一文，證明蘇洵的說法可信。
4. 請將韓愈〈爭臣論〉拿來與歐陽脩此文對讀，並說明韓文與歐文相似處何在？

讀李翺文

【題解】

本文選自《歐陽文忠公文集》卷七十三，《居士外集》卷二十三。

李翺（七七四～八三六），字習之，唐汴州陳留縣（今河南開封）人。韓愈女婿，能學習韓文平易近人的風格。德宗貞元十四年（七九八）進士，著有〈復性書〉，啓迪北宋學風。

予始讀翺〈復性書〉三篇，○孫琮：陪。曰：此《中庸》之義疏爾。○儲欣：大詞人之意具見。智者誠其性，當讀《中庸》；愚者雖讀此，不曉也，不作可焉。○金聖歎：頓挫。○林雲銘：初讀不見所長。○儲欣：抑。又讀〈與韓侍郎薦賢書〉，○孫琮：再陪。以謂翺特窮時，憤世無薦己者，故丁寧如此；使其得志，亦未必然。◯儲欣：抑。以韓爲秦、漢間好俠行義之一豪雋，亦善論人者也。◯金聖歎：頓挫。◯林雲銘：「秦、漢間好事行義」句，乃時人評翺之詞，再讀亦不見所長。◯先抑二段，起下文。最後讀〈幽懷賦〉，然後置書而歎，◯金聖歎：寫得鬱勃淋漓之甚。◯孫琮：前有兩層頓挫，方顯第三層感歎之意。◯唐德宜：方言哀而已歎。歎已，復讀不自休。◯金聖歎：鬱勃淋漓之甚。恨翺不生於今，不得與之交；又恨予不得生翺時，與翺上下其論也。◯金聖歎：鬱勃淋漓之甚。爲有如此鬱勃淋漓，故前先作兩頓挫也。◯林雲銘：千古凡有兩個憂時之人，生不同時，豈不爲恨。◯上二段先按而後斷，此段先贊過而後舉其所讀之詞，乃作文取勢定法也。◯儲欣：揚。◯孫琮：尤見情深。

凡昔翺一時人，有道而能文者，莫若韓愈。◯樓昉：借韓愈一邊形迹出來。愈嘗有賦矣，不過羨二鳥之光榮，歎一飽之無時爾。◯韓愈〈感二鳥賦〉：貞元十一年，五月戊辰，愈東歸。癸酉，自潼關出，息於河之陰。時始去京師，有不遇時之歎。見行有籠白烏、白鸜鵒而西者，號於道曰：「某土之守某官，使使者進於天子。」東西行者皆避路，莫敢正目焉。」◯謝枋得：愈因爲賦，以自悼其不遇於時也。此其心使光榮而飽，則不復云矣。◯樓昉：斷愈之失。◯金聖歎：意思欲擡李，卻不顧捺韓至此。◯林雲銘：愈不遇東歸，見有進白烏、白鸜鵒者，作〈感二鳥賦〉以自悼，有「二鳥蒙恩」與「飽食有數」等語。◯再襯一段作波，然亦太難爲韓矣。◯儲欣：又抑韓以揚李。若翺獨不然，◯孫琮：意欲擡李，卻不顧捺韓，亦是文家擒題法。其賦曰：「衆囂嚚而雜處兮，咸歎老而嗟卑。◯林雲銘：止以年老位卑不能致身顯貴爲憂。視予心之不然兮，慮行道之猶非。」◯林雲銘：縱能行其道，猶恐不能有補於國。◯賦之詞。又怪「神堯以一旅取天下，後世子孫不能以天下取河北，以爲憂。」◯謝枋得：賦之詞止此。◯金聖歎：舉李文畢。◯林雲銘：神堯，唐高祖號。穆宗二年，再失河朔，迄於唐亡，不能復取。◯賦中之意。◯秦躍龍：「憂」字是眼目。嗚呼！使當時君子，◯樓昉：就翱一句上斡轉。皆易其歎老嗟悲之心，[1]爲翱所憂之心，則唐之天下豈有亂與亡哉？◯金聖歎：助李慟哭。◯林雲銘：見唐臣中無有如翱存心者。◯已上贊翱文畢。◯孫琮：鬱勃淋漓。

然翱幸不生今時，◯謝枋得：一轉纔是公本色。◯孫琮：承上一轉，忽入險際。見今之事，則其憂又甚矣。◯金聖歎：已上全說李，至此忽然轉筆說今日，奇怪，奇怪。◯秦躍龍：滿肚皮不合時宜，特借翱發論。◯王基倫：承上啓下，幾乎無法分斷。奈何今之人不憂也？◯金聖歎：竟撇過李，竟自說心頭事，奇怪。◯林雲銘：如契丹、趙元昊等，皆所當憂。余行天下，見人多矣，脫有一人能如翱憂者，又皆賤遠，與翱無異。◯謝枋得：必有指，豈公自謂耶？◯金聖歎：實實有之。先生豈虛虛弄筆作文而已？然文實已入妙。◯林雲銘：雖憂不能用力。其

1 悲，一作「卑」。

餘光榮而飽者，○孫琮：應得閒而奇。**一聞憂世之言，不以爲狂人，則以爲病癡子，不怒則笑之矣。**○金聖歎：實實有之。被先生不顧面皮，都與寫出。○林雲銘：以爲狂，故怒；以爲癡，故笑。千古肉食輩俱是一副肚腸、一樣臉嘴。**嗚呼！在位而不肯自憂，又禁他人，使皆不得憂，可歎也夫！**○樓昉：收拾在此數字。○金聖歎：胡可勝歎！重言以結。只說自己心頭事，竟不復顧李文，奇怪。○林雲銘：已上因翺之憂時，轉入在位之不憂，發出感慨，是此篇正意。**景祐三年十月十七日，歐陽脩書。**

【彙評】

〔宋〕朱熹：歐公文字敷腴溫潤，惟〈讀李翺文〉其味黯然而長，其光油然而幽，俯仰揖讓，有執事之態；悲歌慷慨，有嫉世之思。（《文章軌範》卷五引）[2]

〔宋〕樓昉：文有離合，收拾在後面數語上，亦有感之言也。（《崇古文訣》卷十九）

〔明〕歸有光：感慨悲憤，其深情都在時事上。（《歐陽文忠公文選》卷十）

〔明〕茅坤：其結胎全在感當時事上，歸重於憤世。（《唐宋八大家文鈔．歐陽文忠公文抄》卷三十二）

〔清〕金聖歎：說李文處，備極頓挫鬱勃之妙。至後幅，竟純訴自己胸前眼前，有如許可恨事。至於不啻口出，此眞大臣憂時之言，非率爾信筆題署也。（《天下才子必讀書》卷十三）

〔清〕林雲銘：宋寶元以後，契丹方熾，元昊繼興。岌岌之勢，其可憂比唐尤甚。無奈韓、范諸君子負天下重望者，皆以夏竦之奸，不能安其位。時在朝諸臣，偷得一時粗安。厝火積薪，亦非純不知畏，以身在局中，一涉憂世之言，便有許多碍上碍下處，比不得疏遠之人，置身局外，可以肆臆而談也。然時事至此，益不可問矣。是篇雖贊李翺，卻是借李翺作個引子，把自己一片憂時熱腸血淚，向古人剖露揮灑耳。文之曲折感愴，能令古來誤國庸臣，無地生活。（《古文析義》二編卷七）

〔清〕儲欣：賈生厝火積薪之憂，千古一致。（《唐宋十大家全集錄．六一居士外集錄》卷一）

〔清〕孫琮：廬陵觸目時艱，寄語李君。妙在前幅將〈復性書〉、〈薦賢書〉二段陪出〈幽懷賦〉，中幅又將韓昌黎陪出李翺，皆是文章絕妙波瀾。後幅譏刺時人，眞覺肉食者鄙，不可與謀，而哀音淒惻，騷情雅致，殆能兼之。（《山曉閣選古文全集》卷二十四）

〔清〕唐德宜：公非左韓而右李，但借「歎老嗟卑」數語，發出胸中不可一世之意。情詞悲壯，寄慨無窮。（《古文翼》卷七）

---

2 「歐公文字敷腴溫潤」，此句出自《朱子語類》卷一三九〈論文上〉。「惟〈讀李翺文〉」數句，來自蘇洵〈上歐陽內翰第一書〉：「惟李翺之文，其味黯然而長，其光油然而幽，俯仰揖讓，有執事之態」。末二句不知所出。

延伸思考

1. 歐陽脩對韓愈、李翱的個別評價如何？有無高下之分？原因何在？
2. 蘇洵〈上歐陽內翰書〉說：「惟李翺之文，其味黯然而長，其光油然而幽，俯仰揖讓，有執事之態。」試說明歐陽脩文與李翺文的相同處有哪些？

答吳充秀才書

【題解】

本文選自《歐陽文忠公文集》卷四十七，《居士集》卷四十七。

吳充（一〇二一～一〇八〇），字仲卿，北宋名臣。仁宗景祐五年（一〇三八）進士。神宗時進樞密使，代王安石為相，反對王安石變法。《宋史》有傳。

脩頓首白先輩吳君足下：〇沈德潛：唐時稱舉於鄉者曰先輩，此仍其稱。前辱示書及文三篇，發而讀之，浩乎若千萬言之多，及少定而視焉，纔數百言爾。〇金聖歎：寫得奇妙。惟司馬子長寫來有此奇妙。〇儲欣：文章佳境。〇秦躍龍：文字佳境。非夫辭豐意雄，霈然有不可禦之勢，何以至此？〇孫琮：首贊美其文。然猶自患倀倀（彳尢）莫有開之使前者，此好學之謙言也。〇金聖歎：先曲折贊之。〇孫琮：何等曲折。

脩材不足用於時，仕不足榮於世，其毀譽不足輕重，氣力不足動人。世之欲假譽以爲重，借力而後進者，奚取於脩焉？○金聖歎：次曲折自敘。○孫琮：次自謙。先輩學精文雄，其施於時，又非待脩譽而爲重、力而後進者也。然而惠然見臨，若有所責，得非急於謀道，不擇其人而問焉者歟？○金聖歎：次曲折謝之。○下方發論。○孫琮：出「道」字，筆力深曲。○姚永樸：以上論所示文，並謝來問之意。

夫學者未始不爲道，而至者鮮焉。○孫琮：以下方入議論。非道之於人遠也，學者有所溺焉爾。○金聖歎：先論道。蓋文之爲言，難工而可喜，易悅而自足。○茅坤：此歐陽公得力後的剖分。世之學者往往溺之，一有工焉，則曰：「吾學足矣。」甚者至棄百事不關於心，曰：「吾文士也，職於文而已。」此其所以至之鮮（ㄒㄧㄢˇ）也。○金聖歎：次論文。○孫琮：一段言學者溺於文。○沈德潛：痛爲文人下針砭。○秦躍龍：切中學者之病。○賴襄：今日亦有是等人。文士自居猶可鄙，況詩人自任，以詩爲絕大事業者乎？○姚永樸：以上言文必本於道，學不可有所溺。

昔孔子老而歸魯，○孫琮：引孔、孟，是足於道者。六經之作，數年之頃爾。○金聖歎：妙，妙。然讀《易》者如無《春秋》，讀《書》者如無《詩》，○沈德潛：言求之專。何其用功少而至於至也！○金聖歎：妙，妙。聖人之文雖不可及，然大抵道勝者，文不難而自至也。○金聖歎：論道與文，必歸孔子，所以折衷也。故孟子皇皇不暇著書，荀卿蓋亦晚而有作。○金聖歎：帶孟、荀，妙，妙。只求道足，未嘗求文。若子雲（揚雄）、仲淹（王通），方勉焉以模言語，此道未足而彊言者也。○金聖歎：揚、王，道不足也，非文不足。○孫琮：引二人是溺於文者。後之惑者，徒見前世之文傳，以爲學者文而已，故愈力愈勤而愈不至。此足下所謂終日不出於軒序，不能縱橫高下皆如意者，道未足也。○孫琮：一段反覆言道之足不足，以總束上文意。若道之充焉，雖行乎天地，入於淵泉，無不之也。○金聖歎：反覆只是勉其求道。○賴襄：至言確論。○姚永樸：以上歷引古人，以申前說。

先輩之文浩乎霈然，可謂善矣。而又志於爲道，猶自以爲未廣，若不止焉，孟、荀可至而不難也。○金聖歎：再贊之。○孫琮：一段許吳充。○沈德潛：無論孟子，荀亦不易至也。脩學道而不至者，然幸不甘於所悅而溺於所止，○金聖歎：再自敘。因吾子之能不自止，又以勵脩之少進焉。○孫琮：一段自許。幸甚幸甚！○茅坤：收前文，又安頓自家地步。○金聖歎：再謝之。○姚永樸：以上又繳前「難工可喜，易悅自足」二語，以致相勉之意。脩白。

【彙評】

〔明〕茅坤：論爲文本乎學道，道勝者文不難而自至，最是確論。（《唐宋八大家文鈔·歐陽文忠公文抄》卷十一）

〔清〕金聖歎：卓然有主於胸中，而筆底又能行之以清折。看他筆筆清深，筆筆曲折。（《天下才子必讀書》卷十三）

〔清〕儲欣：爲文士猛下一鞭。（《唐宋十大家全集錄·六一居士全集錄》卷五）

〔清〕孫琮：通篇是說道足而文自生，持此立論，便已探驪得珠。前三段是敘其來意而答之，至中幅，方說學者不求道而溺於文，下引孔、孟以證足於道而不溺於文者，引子雲、仲淹以證道不足而溺於文者，後又反覆以明道之足不足，而一以許充，一以自許，情文周匝，極謀篇之勝。（《山曉閣選古文全集》卷二十三）

〔清〕沈德潛：道不足則溺於文，引孔、孟以證，見足於道者，不求文而文自至也。夫道不足而強言且不可，況裂文與道而二之乎？讀「難工可喜，易悅自足」二語，爲之爽然。〇韓子云：「約六經之旨而成文。」1柳子云：「文以行爲本，在先誠其中。」2夫六經之旨，道也；先誠其中者，道也。合之此書，學者不當從事於語言之末矣。（《增評八大家文讀本》卷十一）

〔民國〕姚永樸：歐公此篇，以道爲文之本，言之至爲懇切。蘇子瞻〈祭公夫人文〉又述公語云：「我所爲文，必與道俱。見利而遷，則非我徒。」夫公豈自託於道以爲高哉？蓋道不足而彊言之無關於道者，固不足以行遠；即滿紙皆格、致、誠、正無論，言修、齊、治、平，亦不過子雲之《法言》、仲淹之《中說》已耳，雖文與之抗，識者猶譏之，而況下焉者乎？大抵道非可以僞託者也，必也體之於身，本其身之所閱歷者以爲言，而後眞摯周密，足以動人，匪是亦不過剽竊焉耳，模擬焉耳，烏足道哉！

試觀昌黎文起八代之衰，考其所言，曰：「仁義之人，其言藹如也。」曰：「無誘於勢利。」曰：「不志乎利。」曰：「凡君子行己立身，自有法度。聖賢事業，具在方冊，可效可師。仰不愧天，俯不怍人，內不愧心。」曰：「君子病乎在己，而順乎在天。」曰：「古之人四十而仕，其行道爲學既已大成，而又兀兀不倦，故其事業功德，老而益明，死而益光；今之人務利而遺道，其學其問，以之取名致官而已。得一名，獲一位，則棄其業而役，役於持權者之門，故其事業功德日以忘，月以削，老而益昏，死而遂亡。」其與歐公所言，先後若合符節，[3]然則以文章自喜者，亦可以恍然悟矣。

1 「約六經之旨而成文」，語出韓愈〈上宰相書〉。

2 「文以行爲本，在先誠其中」，語出柳宗元〈報袁君陳秀才避師名書〉。

3 若合符節，原作「若分符節」，文理不通。《孟子．離婁下》：「得志行乎中國，若合符節，先聖後聖，其揆一也。」宋．陸九淵〈與曾宅之書〉：「古聖賢之言，大抵若合符節。」據此改易。

至此篇謂「文之爲言，難工而可喜，易悅而自足」，此數語實洞見文人膏肓之病，非於此中有甘苦者，殆不能言。又云：「甚者棄百事不關於心，曰：『吾文士也，職於文而已。』」此尤文人見詬於世之所由來。考歐公與人言，喜及吏事，而略於文章，嘗曰：「文章只可潤身，政事可以及物。」嗚呼！公之所以能越世高談自開戶牖者，夫豈無本原也歟！

（《國文學》卷下）

延伸思考

1. 孔子的文學觀念如何影響至歐陽脩？
2. 韓愈、柳宗元都主張「文以明道」，歐陽脩和他們有何異同？
3. 道德與文章的關係，北宋古文家和道學家的立場有何異同？
4. 傳統中國具有連續型的文化性格，這在「道」與「文」的關係上表現得很明顯。歐陽脩〈答吳充秀才書〉在「道」與「文」之間又加上了「事」，這種創新說法有無依據？一般情況下，面對傳統講究權威、連續型的態勢，我們當如何從中提出新義？

張子野墓誌銘

【題解】

本文選自《歐陽文忠公文集》卷二十七，《居士集》卷二十七。讀本文可與〈河南府司錄張君墓表〉合參。

張先，字子野，仁宗寶元二年（一〇三九）卒，歐陽脩摯友。

吾友張子野既亡之二年，其弟充以書來請曰：「吾兄之喪，將以今年三月某日葬於開封，不可以不銘，銘之莫如子宜。」◯林雲銘：敘請銘書詞。嗚呼！予雖不能銘，◯孫琮：發端妙。然樂道天下之善以傳焉，◯唐德宜：一層。況若吾子野者，非獨其善可銘，又有平生之舊、朋友之恩，◯唐德宜：二層。與其可哀者，◯唐德宜：三層。皆宜見於予文，宜其來請於予也。◯林雲銘：敘己當得銘子野。◯

已下皆從此數句中發出。○儲欣：挈。○孫琮：敘出作銘之故，總挈一篇。○沈德潛：提挈全篇。○浦起龍：先生作誌版，工於提挈，曰「其善」，曰「平生朋友」，曰「可哀」，全篇在握。○秦躍龍：總挈。○王文濡：崛起下文。○高步瀛：以上子野之卒宜銘。

初，天聖九年（仁宗年號，一〇三一），予爲西京（洛陽）留守推官，是時陳郡謝希深（謝絳，九九四～一〇三九）、南陽張堯夫（張汝士，九九七～一〇三三）與吾子野，尚皆無恙。○儲欣：敘生平之舊，將謝、張二人伴講。○平生之舊，朋友之恩。○孫琮：一段承記朋友之恩。○秦躍龍：引二人陪説。○王文濡：敘出平生之舊。於時一府之士，皆魁傑賢豪，日相往來，飲酒歌呼，上下角逐，爭相先後，以爲笑樂，○浦起龍：首述平生朋友兼帶謝、張諸人，便增得文酒高會，多少興寄色態。○唐德宜：寫歡聚時，淋漓盡致。而堯夫、子野退然其間，不動聲氣，衆皆指爲長者。○茅坤：主、客並行，纏綿不忍置。○賴襄：非故爲變態，其可銘處在此，故詳敘之。予時尚少，心壯志得，以爲洛陽東西之衝，賢豪所聚者多，爲適然耳。○林雲銘：敘子野盛時，應上「平生之舊、朋友之恩」句。○孫琮：反振下文，頓挫沉著。○唐德宜：曲筆敏妙。其後去洛，來京師，南走夷陵，並江、漢，其行萬三四千里，山砠水厓，窮居獨遊，思從曩人，邈不可得。○孫琮：今昔盛衰之感，言之涕零。○唐德宜：寫得離散寂寞無聊。然雖洛人至今皆以謂無如嚮時之盛，○儲欣：急轉。然後知世之賢豪不常聚，而交遊之難得爲可惜也。○林雲銘：以「不常聚」起下感慨。○儲欣：一層。○孫琮：感慨係之。○浦起龍：「子時」以下，卻只寫自己潦倒流散，將子野等都放在隔山對面，極文家虛實形影之妙。○王文濡：聚處之樂，及昔存今亡之慨，文情斐亹，百讀不厭。初在洛時，已哭堯夫而銘之；其後六年，又哭希深而銘之；今又哭吾子野而銘。於是又知非徒相得之難，而善人君子欲使幸而久在於世，亦不可得。○儲欣：悲涼嗚咽。○二層。○秦躍龍：又一層。○王基倫：時序推移，層遞而下。嗚呼！可哀也已。○盧文子：忽敘三哭，筆端有鬼神風雨。○林雲銘：敘子野處，把希深、堯夫二人插入，不但見交遊之情，而平日之善與其可哀者，無不自感慨中寫出，字字沉痛。○儲欣：應。○天寶爲之詩，所謂「百身莫贖也」，可以怨矣。○孫琮：一段承寫「可哀」，筆端有鬼神風雨。○寄慨甚深。○沈德潛：將希深、堯夫並敘，而子野夾敘其間，是主客雙行法。○曰賢豪，曰善人、君子，子野三品，就此可見，非泛敘也。○浦起龍：次寫到「可哀」，仍用張、謝挑起，悟前帶二人之故，爲其先已得銘，益襯得「哀」字深酷。○唐德宜：以上歷敘平生之舊、朋友之恩，落到「可哀」。○高步瀛：以上十年來，友朋離合聚散，已可感惜，而逝者尤爲可哀。

子野之世，○儲欣：敘家世。曰贈太子太師諱某，曾祖也；宣徽北院使、樞密副使、累贈尚書令諱遜，皇祖也；尚書比部郎中諱敏中，皇考也。曾祖妣李氏，隴西郡夫人；祖妣宋氏，昭應郡夫人，孝章皇后之妹也；妣李氏，永安縣太君。

子野家聯后姻，世久貴仕，而被服操履甚於寒儒。○王文濡：天梯石棧相鉤深。好學自力，善筆札。○林雲銘：承上祖考妣來，敘其善。○浦起龍：特詳貴姻世仕，正以顯其清操好學之難得，是所謂其善可銘者。天聖二年舉進士，歷漢陽軍司理參軍、開封府咸平主簿、河南法曹參軍。王文康公（王曙）、錢思公（錢惟演）、謝希深與今參知政事宋公（宋庠），咸薦其能，改著作佐郎，監鄭州酒稅、知閬州閬中縣，就拜秘書丞。秩滿，知亳州鹿邑縣。○林雲銘：敘歷任。○絕不提一句政績語，若係今人，不知有許多扭捏矣。寶元二年二月丁未，以疾卒於官，享年四十有八。○林雲銘：敘卒日年壽。子伸，郊社掌坐，次從，次幼未名。女五人，一適人矣。○林雲銘：敘子女。妻劉氏，長安縣君。○林雲銘：敘妻在子女之後。○浦起龍：子姓妻封。○高步瀛：以上家世及歷仕。

子野爲人，○儲欣：總敘爲人，數言簡括。○沈德潛：撮敘爲人，語極簡括。外雖愉怡，中自刻苦，○林雲銘：居心之善。遇人渾渾，不見圭角，而志守端直，臨事敢決。○林雲銘：接物處事之善。○應上「有善可銘」句。○浦起龍：總束「其善可銘」。○唐德宜：補寫「其善可銘」，仍歸到「可哀」上。○王文濡：如見其人。平居酒半，脫冠垂頭，童然禿且白矣。○儲欣：寫相知情狀，淡語傷神。○賴襄：至此寫其性度容貌，亦畫龍點睛手段。予固已悲其早衰，而遂止於此，豈其中亦有不自得者邪？○林雲銘：子野未登，中身而亡，不得不補此段爲銘詞伏脈。◯應上「可哀」句。◯孫琮：結出「與其可哀」者，此是說不出處。◯浦起龍：兜轉「可哀」結。◯高步瀛：以上爲人。

子野諱先，其上世博州高堂人，◯儲欣：名、地補。◯高步瀛：「高堂」當作「高唐」。宋河北東路博州高唐縣，今山東高唐縣治。**自曾祖已來，家京師而葬開封，今爲開封人也。**◯林雲銘：至末方補出名與籍貫，爲銘詞伏脈，此變體也。◯賴襄：點其居址葬地，於此文法又變。**銘曰：**

嗟夫子野，質厚材良。◯林雲銘：言本領。**孰屯**（ㄓㄨㄣ）**其亨？孰短其長？**◯林雲銘：屯其亨，使遇合數奇。短其長，以大才小用。皆默有主之者。◯沈德潛：銘辭平和，遜昌黎遠甚。**豈其中有不自得，而外物有以戕？**◯林雲銘：年壽不永。◯浦起龍：玩前「不自得」句，及此「外物戕」句，子野或有不善攝處。**開封之原，新里之鄉，三世於此，其歸其藏。**◯林雲銘：從曾祖已來葬於開封。◯王文濡：永叔銘語不甚擅場。

【彙評】

〔明〕茅坤：總寫交遊之情，而自任及樂善，宛然言外。（《唐宋八大家文鈔．歐陽文忠公文抄》卷二十九）

〔清〕姚靖：敘交遊零落處，令人墮淚。（《唐宋八大家偶輯》卷八）

〔清〕林雲銘：子野爲人，當有可稱者，且與廬陵有舊，乃文中卻無溢詞，只把平日好友不能常聚處，轉入不能久存，發出一番感慨，且扯謝希深、張堯夫二人在內，作籠統話，成一大段。次敘家世，敘學業，敘官職，敘年壽，敘子女、妻室，平平無奇，末方表其爲人，內嚴外寬，以早衰疑其中有不自得，而以銘詞數語括之。看來止是篇首「平生之舊，朋友之恩，與其可哀者」數句，成此大篇。其善可銘處，則輕輕點綴。古人之不肯過許如此，所以可傳。（《古文析義》二編卷七）

〔清〕儲欣：暗脫〈馬少監誌〉，而氣調一變。（《唐宋八大家類選》卷十三）

〔清〕儲欣：賢豪不常聚，善人君子不久存，悲激之音，千秋絕調。◯公於故人黃夢升、張堯夫、子野表志三篇，大致髣髴，皆哀其賢而不遇且早夭也。然夢升之辭尤悲，堯夫則喜其有後。子野家聯后姻，又以名公卿之薦，改京朝官，非連蹇仕途者比，故悲其早衰而曰：「豈其中有不自得者耶？」此最斟酌有分寸處。（《唐宋十大家全集錄・六一居士全集錄》卷三）

〔清〕孫琮：此篇大意有二：一是因朋友舊交宜銘，一是悲其可哀宜銘。一起挈出大意，下文分寫兩段，曲暢其意，末幅重寫可哀，以志痛惜。文字最有格局。（《山曉閣選古文全集》卷二十四）

〔清〕沈德潛：敘交遊聚散死生，有山陽聞篴之感，而子野可銘處自見。（《增評八大家文讀本》卷十三）

〔清〕浦起龍：全以平生朋友盛衰聚散提挈綱維。銘一人，而一時名賢勝概，可指道其流風，廬陵獨絕也。（《古文眉詮》卷六十一）

〔清〕秦躍龍：按是時有兩張先，皆字子野。其一湖州人，能詩，仕至都官郎中，《過庭錄》載歐公呼為「桃杏嫁春風郎中」者是也。（《唐宋八大家文選》卷十五〈歐陽廬陵文六〉）

〔清〕劉大櫆：以交遊之聚散生死，感歎成文，淋漓鬱勃。（《評註古文辭類篹》卷四十六引）

〔清〕盧文弨：此與〈江鄰幾文集序〉同一機軸。（《唐宋八大家文鈔．歐陽文忠公文抄》卷二十九）

〔日〕賴襄：此等之篇，歐公獨造，雖昌黎有不及處，觀〈孟東野葬誌〉可見。（《增評八大家文讀本》卷十三）

〔清〕唐德宜：歷敘平生之舊、朋友之恩，悲歡聚散，俯仰情深。末後補寫「其善可銘」，應前三件，以歸結到「可哀」上，法更圓密。（《古文翼》卷七）

〔民國〕王文濡：風神宕逸，吾以此篇為第一。（《評註古文辭類篹》卷四十六）

延伸思考

1. 宋代有好多位「張子野」，本文中的張子野其生平事迹如何？文中兩度提及「豈其中有不自得者耶」，究竟張子野不快樂的緣由是什麼？
2. 歐陽脩〈張子野墓誌銘〉將謝希深、張堯夫與張子野三人並敘，而其他許多墓誌銘、墓表，都專寫墓主一人。試說明合寫人物的文章，該注意哪些安排？
3. 沈德潛、王文濡都批評歐陽脩不會寫銘語，果真如此嗎？然則，銘語寫作的基本要件是什麼？

縱囚論

【題解】

本文選自《歐陽文忠公文集》卷十八，《居士集》卷十八。

《舊唐書．太宗紀》：「貞觀六年十二月辛未，親錄囚徒歸死罪者二百九十人於家，令明年秋末就刑。其後，應期畢至，詔悉原之。」

《新唐書．刑法志》謂囚爲三百九十人，「縱之還家，期以明年秋即刑。及期，囚皆詣朝堂，無後者，太宗嘉其誠信，悉原之。然嘗謂羣臣曰：『吾聞語曰：一歲再赦，好人喑啞。吾有天下，未嘗數赦者，不欲誘民於倖免也。』」

《資治通鑑》卷一九四貞觀七年九月：「去歲所縱天下死囚，凡三百九十人，無人督帥，皆如期自詣朝堂。無一人亡匿者，上皆赦之。」胡三省《考異》：「〈貞觀〉四年《實錄》云：『天下斷死罪，止二十九人』，今年《實錄》乃有二百九十九人，何頓多如此！事已可疑。又白居易〈樂府〉云：『死囚四百來歸獄。』《舊本紀》、《統紀》、《年代記》皆云『二百九十人』。今從《新書・刑法志》。」

信義行於君子，而刑戮施於小人。○呂祖謙：立兩句柱發起。○此二段格，精神。○林雲銘：以正論引起。○過珙：以正論先立二句，如兩峯對插。○孫琮：二語斷定。○盧文弨：起案便有幾層分復。○宋文蔚：兩句雙起，立一篇之柱。**刑入於死者，**○呂祖謙：接得佳，有力。**乃罪大惡極，此又小人之尤甚者也。**○呂祖謙：眼目應得出重。○歸有光：懸指所縱之囚。○茅坤：立難案。○林雲銘：伏下「大辟囚」。○唐德宜：承寫小人。○刑戮之所必不可赦。○宋文蔚：承次句作翻。**寧以義死，不苟幸生，而視死如歸，此又君子之尤難者也。**○呂祖謙：下兩「尤」字最精神。○歸有光：懸指囚之自歸。○林雲銘：伏下囚既縱而歸死。○孫琮：分承。○浦起龍：突將君子、小人劃分兩路，逼「情」字也。○賴襄：蘇文往往冒頭，然後入題。此文非冒頭也。○唐德宜：不可以歸死為能行信義。○宋文蔚：承上句作翻，兩「尤」字是更進一層法。○陳衍：首段亦反起。

方唐太宗之六年（貞觀六年）**，**○呂祖謙：先藏此句不閑，應在後。○孫琮：入題。○宋文蔚：此非閒筆，伏下「太宗施德於天下六年」。**錄大辟囚三百餘人，縱使還家，約其自歸以就死，**見《通鑑・太宗紀》。○過珙：下一斷。錄以囚名，登之於冊也。縱，放也。**是以君子之難能，期小人之尤者以必能也。**○呂祖謙：結上二段。○十分說君子、小人，又收得緊。○茅坤：雄辯。○林雲銘：縱得本奇。○儲欣：第一段徐徐淺說。○吳楚材：一斷。○浦起龍：掉轉題事，將兩路強扭作一路，逼得「情」字活跳。◯唐德宜：激合本題，語甚雄辯。◯宋文蔚：此以行於君子者不當施於小人作翻。**其囚及期而卒自歸，無後者，**◯過珙：所縱之囚，至期皆自詣朝堂就死，無一亡匿，亦無敢有後至者，太宗於是皆赦之。**是君子之所難，而小人之所易也，**◯林雲銘：自歸尤奇。◯吳楚材：一斷。◯過珙：再下一斷。就死一事，在君子所難能者，而小人竟看得甚易，毅然爲之，真是亙古奇事。◯唐德宜：結合二段，收筆緊。◯宋文蔚：此以小人之所爲必不能如君子作翻。**此豈近於人情哉？**[1]◯呂祖謙：疑詞設問。◯歸有光：一句斷煞。◯林雲銘：就人情上斷得最確，伏末段「必本人情」句。◯吳楚材：一句收緊。◯過珙：此段言太宗縱囚而囚自歸，大非近情之事。◯緩緩說下，方說「上下交相賊」語。◯沈德潛：一語剪住。◯浦起龍：非人情，斷定。◯賴襄：「情」字是一篇命根。◯唐德宜：一句斷煞。◯宋文蔚：結出唐太宗此舉爲「逆情立異」。

或曰：◯過珙：設一難，起下。◯孫琮：再起一波。◯賴襄：借「或曰」口語形出太宗心事，妙。◯唐德宜：再起一波，收出本旨。**「罪大惡極，誠小人矣。**◯過珙：小人即大辟囚。**及施恩德以臨之，**◯呂祖謙：上既疑了，此段爲太宗解。**可使變而爲君子。**◯呂祖謙：下字法。◯浦起龍：用德化意開擺。◯宋文蔚：承上意再作翻筆。**蓋恩德入人之深而移人之速，有如**

1 哉，或無此字，據《古文關鍵》補。

是者矣。」○林雲銘：世俗自然有此議論。○吳楚材：設一難，起下本旨。○過珙：此爲太宗設解，腐生自然有此議論。不與駁出，必不得暢。○宋文蔚：此句翻起「好名干譽」意。

曰：「太宗之爲此，所以求此名也。○呂祖謙：一篇本意。○林雲銘：就求名上斷，最得隱衷，伏下「不逆情以干譽」句。○儲欣：此方說入深處。○頂門下針。○吳楚材：言太宗爲此，正求恩德入人之名。○劈手一接，喝破太宗一生病根，刺心刻髓。○浦起龍：以名撇德深文。○盧文弨：先罵破。○宋文蔚：一語揭醒，再翻。**然安知夫縱之去也，**○呂祖謙：此二段說太宗骨髓出。○儲欣：活。○孫琮：轉筆生姿。**不意其必來以冀免，**○呂祖謙：警策。**所以縱之乎？**○林雲銘：揣太宗之意。○過珙：揣太宗之意，寧不曰：「此囚之去，必然後來，以求免去」，亦無妨冀望也。○宋文蔚：照下「干譽」，作翻。**又安知夫被縱而去也，不意其自歸而必獲免，所以復來乎？**○呂祖謙：是此一篇根本。○林雲銘：揣囚之意。○伏下「殺之無赦，而又縱」一段，此二意深刻之極，全篇扼要在此，虧他想得出又寫得出。○吳楚材：將太宗與囚之心事一一寫出，深文曲筆。○過珙：揣囚之意，寧不曰：「上之縱我，正欲吾輩之復來，自得免其罪，來亦何害？」縱與來之心，或出乎此，未可知也。○句句快，筆筆疏。○孫琮：兩意夾發，真深文刻筆。○浦起龍：然「安知」兩宕，卻推見至隱。○賴襄：是老吏舞文巧詆處，繳繞纏縛，使人不能脫出。○宋文蔚：一意翻作兩意。**夫意其必來而縱之，**○呂祖謙：緩緩說下，方說「上下相賊」語。○賴襄：多一「之」字。**是上賊下之情也；**○林雲銘：賊猶盜賊，探人之物而取之也。○過珙：謂在上之人，逆揣其囚之必來，探囚之意，如探人之物，是上探取下之情也。**意其必免而復來，是下賊上之心也**。〇呂祖謙：是「上賊下」、「下賊上」二句，須自前引來，若直說便不好。要下此語，亦如孟子言楊、墨比禽獸，必先說「爲我無君」、「兼愛無父」之類。〇吳楚材：賊猶盜也。〇過珙：在下之人，逆揣其君必免罪而復來，探主之意，如探人之物，是下探取上之心也。〇沈德潛：筆下有風霜之氣逼人。〇浦起龍：「賊」字，甚辭。〇宋文蔚：東上兩層，即翻起「好名」意。**吾見上下交相賊，以成此名也**，〇呂祖謙：驚人險語。〇過珙：名謂縱囚之美名也。〇孫琮：筆陣矯矯。〇宋文蔚：揭醒「好名」。**烏有所謂施恩德**〇歸有光：上。**與夫知信義**〇歸有光：下。**者哉？**〇吳楚材：上以賊下，非真施恩德也。下以賊上，非真知信義也。〇反應上文收住。〇過珙：施恩德，指上言赦囚之死；知信義，指下言囚之自歸。「烏有所謂」者，謂那有人稱道他如此也。一句斷盡，更無人可得翻案。〇反說上施恩德之說。〇孫琮：收住。〇宋文蔚：仍繳到前段意。**不然，太宗施德於天下**，〇呂祖謙：上既說太宗骨髓了，下如無此段，則文字單弱。**於茲六年矣**，〇呂祖謙：前入太宗事已說「六年」了，此又說「六年」，亦有未盡意，是重臺格。〇儲欣：此一折纔透。〇過珙：自貞觀元年起至今日。〇盧文弨：折轉去辨。**不能使小人不爲極惡大罪**，〇過珙：不能使人不犯死刑之罪。**而一日之恩，能使視死如歸而存信義**，〇呂祖謙：文愈壯愈緊。**此又不通之論也。」**〇呂祖謙：此文字豐厚處，若便接「何爲而可」，覺單弱。〇鍾惺：透快。〇林雲銘：再駁。此段令無可躲閃處。〇儲欣：辨得透快，非此不足服人。〇此一折纔透。〇吳楚材：反覆辨駁，愈駁愈快。〇過珙：六年之恩德不足以化民，而以一旦放縱之恩，使民咸歸於信義，此真不近人情，不合於理之論。反覆再斷，更無人可得翻案。◯孫琮：就事論事，心思曲入。◯沈德潛：反掉更快。◯浦起龍：一轉，繳歸德化之說之不可通。◯賴襄：反振有挽萬牛之力。◯宋文蔚：反掉總束上兩段意，以下再翻。

「然則何爲而可？」◯呂祖謙：難。◯浦起龍：追進逼轉「情」字。**曰：「縱而來歸，殺之無赦。**◯過珙：既來就死，自應就殺，不使下有賊上之心，乃爲最善之道。**而又縱之，而又來，則可知爲恩德之致爾。**◯吳楚材：又起一波。◯秦躍龍：妙論。◯賴襄：語氣辣甚。**然此必無之事也。**◯呂祖謙：結盡。◯林雲銘：說至此，深刻之極，無以加矣。然自是確論。◯吳楚材：急轉。◯過珙：急斷正。◯孫琮：急下轉筆。◯浦起龍：迫進逼轉「情」字。◯盧文弨：緊。**若夫縱而來歸而赦之，**◯呂祖謙：欲說不可爲常，先立此句。**可偶一爲之爾。**◯呂祖謙：此一句已藏「常法」意。一句勝一句。◯過珙：「若夫」一句、「然此」一句，已藏「常法」意。**若屢爲之，則殺人者皆不死，**◯盧文弨：更緊。**是可爲天下之常法乎？**◯儲欣：正論。◯秦躍龍：縱囚之事之不可行正爲此。◯宋文蔚：說到題之正面，仍不使一直筆。**不可爲常者，**◯呂祖謙：此就一字上生意。[2]**其聖人之法乎？**◯呂祖謙：先說聖人，所以引入堯、舜、三王事。◯林雲銘：總言其不可以訓。◯吳楚材：提出「常法」二字，縱囚之失，顯然可見。◯過珙：既可偶爲而不可常爲，便非聖人萬世無弊之法。◯浦起龍：偶則非常，不常則非情，正挽合本情斷案。◯宋文蔚：從「聖人」引出主意。**是以堯、舜、三王之治，必本於人情，**◯孫琮：仍說到人情。

○宋文蔚：應前「人情」二字。不立異以為高，○宋文蔚：結前段意。不逆情以干譽。」○呂祖謙：前不說堯、舜、三王，留在後結，詞盡而意無窮。○林雲銘：以正論結上文，無一滲漏，自是千古妙筆。○儲欣：結法端嚴，掉尾自峭。○過珙：另筆結出正論，恰判盡太宗。○沈德潛：正論收。○浦起龍：推廣說。○秦躍龍：結峭。○賴襄：結處壁立千仞。○唐德宜：一語斷得截然。○宋文蔚：結後段意。

【彙評】

〔宋〕呂祖謙：文最緊。曲折辨論，驚人險語，精神聚處，詞盡意未盡。○此篇反覆，有血脈。（《古文關鍵》卷上）

〔宋〕黃震：「上下相賊」字恐太甚，要是三代後盛事。若夫聖人「不立異以為高，不逆情以干譽」，則至論也。（《黃氏日鈔》卷六十一）

〔宋〕謝枋得：文有力氣，有光燄，熟讀之，可發人才氣，善於立論。（《文章軌範》卷二）

〔明〕歸有光：結意有餘。○人於結末處多忽略，謂文之用工不在於尾，殊不知一篇命脈歸束在

2 一字：指「常」字。

此，須要「言有盡而意無窮」，如〈清廟〉三歎而有餘音，方爲妙手。如此論可以爲式，退之〈原道〉，亦可參看。（《文章指南》信集）3

〔明〕茅坤：文章紆餘婉曲，說盡事理，曲盡人情，唯歐公得之。（《唐宋八大家文鈔．歐陽文忠公文抄》卷十四）

〔明〕鍾惺：論得甚精，一步緊一步，但略嫌太刻。大都此道有三：一冀免，一感恩，一法度嚴明，無逃死處。（《山曉閣選古文全集》卷二十三）

〔清〕金聖歎：此論有刀斧氣，横斫豎斫，略無少恕，讀之，增人氣力。（《天下才子必讀書》卷十三）

〔清〕姚靖：「信義行於君子」二句，是一篇之案。（《唐宋八大家偶輯》卷八）

〔清〕林雲銘：按史貞觀七年，帝於去歲所縱死囚凡三百九十人，無人督帥，皆如期自詣朝堂，無一亡匿者，帝皆赦之。設當時或有亡匿，自當別論。歐公本人情上勘出以「賊下」、「賊上」二語，斷盡當年上下隱衷，總是太宗好名之心所爲。（《古文析義》初編卷五）

〔清〕儲欣：縱囚一事，或一時不忍觳觫之所爲，然其事足以悅愚夫愚婦，而不合於堯、舜、三王，故公直以「好名」責之，非刻也。善乎！公之言堯、舜、三王也，曰：「不立異以爲高，不逆情以干譽。」吾乃知泣罪解網，皆後世無識者妄傳之耳。假設禹、湯而爲此，一近於傴，一近於巫，其立異干譽也孰甚焉？（《唐宋八大家類選》卷四）

〔清〕儲欣：「好名」二字，切中唐太宗骨髓。（《唐宋十大家全集錄．六一居士全集錄》卷一）

〔清〕張伯行：只「求名」二字，勘破太宗之心，便將一段佳話盡情抹倒。行文老辣，不肯放鬆一字，眞酷吏斷獄手。（《唐宋八大家文鈔》卷五）

〔清〕吳楚材、吳調侯：太宗縱囚，囚自來歸，俱爲反常之事。先以不近人情斷定，末以不可爲常法結之，自是千古正論。通篇雄辨深刻，一步緊一步，令無可躲閃處。此等筆力，如刀斫斧截，快利無雙。（《古文觀止》卷九）

〔清〕過珙：深文刻筆。辨駁處令人幾無處躲閃，似近於刻。然本於人情之論，則又至恕也。歐公嘗自言：「道勝者文不難而自至。」良然。（《古文評註全集》卷十）

〔清〕孫琮：古人作文，有用寬衍之筆，有用嚴緊之筆，如此文，純是嚴緊。一起劈立二句，斷定一篇主意；隨即分寫兩段，緊緊扣住，然後入縱囚一事，又緊緊點合；止將「不近人情」一句斷煞，字僅及百，大意已盡，何等斬截，何等堅勁！下又再起一波，斷其不是「施恩德與知信義」；末復設爲戲論，繳收「不近人情」，又反覆寫得嚴緊，尤妙在一起二句，陡然而下，一結二句，陡然而住。如此筆力，如刀斧斫截，快利無雙。（《山曉閣選古文全集》卷二十三）

---

3. 此則資料，〔民國〕謝无量《實用文章義法》，卷下第五章下第十六節〈結法〉曾引述之，並於末尾增補一句：「又退之〈獲麟解〉，於結處更進一步，益見出奇。」

〔清〕沈德潛：「怨女三千放出宮，死囚四百來歸獄」，此太宗盛德事，而歐公以爲不近人情者，緣不可爲常，恐後世藉口以行其好名之舉也。子產乘輿濟人，孟子謂其惠而不知爲政，正是此意。○縱囚事，後漢戴封已行之，不始於唐太宗也。戴封在〈獨行傳〉中。（《增評八大家文讀本》卷十）

〔清〕浦起龍：前路逼出「人情」二字，中間駁去恩德速化之說，後仍勒轉「治法本乎人情」作斷案，筆筆紮緊，要其後放闊說，本情以伸常法也。（《古文眉詮》卷五十八）

〔清〕盧文弨：論推蘇氏，以其能抑揚頓挫，窮極無形之想，然其議論多凌駕摻縱，時出繩墨之外。唯老泉又較緊嚴。此文一以理確義嚴爲主，自不放弛。爲取精要，而識愈高卓，力愈雄健，義本立經，而文駕諸子，此等論古今不可多得。（《唐宋八大家文鈔．歐陽文忠公文抄》卷十四）

〔日本〕賴襄：柳州有此簡嚴峭拔，而無此縱橫反覆。三蘇有此縱橫反覆，無此簡嚴峭拔。（《增評八大家文讀本》卷十）

〔清〕唐德宜：王道必本人情，破的之論。首從君子、小人起意，發出小惠之不可行遠。詞嚴義正，顛撲不破。（《古文翼》卷七）

〔民國〕宋文蔚：如此篇主意，在結尾「不立異以爲高，不逆情以干譽」兩句。首段言信義非可施於小人，是對「立異」句作翻騰。次段直窮唐太宗好名之蔽，是對「干譽」句作翻騰。全在題前層層瀾翻，結到正意，戛然而止。篇法最得機勢。

（《評註文法律梁》上冊）

〔民國〕宋文蔚：全從題前層層翻騰，不使一直筆、不用一呆語，歸到正意，更不著一贅詞，篇法最爲得勢，以其善於用蓄也。（《評註文法律梁》上冊）

〔民國〕王基倫：歐公〈蘇氏文集序〉嘗肯定「唐太宗致治幾乎三王之盛」，固知其意非貶太宗一人，乃有心於宋世也。

延伸思考

1. 唐太宗「縱囚」一事的真相爲何？爲什麼歐陽脩以唐太宗爲箭靶？
2. 呂祖謙《古文關鍵》曾經提出「綱目」與「血脈」兩個相對應的觀念，一明一暗；一提點，一串連。而他以〈縱囚論〉一文爲「血脈」的代表作，爲什麼這樣說呢？

石曼卿墓表

【題解】

本文選自《歐陽文忠公文集》卷二十四，《居士集》卷二十四。《居士集》題下原注：「慶曆元年」作。洪本健說：「文云石延年卒於康定二年二月四日，既卒之三十七日葬，文即當年作。」按，仁宗康定二年十一月改元慶曆，題下注「慶曆元年」作，實即康定二年三月作。

石延年（九九四～一〇四一），字曼卿，宋城（今河南商丘）人，此宋詩人，歐陽脩的至交好友。磊落多才，卻遭遇冷落，不得志。眞宗時，官大理寺丞。仁宗時，任太子中允。爲官有見地，終究遺外世俗，歐陽脩稱讚他是「奇男子」。詩辭清絕，又善書法。曼卿亡，永叔有祭文，又有〈哭曼卿〉詩。《宋史》有傳。

曼卿諱延年，姓石氏，其上世爲幽州人。幽州入於契丹，其祖自成，始以其族間（ㄐㄧㄢˋ）走南歸。◯茅坤：便奇氣。◯孫琮：家世來路甚奇。天子嘉其來，將祿之，不可，乃家於宋州之宋城。父諱補之，官至太常博士。◯浦起龍：用列傳體，上世幽州，敘來歷，即用為借徑。◯高步瀛：以上先世。

幽燕俗勁武，而曼卿少亦以氣自豪，◯茅坤：宕。◯儲欣：四字骨幹。◯汪份：就幽燕土風，引出曼卿以氣自豪。◯孫琮：一語提出。讀書不治章句，獨慕古人奇節偉行非常之功，視世俗屑屑，無足動其意者。◯儲欣：豪邁激昂，此已描出一活曼卿矣。◯孫琮：一段總述其為人。◯沈德潛：意氣自豪者，每疏於用。曼卿兼之，所以可重。◯將下意攝入，作為冒，一絲不漏。自顧不合於時，乃一混以酒，然好劇飲大醉，頹然自放，◯孫琮：極力摹寫。由是益與時不合。而人之從其遊者，皆知愛曼卿落落可奇，而不知其才之有以用也。◯茅坤：一篇柱子。◯儲欣：世亦有輕世肆志粗豪而無用者，故束處急轉一筆。◯汪份：才氣是通篇骨子。◯孫琮：表出品概，應「自豪」句。◯沈德潛：一篇骨子。◯浦起龍：趁幽州入手，「氣豪」二字，一篇大致，其負奇好非常者，豪士之宿習，其不合而自放者，豪士之下場。此處總挈，後皆不出乎此。◯秦躍龍：領起曼卿之才，為一篇骨子。年四十八，康定二年二月四日，以太子中允、秘閣校理卒於京師。◯汪份：總提後，即書其卒，即書所終之官，見其不得中壽，而不克少施於世，以致哀之之意。◯高步瀛：以上敘其才氣及所終之官。

曼卿少舉進士，不中。真宗推恩，三舉進士，皆補奉職。曼卿初不肯就，◯孫琮：詳其仕宦。張文節公素奇之，[1]◯汪份：應上「奇」字。謂曰：「母老乃擇祿耶？」曼卿矍然起就之，◯王文濡：可大受者，未嘗不可小知。遷殿直。久之，改太常寺太祝，知濟州金鄉縣，歎曰：◯茅坤：以下節節暗條出才之有以用處。「此亦可以爲政也。」◯孫琮：絕無歎老嗟卑之心。縣有治聲，◯儲欣：才。通判乾寧軍。丁母永安縣君李氏憂，◯汪份：母之姓及封在此見。服除，通判永靜軍，皆有能名。◯儲欣：才。◯汪份：才之有用，結穴在談兵，然曰「縣有治聲」，曰「皆能有名」，亦見其才。充館閣校勘，累遷大理寺丞，通判海州，還爲校理。◯高步瀛：以上歷官。

莊獻明肅太后臨朝，曼卿上書，◯儲欣：氣。請還政天子。◯汪份：此是奇節，故抽出另敘，不挨年月次第也。◯孫琮：略見一班。其後太后崩，范諷以言見幸，引嘗言太后事者，遽得顯官，欲引曼卿，曼卿固止之，乃已。◯孫琮：處處表其奇。◯浦起龍：敘歷官，看一路點逗，曰「不肯就」，曰「矍然起」，曰「固止之，乃已」，亦是負奇難合神理。◯王文濡：不肯以言太后事得顯官尤難。◯高步瀛：以上請太后歸政。

---

1 張文節公（九五六～一〇二八），名知白，字用晦，北宋滄州清池（今河北滄州東南）人。太宗端拱二年進士，歷任龍圖閣待制、御史中丞、參知政事等。性節儉，謚文節。

自契丹通（通好）中國，◯孫琮：詳其才略。德明（西夏太宗李德明，元昊之父）盡有河南（河套南）而臣屬（謂內屬不動），遂務休兵養息，天下晏然，[2]內外弛武三十餘年，◯汪份：提時事另起，卻直從上文「不知其才之有用」說來。◯吳闓生：開拓處學《史記》。曼卿上書言十事，不報，◯儲欣：兩上書。◯沈德潛：虛敘。◯內外廢弛武備，有一人籌及者，又概置之，時事所以日非也。豈獨宋代爲然？◯浦起龍：真、仁間微辭。◯王文濡：知而不能用，宜其失於弱矣。已而元昊反，西方用兵，始思其言，召見。◯孫琮：久而見思。稍用其說，籍河北、河東、陝西之民，得鄉兵數十萬。曼卿奉使籍兵河東，還，稱旨，賜緋衣銀魚，◯茅坤：轉。天子方思盡其才，而且病矣。◯汪份：照定「才之有以用」句，如此轉出病來，有無限哀之之意。◯孫琮：頓挫黯然。既而聞邊將有欲以鄉兵扞賊者，笑曰：◯茅坤：又轉。「此得吾粗也。◯汪份：就上籍鄉兵，再作一層洗發。夫不教之兵，勇、怯相雜，若怯者見敵而動，則勇者亦牽而潰矣。◯孫琮：明於行兵之勢。今或不暇教，不若募其敢行者，則人人皆勝兵也。」◯茅坤：才之有以用如此。◯儲欣：就籍兵一節，結曼卿才氣。◯浦起龍：此抽敘籍鄉兵一事，以見自負之概。◯吳闓生：才不盡用，舉一端爲證。◯王文濡：名言至論，用兵者其知之。◯高步瀛：以上論募兵。其視世事，蔑若不足爲，◯茅坤：落落可奇。◯儲欣：開。◯汪份：應「屑屑無足動意」作翻。及聽其施設之方，雖精思深慮，不能過也。◯儲欣：合。◯汪份：對針上「得吾粗」句。◯沈德潛：

以上詳其才之有用。◯浦起龍：此處筆帶回護。◯此下收繳。◯「蔑若」應「負奇」。◯秦躍龍：又作三摺，收盡。

狀貌偉然，喜酒自豪，◯茅坤：出脱「混於酒」一節。◯浦起龍：「自豪」應「自放」。**若不可繩以法度。**◯儲欣：開。◯汪份：應「劇飲大醉」作翻。**退而質其平生趣**（ㄑㄩ，通「趨」）**舍大節，無一悖於理者。**◯儲欣：合。◯孫琮：表其節行。**遇人無賢愚，皆盡忻歡，**◯儲欣：開。◯汪份：應「從其遊者之愛曼卿」作翻。**及間而可不**（ㄈㄡˇ）**天下是非善惡，**[3]**當其意者無幾人。**◯儲欣：合。◯又作三摺收寫。◯孫琮：表其越俗。◯浦起龍：「當意無幾」應「難合」。◯王文濡：此所謂古之狂歟？◯高步瀛：上下兩層相勘，寫出其人懷抱，永叔常用此法。**其爲文章勁健稱其意氣。**◯茅坤：印證視世屑無足動其意者。◯汪份：串入「氣」字。◯孫琮：表其文章。◯浦起龍：帶及文章，直借繳篇首「氣豪」。◯秦躍龍：帶説。◯高步瀛：以上論其爲人及文章。

---

2 天下晏然，《居士集》無「晏」字，「然」字下屬。而茅坤《唐宋八大家文鈔》、姚鼐《古文辭類纂》、高步瀛《唐宋文舉要》有「晏」字，今從之。

3 不，一作「否」，字義相通。

有子濟、滋。天子聞其喪，○汪份：與上「天子方思盡其才」關合。官其一子，使祿其家。既卒之三十七日，葬於太清之先塋。○高步瀛：以上恩蔭及葬。其友歐陽脩表於其墓曰：

嗚呼曼卿！○沈德潛：以下史中論贊體。○浦起龍：用論贊體結之。寧自混以爲高，不少屈以合世，可謂自重之士矣。○孫琮：先作一頓。○吳闓生：後幅平衍無意味，且非金石體。士之所負者愈大，○茅坤：一轉尤妙。則其自顧也愈重，自顧愈重，則其合愈難。○孫琮：許其自高。然欲與共大事，立奇功，○茅坤：打轉前。非得難合自重之士不可爲也。○孫琮：打轉才之有以用。○沈德潛：天下無不自重而可有爲者，紛紛奔走求合之人，皆庸才耳。○浦起龍：「自負」、「難合」等字，低回跌宕，首尾一氣呵成。○王文濡：才大難爲用，千古不止一賈生。古之魁雄之人，未始不負高世之志，故寧或毀身污迹，卒困於無聞，○茅坤：悲慨。或老且死，而幸一遇，○汪份：又翻進一層，重在「老，幸一遇」上。○孫琮：惜其早夭。猶克少施於世。若曼卿者，非徒與世難合，而不克所施，亦其不幸不得至乎中壽，○汪份：對「古人老且死，幸一遇」。其命也夫！其可哀也夫！○孫琮：包舉全文意，低慨激揚，表墓又直作史家論贊。○浦起龍：作三四折，忽折到不壽，太息中有含意。○秦躍龍：應前「天子方思盡其才」句，見曼卿若在，非終於不遇者，與〈蘇子美集序〉同意。

【彙評】

〔明〕茅坤：以悲慨帶敘事，歐陽公知得曼卿，如印在心，故描畫得會哭會笑。（《唐宋八大家文鈔·歐陽文忠公文抄》卷二十九）

〔清〕儲欣：歐陽公文，說著曼卿，便勃勃有奇氣；讀墓表，眞昂昂若千里之駒。（《唐宋十大家全集錄·六一居士全集錄》卷二）

〔清〕孫琮：曼卿儒者，而以豪傑自命，蓋劇飲談兵，豪傑之概，而治有政聲，明於進退，趣舍大節，皆當於理，則固儒者本色。歐公與曼卿爲至交，故表之詳盡如此。一結感慨悲涼，更自情深於文。（《山曉閣選古文全集》卷二十四）

〔清〕方苞：章法極變化，語亦不蔓。（《評註古文辭類篹》卷四十五引）

〔清〕方苞：大凡金石刻碑志之屬，其體皆一樹墓上，則爲碑；埋地下則爲志。或以時制，不得立碑，則稱碣，其實一也。《蔡中郎集》有所謂神誥、靈表者，文體亦與碑同。至宋乃有墓表，但序而不銘，違古法矣。歐公此文更綴以論，尤非體裁，且其論亦不佳也。（《古文典範》卷十六引）

〔清〕沈德潛：上書言十事，雖未詳敘，然即鄉兵一節，而應變之才可見，則十事之可施行，當類推矣。請太后還政，亦識見卓卓者，故特表之。（《增評八大家文讀本》卷十四）

〔清〕浦起龍：「負奇」、「難合」等句作骨，健筆足以配豪氣。○籍鄉兵一事，無益且有害，嘗見於歐公文，可互觀之。（《古文眉詮》卷六十二）

〔清〕秦躍龍：極力摹寫曼卿，生氣猶躍躍紙上。（《唐宋八大家文選》卷十六〈歐陽廬陵文七〉）

〔清〕盧文弨：字字勁挺飛動。○公之誌銘故稱絕搆，其墓表尤無一篇不妙。蓋表稍主議論，而跌宕感慨，風神愈出，足盡其所長耳。（《唐宋八大家文鈔．歐陽文忠公文抄》卷二十九）

〔日〕賴襄：此又用傳體。「表其墓曰」以下，如傳贊文，又如太史公敘荊軻。（《增評八大家文讀本》卷十四）

〔民國〕吳闓生：此篇歐公極有精神聲色文字，亦唯以抑揚跌宕見長。（《古文典範》卷十六）

延伸思考

1. 墓表的體製規範爲何？有無特定的體製要求？此文最後有論贊體，是否恰當？如果寫出論贊，是否又應當以金石體來完成？
2. 高步瀛指出，歐陽脩評述一個人時，常常「上下兩層相勘，寫出其人懷抱」，試問還有哪些文章也是如此寫法？

釋惟儼文集序

【題解】

本文選自《歐陽文忠公文集》卷四十一，《居士集》卷四十一。

惟儼姓魏氏，杭州人。少遊京師三十餘年，雖學於佛，而通儒術，○王文濡：不以浮屠自待。喜爲辭章，○孫琮：首敘惟儼爲人。與吾亡友曼卿交最善。○茅坤：客。○儲欣：提。○起訖以曼卿陪説。○王文濡：能與曼卿交，其人自不俗。○王基倫：以下雙開。曼卿遇人無所擇，必皆盡其忻歡。惟儼非賢士不交，○茅坤：主。○盧文弨：分。有不可其意，無貴賤，一切閉拒，絕去不少顧。○孫琮：次述惟儼交遊。○沈德潛：介者轉在浮屠。曼卿之兼愛，○茅坤：客。惟儼之介，○茅坤：主。所趣（ㄑㄩ）雖異，而交合無所間（ㄐㄧㄢˋ）。○孫琮：紐合，筆力絕老。○浦起龍：儼亦與曼卿交，此非以相類爲伴，乃是以汎形介也。○釋而介，異哉！曼卿嘗曰：「君子泛愛而親仁。」○茅坤：客。惟儼曰：「不然。吾所以不交妄人，故能得天下士。若賢不肖混，則賢者安肯顧我哉？」○茅坤：主。○浦起龍：以兩人之言實之。○盧文弨：互論，主應客。○王文濡：見惟儼之介。以此一時賢士多從其遊。○茅坤：敘惟儼生平。○賴襄：祕演序千轉萬折，而後入題；此則單刀直入。

居相國浮圖，不出其戶十五年。○賴襄：撇開曼卿，獨敘惟儼。士嘗遊其室者，禮之惟恐不至，及去爲公卿貴人，未始一往干之。○孫琮：真是介介。○浦起龍：插敘事，亦論交一路事。然嘗竊怪平生所交皆當世賢傑，未見卓卓著功業如古人可記者。○茅坤：探惟儼之意如此。○儲欣：惟儼固奇，歐陽之文亦寫得奇氣勃勃。○浦起龍：此下又轉進，就論交轉出徵實，用豪氣壓坐。因謂：○茅坤：惟儼之言如此。「世所稱賢才，若不笞兵走萬里，立功海外，則當佐天子號令賞罰於明堂。○沈德潛：有推倒豪傑之概。苟皆不用，則絕寵辱，遺世俗，自高而不屈，○孫琮：暗指自己。○沈德潛：隱以己繩衆人。尚安能酣豢於富貴而無爲哉？」○茅坤：以浮圖而有此一片氣岸，所以可愛可賞。○秦躍龍：議論恢奇。○王文濡：得此知非汩沒於浮屠而忘情於世事者。醉則以此誚其坐人，○茅坤：主。○賴襄：得歐公傳神筆寫之，惟儼不死矣。人亦復之，○茅坤：客。○儲欣：更幻。○孫琮：文瀾生動。○沈德潛：「復之」句連下讀。○浦起龍：夾坐人還口，畦、埒自異。○賴襄：「醉則」

兩句，牽上搭下。以謂：「遺世自守，古人之所易。若奮身逢時，欲必就功業，此雖聖賢難之，周、孔所以窮達異也。今子老於浮圖，〇茅坤：又善復惟儼。不見用於世，而幸不踐窮亨之塗，乃以古事之已然，而責今人之必然邪？」〇茅坤：此二句，歐公之拙處。〇孫琮：所見亦是。〇浦起龍：宋時疲恭盜虛之習，言中流露。〇秦躍龍：仍將浮圖折倒。〇王文濡：借人言以駁其説，抑、揚互用，文家妙境。雖然，惟儼傲乎退偃於一室，1〇儲欣：接上作此一轉，妙甚。見惟儼之言大而非夸。〇沈德潛：接上奇崛，見胸有經緯，非大概使氣罵坐人。〇賴襄：「然」一字，一篇轉捩，亦一篇命脈。天下之務，當世之利病，聽其言終日不厭，惜其將老也已！〇茅坤：又挈出惟儼本色來，應「筶兵」一段言語案。〇浦起龍：繳還惟儼氣壯。〇王文濡：此僧畢竟不凡。

曼卿死，惟儼亦買地京城之東以謀其終。〇浦起龍：曼卿仍帶應。〇賴襄：到末，忽出曼卿爲照應。乃斂平生所爲文數百篇，示予曰：「曼卿之死，既已表其墓，願爲我序其文，然及我之見也。」〇孫琮：主、客兼收。〇浦起龍：點文序。〇王文濡：仍不脱曼卿。嗟夫！惟儼既不用於世，其材莫見於時。若考其筆墨馳騁、文章贍

1 雖然惟儼，四字一作「儼雖」，一作「然惟儼雖」。

逸之能，可以見其志矣。〇茅坤：歐陽公到底借他這一著。〇儲欣：縮法秩然，饒有餘韻。〇孫琮：總束上，結出作敘意。〇住法曠遠。〇浦起龍：即以文章納罵坐態，妙結。〇王文濡：如題而止。

廬陵歐陽永叔序。

【彙評】

〔明〕茅坤：此篇看他以客形主處，亦自遠識，及多轉調。（《唐宋八大家文鈔．歐陽文忠公文抄》卷十七）

〔清〕儲欣：直用傳體作序，又奇崛變化不測。（《唐宋八大家類選》卷四）

〔清〕儲欣：勃勃有奇氣。然惟儼所誚坐人語，大是正論。（《唐宋十大家全集錄．六一居士全集錄》卷五）

〔清〕孫琮：一篇純是憑空幻出文字。公之爲此序也，本是序惟儼文集，通篇卻不說文集，只說交遊；說惟儼交遊，卻不序交遊實事，只序交遊議論；序交遊議論，卻不只述惟儼之言，前幅幻出曼卿之言，後幅幻出世人之論，皆是無中生有，憑空結撰出來。前幅以曼卿之言，與惟儼作對；後幅以世人之誚，與惟儼作對。雖參差不齊，恰是整整兩幅，文字極有結構。（《山曉閣選古文全集》卷二十三）

〔清〕沈德潛：同是借曼卿作引，而序祕演詩，以死生聚散著筆；序惟儼文，以其有用世之志著筆。機局變化，略不相似。〇序中略帶傳體，又是一格。（《增評八大家文讀本》卷十一）

〔清〕浦起龍：此篇曼卿，特藉以形起惟儼之不妄交耳。其後盛氣罵坐，更從不妄交打進一層。舉世空談負望隱身秘訣，一摑血出。〇敘人詳，敘文略，互照自曉。（《古文眉詮》卷五十九）

〔清〕劉大櫆：兩釋集序，俱以曼卿相經緯。此篇雖不及〈祕演〉之煙波，而忽起忽落，自有奇氣。（《評註古文辭類篹》卷八引）

〔清〕盧文弨：以傳體作序，即如《史記．日者傳》以序語作傳也，然此文勝〈日者傳〉矣。以〈日者傳〉大有俗韻，而此文殊有生韻也。（《唐宋八大家文鈔．歐陽文忠公文抄》卷十七）

〔日〕賴襄：與祕演同一人品，又皆以曼卿爲伴，是文之易板者。看他變局面處。（《增評八大家文讀本》卷十一）

〔民國〕王文濡：人生祗窮、亨兩途，各有自立之道，此僧云云，今之醉心權力者聞之，何以爲情？（《評註古文辭類篹》卷八）

〔民國〕黃公渚：與〈釋祕演詩集序〉均以曼卿爲經緯，惟前者序其詩，故多情調；此序其文，故多議論；「人亦復之……」一段，寓闢佛之意，惟語意和平，異於昌黎〈送高閑上人序〉之峻，此亦陽剛、陰柔之判也。（《歐陽永叔文》敘）

延伸思考

1. 蘇舜欽（子美）〈粹隱堂記〉一文，也在寫惟儼。[2]結合歐陽脩與蘇舜欽同時寫惟儼的這兩篇文章，說明惟儼的人物形象如何？
2. 蘇舜欽〈粹隱堂記〉前半篇幅皆在議論，後半集中敘事於僧人惟儼身上，卻有意借題發揮，感歎人才不能彰顯於世。此文議論重於敘事，旨不在記建物，可謂記之「變體」。歐陽脩〈釋惟儼文集序〉「直用傳體作序」，也不太合乎文章體製要求之「正體」規範，然則文章是否爲「正體」、「變體」，與文章的優劣好壞有無關聯？
3. 取歐陽脩〈本論〉合觀之，他如何看待佛教？而他對佛教徒的態度又是如何？

2 參見宋・蘇舜欽著，傅平驤、胡問陶校注：《蘇舜欽集編年校注》（成都：巴蜀書社，一九九一年三月），頁六〇六。

釋祕演詩集序

【題解】

本文選自《歐陽文忠公文集》卷四十一，《居士集》卷四十一。

蘇舜欽〈贈釋祕演〉：「高車大馬闐上京，釋曰演者何聲名？當年余嘗與之語，實亦可喜無俗情，作詩千篇頗振絕，放意吐出吁可驚。不肯低心事鐫鑿，直欲淡泊趨杳冥。落落吾儒坐滿室，共論嶅若木陷釘。賣藥得錢則沽酒，日費數斗同醉醒。傷哉不櫛被佛縛，不爾烜赫為名卿。數年不見今老矣，自說厭苦居都城。垂頤孤坐若癡虎，眼吻開合猶光精。雄心嘗起忽四顧，便擬擊浪東南行。開春余行可同載，相與曠快觀滄溟。」此詩作於慶曆二年（一〇四二），參見《蘇舜欽集編年校注》卷二。

釋文瑩《湘山野錄》：「蘇子美有贈祕演詩『垂頤孤坐若癡虎，眼吻開合猶光精』之句，人謂與祕演寫眞。演頷頷方厚，顧視徐緩，喉中含其聲，常若鼾睡然。其始云『眼吻開合無光精』，演以濃墨塗去『無』字，自改爲『猶』字。子美詬之，演曰：『吾尚活，豈可無光精耶？』」尹洙亦有〈浮圖祕演詩集序〉，見《河南先生文集》卷五。

予少以進士遊京師，因得盡交當世之賢豪，◯林雲銘：指在位及求仕者。◯「少」字伏下「老」字。◯宋文蔚：發端即揭出「賢豪」二字，爲下「奇士」伏脈。◯王文濡：氣象開展，如太原公子裼裘而來。然猶以謂國家臣一四海，休兵革，養息天下以無事者四十年，◯孫琮：何等胸次。而智謀雄偉非常之士，◯宋文蔚：暗伏曼卿與祕演。無所用其能者，◯唐德宜：天下無事，故無所試其非常之能。往往伏而不出，山林屠販，必有老死而世莫見者，◯林雲銘：伏下二「隱」字。◯儲欣：攝浮屠。◯吳楚材：伏祕演、曼卿二人。欲從而求之不可得。◯林雲銘：自敘熱腸，以爲識祕演之地。◯吳楚材：此段言非常之士不易見，先作一折。◯浦起龍：全篇都藉賓顯主，此段賓主雙籠。◯秦躍龍：從欲求奇士落想，先入曼卿之奇，次入祕演之奇，層遞纍纍如貫珠。◯宋文蔚：從求奇士說起，擡高祕演，作一頓。◯高步瀛：逆折。

其後得吾亡友石曼卿。◯儲欣：先入曼卿。◯吳楚材：先出曼卿作陪引。◯汪份：客。◯浦起龍：讀至接筆，卻止落一賓。◯高步瀛：以上言天下太平，奇士不易見。1 曼卿爲人，廓然有大志，時人不能用其材，曼卿亦不屈以求合，無所放其意，則往往從布衣野老，酣嬉淋漓，顛倒而不厭。◯林雲銘：伏下「隱於酒」與「極飲」、「歌吟」等語。◯儲欣：曼卿之奇。◯汪份：引出祕演，先透出極飲大醉意。◯浦起龍：從賓位影出祕演小照。予疑所謂伏而不見者，庶幾狎而得之，故嘗喜從曼卿遊，欲因以陰求天下奇士。◯林雲銘：祕演乃習佛者。雖有陰求奇士熱腸，必無往佛門定交之理，故借曼卿作箇引線，此文字中分寸也。

◯吳楚材：從曼卿引起祕演。◯王文濡：處處以曼卿作陪，而祕演之身分自見。◯高步瀛：以上與曼卿遊，以求天下奇士。

浮屠祕演者，◯儲欣：次入祕演。◯吳楚材：浮屠，僧也。◯入題。◯汪份：主。**與曼卿交最久，亦能遺外世俗，以氣節相高，**◯秦躍龍：祕演之奇。**二人懽然無所間**（ㄐㄧㄢˋ）。◯浦起龍：方落主人，又帶賓夾寫。◯宋文蔚：此處將說到祕演，復作一頓。**曼卿隱於酒，祕演隱於浮屠，**◯儲欣：合斷。◯孫琮：合出二句立柱。**皆奇男子也。**◯儲欣：「奇」字著眼。◯吳楚材：二人合寫。◯汪份：主、客合說。◯應「奇士」。◯宋文蔚：落到祕演，仍與曼卿伴說，「奇男子」三字應上。**然喜爲歌詩以自娛，**◯鍾惺：敘二人爲人處，意態有餘不盡，活潑可喜。「然」字下宜再出祕演字乃明。◯林雲銘：此處點出詩來，把曼卿來伴講，文情在有意無意之，變化莫測。◯儲欣：生根。◯貼題。◯汪份：入詩。◯孫琮：虛出「詩」字。◯浦起龍：隨手落「詩」，一勒。◯秦躍龍：「奇」字結聚，將詩帶出。◯宋文蔚：此處轉到祕演，賓主分明。**當其極飲大醉，歌吟笑呼，以適天下之樂，**◯儲欣：祕演之奇。**何其壯也！**◯儲欣：盛。◯浦起龍：下從盛衰起文情。◯宋文蔚：醉、歌，作一宕折。◯王文濡：極似史公處。**一時賢士皆願從其遊，**

1 此處高步瀛《唐宋文舉要》以「其後，得吾亡友石曼卿」屬上一段。

予亦時至其室。◯林雲銘：敘其盛時，把自家攙入，方見今日作序有因。但其言曼卿則曰「久交」，言賢士則曰「從遊」，而言自家僅曰「時至其室」，此文字中分寸也。◯孫琮：攙入自家。◯沈德潛：語有分寸。◯宋文蔚：攙入自己，從此生情。**十年之間，祕演北渡河，東之濟、鄆**（ㄩㄣˋ）**，無所合，困而歸。曼卿已死，祕演亦老病。**◯儲欣：衰。◯孫琮：一段綰合三人。◯宋文蔚：此從盛說到衰。◯王文濡：頓宕取神，六一本色。**嗟夫！二人者，予乃見其盛衰，**◯汪份：說二人之盛衰，就自己見之說。**則余亦將老矣夫！**◯林雲銘：敘其衰，亦把自家攙入，發一段感慨，方見關情。此等筆力，不可思議。◯儲欣：嗚咽。◯吳楚材：寫祕演，將曼卿引來陪說。寫二人，將自家插入陪說，文情絕妙。◯孫琮：盛衰離合處，可涕可悲。◯沈德潛：語帶淒婉。◯寫盡盛衰，俯仰頓挫。◯浦起龍：搭插最妙。◯秦躍龍：插入自己。嗚咽。◯賴襄：兩行中寫盡盛衰，俯仰頓挫，并插入自己，字句中有激楚聲。◯「余亦將老矣」一句，文情欲絕。◯宋文蔚：一筆頓住，聲音淒婉。◯高步瀛：以上敘己與曼卿、祕演三人蹤迹。◯王基倫：悲痛中寫此文。

曼卿詩辭清絕，尤稱祕演之作，以爲雅健有詩人之意。◯林雲銘：又扯曼卿來拌講。◯吳楚材：不脫曼卿。◯汪份：又從曼卿之詩，串出祕演之作。◯孫琮：詳敘其詩。◯浦起龍：上俱二人合寫，此從曼卿詩，側卸祕演詩。**祕演狀貌雄傑，其胸中浩然，**◯吳楚材：應「奇男子」。**既習於佛，無所用，**◯林雲銘：百忙中猶作此語，一字不肯放過如此。◯吳楚材：深惜祕演。◯宋文蔚：插入此句，題中「釋」字不略。◯王文濡：是闢佛人口吻。**獨其詩可行於世，**◯

汪份：完「智謀非常之士無所用其能」案，以側出詩來。**而懶不自惜。**○孫琮：宕折。**已老，胠**（ㄑㄩ，發，開也）**其槖，尚得三四百篇，皆可喜者。**○林雲銘：此段言其詩之佳止用「可喜」二字，上文「雅健」二字又借他人口中說出，古人不輕易許人如此。○吳楚材：此段方敘其集詩，是正文。○宋文蔚：以上完題中「詩序」字。○高步瀛：以上敘祕演之詩。

曼卿死，○汪份：完客案。○孫琮：結束前案。**祕演漠然無所向，**○林雲銘：到底扯曼卿來拌講。應上「懽然無所間」句。○儲欣：終篇以曼卿陪說。○孫琮：寫出真知己。○宋文蔚：此下回應上文，仍以曼卿伴說，「無所向」三字應上「懽然無所間」。**聞東南多山水，其巔崖崛**（ㄐㄩㄝ）**峍**（ㄌㄨˋ，山崖）**，江濤洶涌，甚可壯也，**○吳楚材：應前「壯」字。○秦躍龍：奇氣尚自勃勃。**遂欲往遊焉，足以知其老而志在也。**○林雲銘：纔見隱於浮屠奇男子胸襟。○吳楚材：年雖老而志猶壯。○結「老」字。○浦起龍：才說衰，卻矯作壯志，好在寓筆於山水。○賴襄：文字帶雲煙氣者，古今有數，如此等是也。○唐德宜：奇志尚在。○高步瀛：又開奇境，煙波無際。**於其將行，爲敘其詩，因道其盛時以悲其衰。**○姚鼐：結極感慨。○林雲銘：仍以「盛」、「衰」二字作結，餘韻悠然。○汪份：以盛、衰鎖尾，收通篇。○沈德潛：一語收結通體。○唐德宜：一篇鎖尾，結「盛」、「衰」字。**慶曆二年十二月二十八日，廬陵歐陽脩序。**

【彙評】

〔明〕茅坤：多慷慨嗚咽之音，覽之如聞擊筑聲。蓋祕演與曼卿遊，而歐公於曼卿識祕演，雖愛祕演，又狎之，以此篇中命意最曠而逸，得司馬子長之神髓矣。（《山曉閣選古文全集》卷二十三引）

〔清〕姚婧：兩僧集序，雖皆歷落，然未免有曠蕩之病。此微嚴密錄之。（《唐宋八大家偶輯》卷七）

〔清〕林雲銘：歐陽公一生闢佛，乃代浮屠作詩序。若言向無交好，則不必作；言有交好，則既斥其學，又友其人，是言與行相違也。於是想出當年與祕演相識之始，由於石曼卿，遂借石曼卿來，從頭至尾做箇陪客，以爲演與曼卿皆奇士而隱者，而已以陰求奇士得之，便不礙手，此命意之高處。篇中敘事感慨，無限悲壯。其行文又如雲氣往來，空濛繚繞，得史遷神髓矣。（《古文析義》初編卷五）

〔清〕儲欣：「奇」字爲骨，又用「盛」、「衰」二字生情，文亦疏宕有奇氣。（《唐宋八大家類選》卷十一）

〔清〕儲欣：一氣直下，而盛、衰各見，奇絕。按祕演、惟儼俱交曼卿，而曼卿奇士，所交二僧皆以奇合者，故二序磊落縱恣，爲送浮屠文闢一法門矣。（《唐宋十大家全集錄．六一居士全集錄》卷五）

〔清〕吳楚材、吳調侯：寫祕演，絕不似釋氏行藏，序祕演詩，亦絕不作詩序套格。只就生平始終盛衰敘次，而以曼卿夾入寫照，并插入自己。結處說「曼卿死，祕演無所向」；祕演行，歐公「悲其衰」，寫出三人眞知己。（《古文觀止》卷九）

〔清〕過珙：序祕演詩集，則祕演是主，曼卿是賓，歐公自己尤賓中之賓也。通篇妙以賓主陪襯夾敘，而以「盛」、「衰」二字爲眼目，映帶收束其間，覺文情花簇，而章法緊嚴矣。此法時文、古文原自相通，不可歧而視之也。（《古文評註全集》卷十）

〔清〕孫琮：此文妙在層次漸出，布局寬展。如一起，先作一番虛寫，企想必有其人；第二段，方作實寫，先出一個石曼卿，卻是陪引；第三段從曼卿引出祕演，方是正文；第四段，出祕演能詩；第五段敘其合；第六段，敘其離；第七段，敘其集詩；第八段，敘其出遊。即此數段，寫得何等漸次，何等寬展！惟其漸次，所以寬展。孰讀之，可祛忙促之病。○篇中寫祕演，夾寫曼卿；寫二人，夾寫自己。淋漓頓宕，極盡其妙。（《山曉閣選古文全集》卷二十三）

〔清〕方苞：古之能於文事者，必絕依傍。韓子〈贈浮屠文暢序〉以儒者之道開之，〈贈高閑上人序〉以草書起義，而亦微寓鍼石之意。若更襲之，覽者惟恐臥矣。故歐公別出義意，而以交情離合纓絡其間，所謂各據勝地也。（《古文約選．歐陽永叔文約選》）

〔清〕沈德潛：從己引出曼卿，從曼卿引出祕演，爲浮屠人作序，自應留己身分也。盛衰死生之感，不勝嗚咽。（《增評八大家文讀本》卷十一）

〔清〕浦起龍：曼卿爲公友，祕演爲曼卿友，故全以賓主搭間架。曼卿死，祕演老而別，故又以

盛衰變易作激楚聲。然此等文實開時套。（《古文眉詮》卷五十九）

〔清〕劉大櫆：歐公詩文集序，當以〈祕演〉、〈江鄰幾〉爲第一，而〈惟儼〉、〈蘇子美〉次之。（《評註古文辭類篹》卷八引）

〔日本〕賴襄：古今第一等集序，韓、蘇諸公集中皆無之。（《增評八大家文讀本》卷十一）

〔清〕唐德宜：以求士立意，從曼卿引出祕演，從祕演說到詩集，文境迂迴曲至，俯仰悲懷，一往情深。（《古文翼》卷七）

〔清〕張裕釗：〈惟儼集序〉純以轉掉作起落之勢，是極意學退之文字，而未極自然神妙之境。〈祕演集序〉直起直落，直轉直接，具無窮變化，純是潛氣內轉，可與子長諸表序參看。（《評註古文辭類篹》卷八引）

〔清〕張裕釗：案歐公學《史記》，但得其面貌，蓋大巫、小巫之比耳，諸家往往以子長擬之，過矣。（《唐宋文舉要》甲編卷六引）

〔民國〕林紓：公既以奇男子加祕演，復稱其壯，見其盛，憫其志，均不以浮屠之禮待之，但指其爲奇男子隱於浮屠耳。今爲祕演作序，正所以賞其奇，不因其爲浮屠耳與遊。如此脫卸斂避之法，純學昌黎。且浮屠之所居，非寺不可，而公不言寺而言室。至於稍涉於浮屠者，無不避去。且寫祕演與曼卿極飲大醉之狀，直是一個野和尚，其所以可愛，在能詩耳。曼卿既可與遊，則因曼卿而識其人，亦非有心結納方外之比。文頓挫伸縮，無不自如，入手極工細，寫祕演狀態極昂藏，到收局時，於衰颯中仍見昂藏，終始脫不去一個「奇」字，眞有數

之至文也。（《古文辭類纂選本》卷二）

〔民國〕宋文蔚：如此篇爲祕演作序，從死生聚散上著筆，而以陰求天下賢士，引起全篇之意。前兩段連用頓折，落到祕演，復以盛衰死生發出感慨，連用頓折之筆。至末段祕演之遊，託迹於山水，尤覺悲壯蒼涼，有遺韻矣。（《評註文法津梁》中冊）

〔民國〕宋文蔚：欲說祕演之奇，先說曼卿之奇，此近脈也。起首以非常奇偉之士，伏而不見，引起曼卿、祕演兩人，此遠脈也。中後從祕演盛衰上發感慨，則祕演之懷奇不用，而隱於浮屠以老，其爲可惜自在言外，此文之用意也。（《評註文法津梁》中冊）

〔民國〕陳衍：歐公爲惟儼、祕演兩僧作詩文集序，皆以石曼卿一人爲聯絡。蓋曼卿奇士，惟儼、祕演皆名僧，兩序易於從同。而說祕演則寫兩人同處，說惟儼則寫兩人異處，以此命意，則一切布置，自迥乎不同矣。惟儼能文，祕演能詩，曼卿長於詩，不以文著，又其所以不同處。故作文必以命意爲要。（《石遺室論文》卷五）

〔民國〕吳闓生：二釋詩序，皆永叔摹擬《史記》之作。二篇皆以石曼卿緯絡之，以爲奇致，仿史公合傳筆意也。此篇氣勢尤爲駿逸，在歐集中固爲佳文。◯全以風神宕漾見長，後半嫌近空衍。凡掉弄虛神之筆，每以空泛爲病，此古文之學所以不滿於今人者也。（《古文典範》卷二）

延伸思考

1. 惟儼、祕演都是「隱於浮屠」之人，為何在北宋尚稱太平的年代，這些奇才異能之士會「隱於浮屠」而不出仕報效國家？
2. 文中又提及石曼卿「隱於酒」。「隱於酒」和「隱於浮屠」的人，原本有各自不同的人生取向，他們和不願意「隱」的歐陽脩更有很大的差異。但是為什麼三人能結為感情深厚的好友？
3. 試比較〈釋惟儼文集序〉、〈釋祕演詩集序〉二文寫法有何異同？

王彥章畫像記

【題解】

本文選自《歐陽文忠公文集》卷三十九，《居士集》卷三十九。

王彥章（八六三～九二三），五代後梁將領，以驍勇善戰及忠於後梁政權聞名。梁覆亡時，因不肯降於後唐而被殺。歐陽脩《新五代史》收入〈死節傳〉，序言云：「語曰：『世亂識忠臣。』誠哉！五代之際，不可以爲無人。吾得全節之士三人焉，作〈死節傳〉。」該傳共記載王彥章、裴約、劉仁贍三人。歐陽脩於傳末贊語云：「嗚呼！天下惡梁久矣。然士之不幸而生其時者，不爲之臣可也。其食人之祿者，必死人之事，如彥章者，可謂得其死哉！」王彥章出身行伍，不識字，不知書，乃能盡其忠義，死而後已，故能贏得世人崇敬。

太師王公諱彥章，○虞集：第一節序彥章出處本末。字子明，鄆州壽張人也。事梁，爲宣義軍節度使，以身死國，葬於鄭州之管城。晉天福二年，始贈太師。○唐順之：總敘其略。○孫琮：直敘起，用列傳體。○浦起龍：撮敘爵里卒贈。

公在梁以智勇聞。○虞集：第二節序彥章勇。○儲欣：智勇、忠，一篇骨子。此處立案，以下錯綜敘去。○沈德潛：智勇、忠，篇中眼目。此處提明，以下參錯照應。梁、晉之爭數百戰，其爲勇將多矣，而晉人獨畏彥章。○虞集：借彼形此。○浦起龍：撮敘事略。○秦躍龍：提。自乾化後，常與晉戰，屢困莊宗於河上。○儲欣：智勇。及梁末年，○虞集：第三節序彥章之忠。小人趙巖等用事，梁之大臣老將多以讒不見信，皆怒而有怠心，而梁亦盡失河北，事勢已去。諸將多懷顧望，獨公奮然自必，不少屈懈，○虞集：與上文「怒」、「怠」、「顧望」相反。志雖不就，卒死以忠。公既死而梁亦亡矣。○孫琮：一篇思慕本意，只在「公死梁亡」一語。悲夫！[1]○虞集：冷語。○唐順之：其能全節。○儲欣：智勇、忠並挈，歸重「忠」上。○沈德潛：見公一身係梁之存亡，措語哽咽。○浦起龍：彥章以被擒不屈死，夾議論讚歎一束。○賴襄：一頓，然後洗發，妙。

五代終始纔五十年，○虞集：第四節言彥章能全節於五代之時。而更十有三君，五易國而八姓。士之不幸而出乎其時，能不污其身得全其節者，鮮（ㄒㄧㄢˇ）矣！公本武○儲欣：跟「忠」字來，咏歎數行。○孫琮：一跌。○浦起龍：再就其不屈，加一層盱衡讚歎。人，不知書，其語質，平生嘗謂人曰：「豹死留皮，人死留名。」蓋其義勇忠信，◯孫琮：四字是主。出於天性而然。◯虞集：總結前兩節。◯此第一段，序彥章忠勇。凡四節。◯儲欣：照「不知書」一策。◯又綰「勇」字，總頓住。

予於《五代書》，◯虞集：第一節言五代舊史脫略，下文說家傳與舊史不同，合更此節起本。竊有善善惡惡（ㄨˋㄜˋ）之志。至於公傳，未嘗不感憤歎息。◯虞集：五代新史，歐公作。惜乎舊史殘略，不能備公之事。◯唐順之：辨其事。◯儲欣：開下。◯孫琮：引起下意。◯沈德潛：生出下半篇文字。◯浦起龍：以上總是篇頭。

康定元年，◯虞集：第二節序得彥章家傳之由。予以節度判官來此。求於滑人，得公之孫睿所錄家傳，◯孫琮：公行實得之家傳，因辨其事，以補舊史之缺。頗多於舊史，其記德勝之戰尤詳。◯虞集：第三節略舉家傳與舊史不同處。德勝戰事詳見下文。◯儲欣：虛挈一筆。◯沈德潛：見家傳所載，足以補闕正訛，與並行不相妨也。此公作史詳慎意。◯浦起龍：此下二段，精神所結眼在得其家傳，固記像以寄意，數語總挈。◯秦躍龍：虛挈一筆，伏。又言：敬翔怒末帝不肯用公，欲自經於帝前；公因用笏（ㄏㄨˋ）畫山川，◯孫琮：奇快。爲御史彈而見廢。又言：公五子，其二同公死節。此皆舊史無之。◯虞集：總上二事。又云：公在滑，以讒自歸於京師；而史云「召之」。◯虞集：此二事家是，舊

1 此處孫琮《山曉閣古文選》以「悲夫」二字屬下段。

史非。**是時梁兵盡屬段凝，京師羸兵不滿數千，公得保鑾五百人，之鄆**（ㄩㄣˋ）**州，以力寡，敗於中都。而史云「將五千以往」者，亦皆非也。**◯虞集：總上二事。◯孫琮：語語是表章逸事，無意作辨，亦已辨矣。◯沈德潛：已上五條所云多於舊史者。◯浦起龍：本段見家傳所載，足以補缺正訛，特表出之。蓋史雖刊行，而事可互證，不敢沒也，於此見公作史慎重之心。按晝笏事，史已有。◯賴襄：得此一段考據，見文非徒作，讀之，覺有精神。◯王基倫：搜求史料，辨證史事。

公之攻德勝也，◯虞集：第四節再序德勝之戰。此事舊史與家傳異耳，故作別一說。◯儲欣：抽出。◯孫琮：一段表德勝之捷，此王公得意事，敘之獨詳。◯沈德潛：另抽德勝之戰言之。◯秦躍龍：專抽出德勝之戰先發。**初受命於帝前，期以三日破敵，**◯儲欣：智勇。**梁之將相聞者皆竊笑。**◯虞集：下段歐公欲嘗自以用奇之說獻於時而不用，故詳說彥章出奇事引入。**及破南城，果三日。**◯儲欣：特拈德勝一戰，以實公之智勇。**是時莊宗在魏，聞公復用，料公必速攻，自魏馳馬來救，已不及矣。莊宗之善料，公之善出奇，**◯虞集：結上生下。◯秦躍龍：將莊宗襯公，精神百倍。**何其神哉！**◯虞集：此第二段，言彥章家傳。凡四節。◯唐順之：出奇策。◯儲欣：頓。◯孫琮：借莊宗一觀，神色百倍。◯沈德潛：妙，妙，先獲我心。

今國家罷兵四十年，◯虞集：第一節序獻議之由。◯儲欣：借古人發胸中，作家往往如此。◯忽然感觸。◯沈德潛：文章斷法。**一旦元昊反，敗軍殺將，**◯孫琮：又入時事相感慨。**連**

四五年，而攻守之計至今未決。予獨持用奇取勝之議，而歎邊將屢失其機。時人聞予說者，○虞集：第二節說當時不用其策。或笑以爲狂，或忽若不聞，雖予亦惑，不能自信。○沈德潛：插入自己用奇取勝在內，文家用拓用縱法，忽斷忽續，筆如遊龍。及讀公家傳，○虞集：第三節說德勝之戰正是出奇。○沈德潛：續法。至於德勝之捷，乃知古之名將必於出奇，然後能勝。○王基倫：應前。然非審於爲計者不能出奇。○虞集：第四節言出奇非常人所能。○孫琮：用奇之妙，刻意表章。奇在速，速在果，○儲欣：勇。○王基倫：頂真。此天下偉男子之所爲，非拘牽常筭（ㄙㄨㄢˋ，同「算」）之士可到也。○浦起龍：此段另抽德勝戰事，又意不在德勝，而在當時西事也。公於西事，嘗建用奇之議，而時皆忽之。今觸於三日奇速之捷，有可借以儆悟一時者，故特爲淋漓感憤之言，非泛作寄慨文情也。每讀其傳，未嘗不想見其人。○虞集：結上生下。○此第三段，歐公自說嘗有用奇之議。凡四節。○儲欣：是以家乘補國史，而極讚歎其善制勝。○沈德潛：勒歸本傳束住，即以引起下文。○賴襄：沈評得肯綮。

後二年，○虞集：第一節序得畫像之時與其所。予復來通判州事。○儲欣：「復來通判」以下，專言畫像也。歲之正月，過俗所謂鐵槍寺者，又得公畫像而拜焉。○孫琮：至此方出畫像。歲久磨滅，隱隱可見。○賴襄：「隱隱可見」是一篇精采處。亟命工完理之，○虞集：第二節序完治畫像。而不敢有加焉，懼失其真也。公善用槍，○虞集：第三節釋鐵槍之號。當時號「王鐵槍」。公死已百年，至今俗猶以名其寺，

○孫琮：餘波俗事，偏能寫作不朽。童兒牧豎皆知王鐵槍之爲良將也。一槍之勇，○虞集：第四節說彥章名不朽，以其忠。同時豈無？而公獨不朽者，豈其忠義之節使然歟？○虞集：借彼形此。○此第四段，序畫像。凡四節。○儲欣：歸重忠義。○歸根。○孫琮：結歸正旨。○沈德潛：正論。○浦起龍：像得於鐵槍寺，因復就鐵槍渲染，行文觸手情生如此。

畫已百餘年矣，○孫琮：又就畫生情。完之復可百年，然公之不泯者，不繫乎畫之存不存也。○虞集：曾子固序顏魯公祠堂，祖此意。○賴襄：「畫已百餘年」云云，是雖似泛語，大有風韻。而予尤區區如此者，蓋其希慕之至焉耳。○儲欣：一唱三歎。○浦起龍：希慕之至，舍得用奇一段神理。讀其書，尚想乎其人，○王基倫：應前。況得拜其像，識其面目，不忍見其壞也。○虞集：此第五段，發主意，只一節。

畫既完，因書予所得者於後，而歸其人使藏之。○虞集：此第六段，序作記，只一節。○唐順之：此段是寺中畫像之事。

【彙評】

〔明〕唐順之：文凡五段：一段是總敘其略，二段是言其能全節，三段是辨其事，四段是言其善出奇，五段是寺中畫像之事。通篇以忠節、善戰分兩項，然不見痕迹。（《增評八大家文讀本》卷十二引）

〔明〕孫鑛：議論敘事相間插，縱橫恣肆，如蛟騰虎躍，絕爲高作。（《山曉閣選古文全集》卷二十四引）

〔清〕儲欣：此文大約分三段看。一段「太師王公」至「出於天性而然」，是總其生平。二段「余於五代史」至「想見其爲人」，是以家乘補國史，而極歎其善制勝。三段纔拍著畫像記也。前提「智勇」字、「忠」字，眞乃一篇骨子。篇中非表其智勇，即表其忠，而文尤歸重「忠」字上。（《唐宋八大家類選》卷十一）

〔清〕孫琮：王公行實已詳於史，此記皆敘其軼事，而以議論行之。◯此篇略有五段：第一段，敘王公忠勇，寫勇處，只用一二句形容，便見千人辟易，寫忠處，卻用數十言流連讚歎，已自低徊不盡；第二段，傳其逸事，細鎖寫來，確是信史闕疑筆法；第三段，表德勝之捷，憑今弔古，純是一片低昂思慕心事；第四段，寫公名垂後世，嘖嘖口耳；第五段，寫公畫像，宛轉委曲，設想在題中，立身在題外，開闔頓宕，筆筆入神，子長得意之作也。（《山曉閣選古文全集》卷二十四）

〔清〕儲欣：自「公在梁」至「出於天性而然」，揭出公之勇、忠，爲第一段。以家傳補舊史，而盛稱德勝一戰，爲第二段。「復來通判」以下，則專言畫像也，爲第三段。低徊慨慕，善善也長。歐公諸記第一作。（《唐宋十大家全集錄．六一居士全集錄》卷五）

〔清〕沈德潛：此與昌黎書〈張中丞傳後〉，同是表章軼事，而各極神妙。◯作記之意，因德勝之戰，與己用奇取勝之見相合，借之發揮，精采倍加，是爲神來之候。（《增評八大家文讀

本》卷十二）

〔清〕浦起龍：古人作一文，每有一番振觸，讀此文者，不得謂〈王彥章畫像記〉定應如是作也。蓋畫像未得，先見家傳，有動於中，未經載筆，今因作像記而及之。一則以五代史，手實成之；一則以西夏事，心切憤之，可藉以訂傳譌而警邊將。是借像表傳、借傳表意之文，絕不與他文賓主波瀾一例。（《古文眉詮》卷六十）

延伸思考

1. 這篇文章有不同的分段方式，試分析哪種分段方式較好？而分段的依據爲何？
2. 《新五代史．死節傳》和本文都記載了王彥章的故事，比較二文的寫法，說明「傳」與「記」的文體特色有何不同？
3. 王彥章盡忠於後梁，後梁朱溫（八五二～九一二）卻是殘暴不仁，弒昭宗（八九二～九〇八）、篡唐室的政權，政治名聲很差。歐陽脩自言「予於《五代書》，竊有善善惡惡之志。」那麼，王彥章的「善」在哪裡？他的「善」是否足以彌補助紂爲虐的「惡」呢？是否應當爲王彥章立傳？

黃夢升墓誌銘

【題解】

本文選自《歐陽文忠公文集》卷二十八，《居士集》卷二十八。

黃注（？～一○四○），字夢升，歐陽脩少年時期的鄰家兄長，也是黃庭堅（一○四五～一一○五）的叔祖。黃庭堅〈跋歐陽文忠公撰七叔祖主簿墓誌銘後〉說：「叔祖夢升，學問文章，五兵從橫。制作之意，似徐陵、庾信。」陳善《捫蝨新話．文章有奪胎換骨法》也說：「夢升所作雖不多見，然觀其詞句，奇倔可喜，正得所謂千兵萬馬之意。」故知其頗具文學素養。夢升一生鬱鬱不得志，英年早逝。其弟黃渭請求歐陽脩為他撰寫墓誌銘。

予友黃君夢升，其先婺（ㄨˋ）州金華人，○孫琮：首敘家世。後徙洪州之分寧。其曾祖諱元吉，祖諱某，1父諱中雅，皆不仕。黃氏世爲江南大族，自其祖父以來，樂以家貲（ㄗ）賑鄉里，多聚書以招四方之士。○儲欣：富人所難。○孫琮：便自與人不同。○沈德潛：富室中少此人。夢升兄弟皆好學，尤以文章意氣自豪。○儲欣：骨。○汪份：「文章意氣」作柱，下分應卻重在文章。○何焯：通篇以此四字爲眼目。○秦躍龍：「文章意氣」，一篇關鍵。○高步瀛：以上先世。○王文濡：「文章意氣」先行揭出。

予少家隨，夢升從其兄茂宗官於隨。予爲童子，立諸兄側，見夢升年十七八，○孫琮：始與夢升晤。眉目明秀，善飲酒談笑，○汪份：以飲酒作線。○王文濡：少時意氣。予雖幼，心已獨奇夢升。○高步瀛：以上少壯。

後七年，予與夢升皆舉進士於京師。夢升得丙科，初任興國軍永興主簿，怏怏不得志，以疾去。○汪份：世不知。久之，復調江陵府公安主簿。時予謫夷陵令，遇之於江陵。○孫琮：再與夢升晤。夢升顏色憔悴，初不可識，○汪份：對上眉目明秀。久而握手噓嚱，相飲以酒，夜醉起舞，歌呼大噱。○王文濡：醉後見意氣。予益悲夢升志雖衰，而少時意氣尚在也。○姚靖：敘處入神。○汪份：應「意氣」。○沈德潛：悲壯。○孫琮：感慨悲涼。○高步瀛：以上雖不得志，而意氣尚在。

後二年，予徙乾德令，夢升復調南陽主簿，又遇之於鄧。○孫琮：三與夢升晤。○高步瀛：南陽即鄧州。間（ㄐㄧㄢˋ）常問其平生所爲文章幾何，夢升慨然歎曰：

「吾已諱之矣。窮達有命，非世之人不知我，我羞道於世人也。」◯孫琮：有激之言。求之不肯出，遂飲之酒，復大醉，起舞歌呼，因笑曰：「子知我者！」乃肯出其文。◯王文濡：醉後始出文章。讀之博辨雄偉，其意氣奔放，猶不可禦。予又益悲夢升志雖困，而獨其文章未衰也。◯儲欣：悲壯。◯孫琮：纏綿曲折，多少感慨。◯沈德潛：傳出豪氣未除，愈見可悲。◯秦躍龍：應「文章」。◯高步瀛：以上文章猶未衰。

是時謝希深出守鄧州，尤喜稱道天下士，予因手書夢升文一通，欲以示希深。◯秦躍龍：交誼之厚。未及，而希深卒，予亦去鄧。後之守鄧者皆俗吏，不復知夢升。◯汪份：世不知。夢升素剛，不苟合，◯姚鼐：「不苟合」三字已見夢升生平。負其所有，常怏怏無所施，◯茅坤：應前。卒以不得志，死於南陽。◯儲欣：世但知道兩段淒苦，豈知此處深悲，真太史公筆。◯汪份：收不得志。◯孫琮：總敘其爲人，即連記其卒，所以深悲其剛不苟合也。◯沈德潛：此又可悲。◯王文濡：意氣盡矣。

夢升諱注，以寶元二年四月二十五日卒，享年四十有二。其平生所爲文，曰《破碎集》、《公安集》、《南陽集》，凡三十卷。◯王文濡：文章猶

1 「曾祖諱元吉」二句，據高步瀛《唐宋文舉要》考證，當作：「曾祖諱贍，祖諱元吉」。

在。○高步瀛：以上不得志以死，而獨有文章在。娶潘氏，生四男二女。將以慶曆四年某月某日，葬於董坊之先塋。○高步瀛：妻子及葬。其弟渭泣而來告曰：○汪份：不脱「兄弟」二字。○孫琮：應前「兄弟」。「吾兄患世之莫吾知，○汪份：收世不知。孰可爲其銘？」○汪份：收上兩「悲」字。○孫琮：明銘所由作。予素悲夢升者，因爲之銘曰：

○高步瀛：以上爲銘。

予嘗讀夢升之文，至於哭其兄子庠（ㄒㄧㄤˊ）之詞，2曰：「子之文章，電激雷震，雨雹忽止，闃然滅泯」，○茅坤：悲慨之音。未嘗不諷誦歎息而不已。○孫琮：有「悲」字在內。嗟夫夢升，曾不及庠。不震不驚，鬱塞埋藏。孰與其有，不使其施？吾不知所歸咎，徒爲夢升而悲。○汪份：收「悲」字。○孫琮：應「悲」字結。○沈德潛：結「悲」字。○即用夢升詞而益以數言，便覺可悲，又有哭世父文云：「高明之家，尚爲鬼瞰，公之文章，豈無物憾」云云，亦自警覺。

【彙評】

〔宋〕朱熹：黃夢升墓誌極好。（《唐宋八大家文選》卷十五〈歐陽廬陵文六〉引）

〔明〕茅坤：敘生平交遊，感慨爲志。（《唐宋八大家文鈔．歐陽文忠公文抄》卷二十九）

〔清〕姚靖：悲憤歷落，頗似昌黎。（《唐宋八大家偶輯》卷八）

〔清〕儲欣：公爲夢升而悲，天下後世五尺童子，讀公文慮無不悲夢升者，夢升可不恨。予獨怪夢升一不快於丙科，三爲主簿，遂怏怏以卒；彼未沾一命者，當何如哉？設以夢升之文章意氣，明於龍蛇之蟄，不卑下僚以存身，雖未知其終得施與否，而於古君子之道則近矣。（《唐宋十大家全集錄·六一居士全集錄》卷三）

〔清〕孫琮：讀〈黃夢升墓誌〉，恰如與故友一番話舊。前幅述其髫年相與，中幅記其飲酒悲歌，恍然風雨聯床，通宵話舊時也。篇中極悲夢升，又是極表夢升。如說意氣尚在，文章未衰，皆是極力表出，不徒作欷噓浩歎語也。（《山曉閣選古文全集》卷二十四）

〔清〕沈德潛：以抱才之人，而屈於下位，不遇知己，宜感憤激昂而不能自已也。中寫醉酒起舞處，筆筆有神。○蘇子美年四十一，張子野、石曼卿年四十八，張堯夫年三十七，黃夢升年四十二，而又皆沉於下僚，困窮以死。豈豐於才者嗇於命邪？（《增評八大家文讀本》卷十三）

〔清〕劉大櫆：歐公敘事之文，獨得史遷風神。此篇遒宕古逸，當爲墓誌第一。（《評註古文辭類纂》卷四十六引）

〔日本〕賴襄：文用傳體，銘用贊體，如讀《史記》，是亦昌黎所無。（《增評八大家文讀本》卷十三）

---

2 《宋史·文苑傳》曰：「黃庠，字長善，洪州分寧人。名聲動京師。所作程文，傳誦天下，聞於外夷，近世布衣罕匹也。」

延伸思考

1. 朱熹（一一三〇～一二〇〇）讚美這篇文章極好。好在哪裡？
2. 這篇文章有哪些語句貫串前後文，形成前後連動的關係？歐陽脩如此寫的作用何在？
3. 謝絳與歐陽脩的交情如何？文中說「希深卒，予亦去鄧。後之守鄧者皆俗吏」，歐陽脩這麼說不怕得罪人嗎？

朋黨論

【題解】

本文選自《歐陽文忠公文集》卷十七，《居士集》卷十七。

李燾《續資治通鑑長編》卷一四八：「慶曆四年四月戊戌，上（仁宗）謂輔臣曰：『自昔小人多為朋黨，亦有君子之黨乎？』范仲淹對曰：『臣在邊時，見好戰者自為黨，而怯戰者亦自為黨。其在朝廷，邪正之黨亦然。唯聖心所察爾。苟朋而為善，於國家何害也？』初，呂夷簡罷相，夏竦授樞密使，復奪之，代以杜衍，同時進用富弼、韓琦、范仲淹在二府，歐陽脩等為諫官。石介作〈慶曆聖德詩〉，言進賢退姦之不易，姦，蓋斥夏竦也。竦銜之。而仲淹等皆脩素所厚善，脩言事一意徑行，略不以形迹嫌疑顧避。竦因與其黨造為黨論，目衍、仲淹及脩為黨人，脩乃作〈朋黨論〉上之。」

呂祖謙《古文關鍵》：在諫院進。一本「論」作「議」。

謝枋得《文章軌範》：仁宗時，杜衍、富弼、韓琦、范仲淹位執政，歐陽脩、余靖、王素、蔡襄為諫官，欲盡革弊政，共致太平。陳執中、章得象、王拱辰、魚周詢等不悅，謀傾陷君子，首擊去館職名士十三人，杜、富、韓、范不安，相繼去國。小人創朋黨之說，欲盡去善類，藍元震進〈朋黨論〉。歐陽公憂之，既上疏論杜、富、韓、范皆公忠愛國，又上〈朋黨論〉以破邪說。仁宗因而感悟。

臣聞朋黨之說，自古有之，◯呂祖謙：平說。◯林雲銘：必不能無。◯余誠：此一段言人君當辨朋之「君子」、「小人」，定一篇大旨。**惟幸人君辨其君子小人而已。**◯謝枋得：此三句是一篇主意。◯歸有光：提。◯金聖歎：不怪朋黨，只與提出人君。大識力，大筆力。◯林雲銘：但當察其爲類。◯吳楚材：歸重人君，一篇主意。◯過珙：君子、小人，指當時在朝之人，謂朋黨本不足怪，惟在人君之能辨耳。◯沈德潛：正論。◯秦躍龍：創而確。

大凡君子與君子以同道爲朋，◯余誠：此一段從「君子」、「小人」立論，以起下文。**小人與小人以同利爲朋，**◯呂祖謙：解上意。◯謝枋得：此二句一篇大綱。◯茅坤：名言。◯余誠：此一層是不可少。**此自然之理也。**◯金聖歎：先平寫，下忽然側寫，筆如鷹隼攫捩。◯林雲銘：所以各自爲類者。◯先提出君子、小人，起下文。◯吳楚材：君子、小人，先平寫一筆。**然臣謂小人無朋，**◯呂祖謙：驚人句。◯余誠：此轉警聳，通篇俱從此意發揮。**惟君子則有之。**◯呂祖謙：應後句。◯謝枋得：警策刺心之言。◯此轉最妙。◯金聖歎：側寫攫捩。◯林雲銘：側重君子立論。◯儲欣：創而確。◯鋒。◯過珙：時方目君子爲朋，歐公此論卻不與辨，反曰：「小人無朋，惟君子則有之。」此等思索，人道不到。○沈德潛：二語前人未道。○賴襄：二句破天荒語。**其故何哉？**○余誠：喝下。

小人所好者祿利也，所貪者財貨也。○呂祖謙：解上意。○歸有光：承寫小人。○孫琮：承寫小人無朋。**當其同利之時，**○余誠：緊跟上「同利」說。**暫相黨引以爲朋者，僞也。**○謝枋得：初說小人無朋，又生「僞朋」二字方妙。○孫琮：「僞」字誅小人之心。○余誠：以「暫」字、「僞」字著爲朋，已足見其無朋。**及其見利而爭先，或利盡而交疏，則反相賊害，雖其兄弟親戚不能相保，**○余誠：襯筆更妙。○余誠：此正見其無朋處。**故臣謂小人無朋，**○余誠：應上段。**其暫爲朋者，僞也。**○呂祖謙：應前句。○鍾惺：透快。○金聖歎：說盡。○林雲銘：同利算不得朋，所以謂之無。○吳楚材：承寫小人無朋。○過珙：此段描寫小人無朋，可謂說盡。○余誠：收束本段。

君子則不然，○金聖歎：疾轉。○歸有光：承寫君子。○過珙：此轉最疾，發明君子有朋。**所守者道義，所行者忠信，所惜者名節。**○余誠：對上「所好」、「所貪」二句。**以之修身，則同道而相益；**○過珙：在野礪以相益。○余誠：總跟「大凡」段「同道」說。**以之事國，則同心而共濟，**○過珙：在朝。**終始如一。**○孫琮：磊落正大。○余誠：分寫四句。**此君子之朋也。**○金聖歎：亦說盡。○林雲銘：同道方是真朋，故謂之有。○吳楚材：承寫君子有朋。○過珙：此段正言君子有朋，可謂說盡。○余誠：對「小人」收。○王文濡：坐實君子有朋，不特箝議者之口，於理論、事實上，均無乖謬。**故爲人君者，**○歸有光：提。○過珙：又重提人君。○余誠：此一段引歸到人君，結上兩段之意。**但當退小人之僞朋，用君子之真朋，則天下治矣。**○呂祖謙：一篇大意。○警策有力處。○金聖歎：只與提出人君。○林雲銘：辨之明則處之當。○以上言人君當辨人品爲進退，不當以朋黨爲嫌疑。○儲欣：上東下渡。○吳楚材：應轉「人君辨其君子小人」句，作一束，以起下六段意。○過珙：雙承君子、小人之朋。○此結上兩段之意。○沈德潛：大意盡此，下引古證之。○余誠：應篇首「惟幸」句收。○唐德宜：收到人君，大意盡此，以下乃歷引以證之。

堯之時，○余誠：此一段引堯舜以爲退「僞朋」、進「真朋」之證。**小人共工、驩兜等四人爲一朋，**○呂祖謙：下得好，説少。○過珙：此説小人之朋少。**君子八元**（高辛氏之子）**、八凱**（高陽氏之子）**十六人爲一朋。**○《左傳・文公十八年》：「昔高陽氏有才子八人，蒼舒、隤敳、檮戭、大臨、尨降、庭堅、仲容、叔達，齊聖廣淵，明允篤誠，天下之民謂之八愷。高辛氏有才子八人，伯奮、仲堪、叔獻、季仲、伯虎、仲熊、叔豹、季貍，忠肅共懿，宣慈惠和，天下之民謂之八元。此十六族也，世濟其美，不隕其名，以至於堯，堯不能舉。舜臣堯，舉八愷，使主后土，以揆百事，莫不時序，地平天成。舉八元，使布五教於四方，父義、母慈、兄友、弟共、子孝，內平外成。」《左傳》「凱」作「愷」，杜注：「元，善也；愷，和也。」○呂祖謙：下得好。○過珙：此説君子之朋多。○余誠：上是「同利」，此是「同道」。**舜佐堯，退四凶小人之朋，**○余誠：證退僞朋。**而進元、凱君子之朋，**○《左傳・文公十八年》：「昔帝鴻氏有不才子，掩義隱賊，好行兇德，醜類惡物，頑嚚不友，是與比周，天下之民謂之渾敦。少皞氏有不才子，毀信廢忠，崇飾惡言，靖譖庸回，服讒蒐慝，以誣盛德，天下之民謂之窮奇。顓頊有不才子，不可教訓，不知話言，告之則頑，舍之則嚚，傲很明德，以亂天常，天下之民謂之檮杌。此三族也，世濟其凶，增其惡名，以至於堯，堯不能去。縉雲氏有不才子，貪於飲食，冒於貨賄，侵欲崇侈，不可盈厭，聚斂積實，不知紀極，不分孤寡，不恤窮匱，天下之民以比三凶，謂之饕餮。舜臣堯，賓於四門，流四凶族，渾敦、窮奇、檮杌、饕餮，投諸四裔，以禦魑魅。是以堯崩而天下如一，同心戴舜，以爲天子，以其舉十六相，去四凶也。」四凶，《書·舜典》謂共工、驩兜、三苗、鯀，《左傳》作渾敦、窮奇、檮杌、饕餮。◯呂祖謙：應前。◯過珙：單承君子之朋。◯余誠：證用真朋。**堯之天下大治。**◯歸有光：證一。◯金聖歎：大奇文。◯林雲銘：退僞朋、進真朋之證。◯余誠：應前「天下治」。◯賴襄：好典故何處得來？**及舜自爲天子，**◯呂祖謙：過接處。◯此一段引舜以爲不疑真朋之證。**而皋、夔、稷、契等二十二人並列於朝，**◯《書·舜典》：「帝曰：咨！汝二十有二人，欽哉！惟時亮天功。」孔安國傳：「禹、垂、益、伯夷、夔、龍六人，新命有職，四岳、十二牧，凡二十二人，特勅命之。」◯余誠：專言同進者。**更**（ㄍㄥ）**相稱美，更相推讓，**◯過珙：謂元凱及皋、夔等，都俞吁咈，各相稱頌其令德，推讓其功業也。◯孫琮：本劉中壘故事來。[1]◯吳闓生：更相，猶互相也。**凡二十二人爲一朋，**◯

1 劉中壘，西漢劉向（前七十七~前六），曾官中壘校尉，有《劉中壘集》一卷。

呂祖謙：説多。◯見《書・舜典》及劉向封事。**而舜皆用之，**◯呂祖謙：文勢。◯謝枋得：文勢紆餘。◯余誠：又證用真朋。**天下亦大治。**◯歸有光：證二。◯金聖歎：大奇文。◯林雲銘：不疑真朋之證。◯吳楚材：君子又一證。◯過珙：上以堯、舜分言，專言治。◯余誠：又應前。**《書》曰：**◯余誠：此一段引紂與武王爲無朋反亡、多朋反興之證。**「紂有臣億萬，惟億萬心；周有臣三千，惟一心。」**◯呂祖謙：《書・泰誓》云云。**紂之時，億萬人各異心，可謂不爲朋矣，**◯孫琮：忽言不朋，妙。**然紂以亡國。**◯歸有光：證三。◯金聖歎：大奇文。◯吳楚材：小人一證。◯過珙：引證無朋亡國。◯忽反跌「朋」字，匪夷所思。◯余誠：從「治」生出「興亡」。**周武王之臣，三千人爲一大朋，**◯呂祖謙：警策有力處。◯余誠：上四句「十六」字、「二十二」字及此「三千字」，點次錯落。**而周用以興。**◯歸有光：證四。◯金聖歎：大奇文。◯林雲銘：無朋反亡、多朋反興之證。◯吳楚材：君子又一證。◯過珙：引證多朋興國。◯唐德宜：歷引唐、虞、殷、周君子之朋，見其足以成治而無害。

後漢獻帝時，◯沈德潛：應是桓、靈。◯余誠：此一段引獻帝，以爲害真朋之證。**盡取天下名士囚禁之，**◯孫琮：從前覆轍，不憚亹亹如陳。**目爲黨人。**◯《後漢書・黨錮列傳》：「指天下名士，爲之稱號。上曰三君，次曰八俊，次曰八顧，次曰八及，次曰八厨，猶古之八元、八凱也。竇武、劉淑、陳蕃爲三君。君者，言一世之所宗也。李膺、荀昱、杜密、王暢、劉祐、魏朗、趙典、朱寓爲八俊。俊者，言人之英也。郭林宗、宗慈、巴肅、夏馥、范滂、尹勳、蔡衍、羊陟爲八顧。顧者，言能以德行引人者也。張儉、岑晊、劉表、陳翔、孔昱、苑康、檀敷、翟超爲八及。及者，言其能導人追宗者也。度尚、張邈、王考、劉儒、胡母班、秦周、蕃嚮、王章爲八厨。厨者，言能以財救人者也。」◯謝枋得：漢之黨錮有三君、八俊、八顧、八及、八厨，有張儉、范滂、李膺、郭泰等爲之魁。◯吳楚材：時以竇武、陳蕃、李膺、郭泰、范滂、張儉等爲黨人。◯過珙：謂自黨人之禁起，則僞朋進而真朋退，天下事已不可爲矣。**及黃巾賊起，漢室大亂，**◯余誠：「亂」字亦從上「治」字生出。◯唐德宜：張角兄弟三人，惑眾作亂，以黃巾爲號。**後方悔悟，盡解黨人而釋之，**◯謝枋得：桓、靈、獻三朝。**然已無救矣。**◯歸有光：證五。◯金聖歎：大奇文。◯林雲銘：害真朋之證。◯吳楚材：鉅鹿張角聚眾數萬，皆著黃巾以爲標幟，時人謂之黃巾賊。帝召羣臣會議，皇甫嵩以爲宜解黨禁，帝懼而從之。◯小人又一證。◯過珙：太守皇甫嵩以爲宜解黨禁，帝懼而從之，惟張角不赦，然事已無及矣。此引證《（後）漢書》，真朋五。◯余誠：言之悚然，文法亦變。◯王文濡：蘇厚子云：2「按《後漢書》，禁錮黨人在桓、靈二帝時，黃巾賊起，在靈帝時。」**唐之晚年，**◯余誠：此一段引唐以爲滅

2 蘇惇元（一八〇一～一八五七），字厚子，桐城人。學宗朱子，一生清貧。方宗誠《柏堂集次編》有〈蘇厚子先生傳〉。

真朋之證。**漸起朋黨之論。**○謝枋得：李德裕之黨多君子，牛僧孺之黨多小人，號牛、李黨。**及昭宗時，盡殺朝之名士，或投之黃河，**[3]**曰：「此輩清流，可投濁流。」而唐遂亡矣。**○謝枋得：朱全忠時，盡殺黨人於白馬驛。○歸有光：證六。○金聖歎：大奇文。○連引數證，一段奇是一段。○林雲銘：滅真朋之證。○吳楚材：天祐二年，朱全忠聚朝士貶官者三十餘人於白馬驛，盡殺之。時李振屢舉進士不中第，深疾縉紳之士，言於全忠曰：「此輩嘗自謂清流，宜投之黃河，使爲濁流。」全忠笑而從之。○小人又一證。○過珙：昭宗時，朱全忠之變，盡殺朝之名士於白馬驛，咸投之黃河曰：「此輩自謂清流，可投濁流以污之。」而唐室以亡。引證唐滅，真朋六。看他連引數證，一段奇似一段。按（《新五代史．唐六臣傳》）昭宗天祐二年，貶裴樞、崔遠、獨孤損、陸扆、趙崇、王贊等，其餘皆指爲浮薄，貶逐無虛日，縉紳一空。○上以漢、唐分言，專言亂。○余誠：束住。以上五段凡六作引證，文法逐一變換。○賴襄：一順一逆，文勢乃不板，是化板爲活法。○王文濡：昭宣帝天祐二年，朱全忠聚裴樞、獨孤損等三十餘人於白馬驛，一夕盡殺之。……按，此屬昭帝誤。

夫前世之主，○呂祖謙：提起說，如人反說話。○歸有光：倒捲筆法。○余誠：此一段總繳上文「亂」、「亡」數段。**能使人人異心不爲朋，莫如紂；**○余誠：先繳紂。**能禁絕善人爲朋，莫如漢獻帝；**○余誠：次繳漢獻帝。**能誅戮清流之朋，莫如唐昭宗之世。**○余誠：再次繳唐昭宗。**然皆亂亡其國。**○呂祖謙：續前紂與漢、唐。○謝枋得：天子看到此三句，豈不感悟。○金聖歎：奇，奇。看他忽然作倒捲之筆。○林雲銘：總繳上文亂亡數段。○吳楚材：繳上紂、漢、唐三段，是不能辨君子、小人者。◯孫琮：萬流歸宗，支派井然不混。◯余誠：以「亂」、「亡」煞住。**更相稱美推讓而不自疑，莫如舜之二十二臣，舜亦不疑而皆用之。**◯唐德宜：兩兩相形，燭鑑了了在目。**然而後世不誚舜爲二十二人朋黨所欺，**◯呂祖謙：下得好。◯繳前舜。◯上幾句説有力，若無一句承得有力，亦徒然。譬之千鈞，一杪木承之，則腰折了。下一句須有力。◯余誠：從上反覆辯論，真可謂剴切詳明。◯唐德宜：就中翻措，意識湊泊。**而稱舜爲聰明之聖者，**◯沈德潛：總束全文，趕出「能辨君子小人」句。**以辨君子與小人也。**[4]◯謝枋得：歸根之論。◯林雲銘：朋黨不足疑，而貴辨。繳上舜治一段。◯過珙：總束上四段，又復錯綜。◯沈德潛：關應入手。◯秦躍龍：咏歎淫佚，其味深長。◯余誠：用意開悟世主，與起處自相照應。**周武之世，舉其國之人三千人共爲一朋。**◯呂祖謙：有力。**自古爲朋之多且大，莫如周，**◯呂祖謙：五用「莫如」，錯落可誦。**然周用此以興者，**◯呂祖謙：繳前武王。**善人雖多而不厭也。**◯呂祖謙：尤有力。◯謝枋得：結繳前舜與武王之二段。◯金聖歎：奇，奇。看他倒捲，又參差變化，不作一樣筆。◯林雲銘：真朋多多益善。繳上「周興」一段。◯吳楚

3 或，一作「咸」。

4 「以」下，一有「能」字。

材：繳前舜、武三段，是能辨君子、小人者。◯賴襄：「善人雖多」一結，筆力近弱。◯余誠：以上三段收繳，文法亦逐一變換。

夫興亡治亂之迹，◯余誠：此一段總繳「治亂興亡」，而以「可鑒」作結。**爲人君者可以鑒矣。**◯只二句結，絕妙。◯金聖歎：只與提出人君。◯林雲銘：又總繳「治亂興亡」四字。◯吳楚材：歸到人君身上，直與篇首「惟幸人君」句相應。◯孫琮：總收繳。◯王文濡：辨之不明，前車可鑒。

【彙評】

〔宋〕呂祖謙：議論出人意表。大凡作文妙處須出意外。（《古文關鍵》卷上）

〔明〕歸有光：結句有力。◯韓退之〈送石處士序〉、歐陽永叔〈朋黨論〉，此二篇文字，結束雖一二句，而實有萬鈞之力，乃文法之絕妙者也。（《文章指南．文章體則》）

〔明〕茅坤：忠言讜論，破千古人君之疑，大率類劉向〈諫昌陵疏〉。（《唐宋八大家文鈔．歐陽文忠公文抄》卷十四）

〔清〕金聖歎：最明暢之文，卻甚幽細；最條直之文，卻甚鬱勃；最平夷之文，卻甚跳躍鼓舞。（《天下才子必讀書》卷十三）

〔清〕姚靖：「眞」、「僞」二字沉著。（《唐宋八大家偶輯》卷八）

〔清〕林雲銘：范文正之貶，公與尹洙、余靖皆見逐，羣邪目爲黨人。及文正與公復用，乃進此論，以「小人無朋，君子則有」二句爲主，其分引總繳處，筆法似涉大方，然對君之言貴於明切，不得不如此，且有關世道之文，原不待奇幻也。（《古文析義》二編卷七）

〔清〕儲欣：「小人無朋」一語，開鑿鴻濛，自公而前，未之聞也。格頗倣劉子政，而奇警過之。（《唐宋八大家類選》卷四）

〔清〕儲欣：〈泰誓〉數紂之罪曰：「朋家作仇。」夫子曰：「君子羣而不黨。」「朋黨」二字，豈可施之君子哉？永叔獨謂「小人無朋，惟君子有之」，是翻案文字，亦其開導人主，不得已而出於此也。前半正意已盡，後只博引以足之，是一作法。（《唐宋十大家全集錄·六一居士全集錄》卷一）

〔清〕吳楚材、吳調侯：公此論爲杜、范、韓、富諸人發也。時王拱辰、章得象輩欲傾之，公既疏救，復上此論，蓋破藍元震朋黨之說，意在釋君之疑。援古事以證辨，反覆曲暢，婉切近人，宜乎仁宗爲之感悟也。（《古文觀止》卷九）

〔清〕過珙：「朋」字說得開天闢地，而小人曾不得一側足其間，此正破漢、唐、宋黨錮之禍，無足爲君子病，而反足爲君子重。立論極是有識，宜仁宗之終爲感悟也。（《古文評註全集》卷十）

〔清〕孫琮：不說君子無朋，反說君子有朋；不說朋黨不可用，反說朋黨有可用。不是歐陽公故爲翻新之論，只要歸到「人主能辨」一句上去。見得人主能辨，有黨亦可，無黨亦可，只要問其君子與小人，不要問其黨與不黨。得此主意，橫說豎說，無所不可。○前幅提明正意，中幅歷引唐、虞、商、周、漢、唐事以證，而不嫌其零襍（雜）者，全在末幅倒捲有力，於此見善於審勢之妙。（《山曉閣選古文全集》卷二十三）

〔清〕沈德潛：反反覆覆，說小人無朋，君子有朋，末歸到人君能辨君子、小人。見人君能辨，但問其君子、小人，不問其黨不黨也。因諫院所進文，故格近於方嚴。○漢桓帝時，黨部二百餘人下獄，後又禁錮之。靈帝時，殺李膺、范滂等百餘人。至獻帝，獄已解矣。文中偶誤引。（《增評八大家文讀本》卷十）

〔清〕余誠：此論原為傾陷君子而發，自不得不側重君子立言，然妙在語似翻新出奇，而義實大中至正，故能感悟人主，而為萬世不磨之論。前半極言人君宜辨君子、小人，後半歷引治亂興亡之迹作證，以人君之不能辨君子、小人，多由於未明治亂興亡之迹也。前後本屬一意貫注，而篇首以「自古」句伏後半篇，篇末復以「其能辨」句抱前半篇，起伏照應，尤見緊密。（《重訂古文釋義新編》卷八）

〔清〕吳汝綸：慶曆三年，夏竦罷進用富弼、韓琦、范仲淹等。石介作〈慶曆聖德詩〉。竦不悅，造為黨論。公方在諫院上此。○前舉其事，後方反覆證明，賈誼〈過秦〉、退之〈諱辨〉，子固〈唐論〉皆用此法。（《古文典範》卷一引）

〔清〕唐德宜：提出君子、小人，以破朋黨之說，胸中如鏡，筆下如刀。（《古文翼》卷七）

〔民國〕吳闓生：當時朋黨之說漸起，凡小人不利於君子者，則誣之為朋黨，可以一網打盡。歐公時在諫院，作此以爲諷諫，文體明暢俊爽，最得諫君之法。其言「小人無朋，惟君子始有之」，發揮亦極透闢。○自賈生〈過秦論〉首篇後半，將前文總挈覆述一徧，然後盤旋作收，以極其淋漓酣恣之勢，爲文家開一法門。退之〈原道〉即承用其法，氣象與之相埒。歐公此文亦本其法，後曾子固〈唐論〉亦用之。但歐文稍弱，不及賈、韓文之雄毘，而前後覆述處，語意未能劃清界限，不免有重複之病。此歐不及前人者也。（《古文典範》卷一）

延伸思考

1. 北宋政壇「朋黨論」興起討論之時，皇帝的態度如何？有無哪一家說法較受朝廷君臣上下歡迎？
2. 歐陽脩的〈朋黨論〉有哪些觀點是正確的？又有哪些觀點是可以被質疑的？當時人對他的說法是否提出異議？有沒有更妥當的說法供今人借鏡？
3. 試取歐陽脩《新五代史．唐六臣傳贊》合讀，說明唐末五代時期的朋黨之禍，危害如何？

論杜衍范仲淹等罷政事狀

【題解】

本文選自《歐陽文忠公文集》卷一〇七，《奏議集》卷十一。讀本文可與〈朋黨論〉合參。

臣聞士不忘身不爲忠，言不逆耳不爲諫，〇孫琮：泛言進狀，意便自激切。故臣不避羣邪切齒之禍，敢干一人難犯之顏。惟賴聖明，幸加省察。

臣伏見杜衍、韓琦、范仲淹、富弼等，皆是陛下素所委任之臣，〇孫琮：一段言四人被黜，必有小人讒間。一旦相繼罷黜，天下之士皆素知其可用之賢，而不聞其可罷之罪。臣雖供職在外，事不盡知，然臣竊見自古小人讒害忠賢，其說不遠。欲廣陷良善，則不過指爲朋黨；欲動搖大臣，則必須誣以專權。〇樓昉：「朋黨、專權」四字，說盡古今陷害忠良之本。〇儲欣：虛揣得情，即據此實辨。〇孫琮：「朋黨、專權」，一篇骨子。○沈德潛：千古小人傾陷正士，無不指爲朋黨，目爲專權。先用提綱，以下破其說。其何故也？夫去一善人而衆善人尚在，○儲欣：申上四句，字字痛快。則未爲小人之利；欲盡去之，則善人少過，難爲一二求瑕；惟有指以爲朋，則可一時盡逐。○孫琮：委曲入情。至如大臣已被知遇而蒙信任，則難以他事動搖，惟有專權，是上之所惡，故須此說，方可傾之。○孫琮：斷中情事。臣料衍等四人各無大過，而一時盡逐，弼與仲淹委任尤深，而忽遭離間，必有以朋黨、專權之說上惑聖聽。臣請試辨之。

昔年仲淹初以忠言讜論，聞於中外，○儲欣：以下辨朋黨。○孫琮：以下辨朋黨之誣。○沈德潛：先辨非朋黨。天下賢士爭相稱慕，當時姦臣誣作朋黨，猶難辨明。自近日陛下擢此數人，並在兩府，察其臨事，可以辨也。○孫琮：直斷一句。蓋衍爲人清慎而謹守規矩，仲淹則恢廓自信而不疑，琦則純正而質直，弼則明敏而果銳。○孫琮：分辨數句。○賴襄：杜、富、韓、范四賢，《宋史》各自有傳，而不如此疏，各以一句盡其爲人。四人爲性，既各不同，雖皆歸於盡忠，而其所見各異，故於議事，多不相從。○孫琮：語語明非朋黨。至如杜衍欲深罪滕宗諒，仲淹則力爭而寬之。○沈德潛：實指非朋黨處。仲淹謂契丹必攻河東，請急脩邊備，富弼料以九事，力言契丹必不來。至如尹洙，亦號仲淹之黨，及爭水洛城事，韓琦則是尹洙而非劉滬，仲淹則是劉滬而非尹洙。〇孫琮：辨得明晰。此數事尤彰著，陛下素已知者。此四人者，可謂天下至公之賢也。平日閑居，則相稱美之不暇；爲國議事，則公言廷諍而不私。〇孫琮：真忠臣心事。以此而言，臣見衍等真得漢史所謂忠臣有不和之節，而小人讒爲朋黨，可謂誣矣。

臣聞有國之權，誠非臣下之得專也。〇儲欣：以下辨專權。〇孫琮：以下辨專權之誣。〇沈德潛：次辨非專權。然臣竊思仲淹等自入兩府已來，不見其專權之迹，〇樓昉：倒一倒説，皆是感發人主機關。而但見其善避權也。〇儲欣：妙。〇進一步辨。權者，得名位則可行，故好權之臣必貪位。〇儲欣：確。〇沈德潛：權姦肺肝，一言抉摘。自陛下召琦與仲淹於陝西，琦等讓至五六，陛下亦五六召之。富弼三命學士，兩命樞密副使，每一命皆再三懇讓，讓者愈切，陛下用之愈堅，臣見其避讓大繁，不見其好權貪位也。及陛下堅不許辭，方敢受命，然猶未敢別有所爲。陛下見其皆未作事，乃特開天章（閣名）召而賜坐，受以紙筆，使其條事。然衆人避讓，不敢下筆，弼等亦不敢獨有所述。因此又煩聖慈，特出手詔，指定姓名，專責弼等條列大事而施行。〇孫琮：信任特專。弼等遲回，又近一月，方敢略條數事。然仲淹深練世事，〇孫琮：不相同處。必知凡百難猛更張，故其所陳，志在遠大而多若迂緩，但欲漸而行之以久，冀皆有效。弼性雖銳，然亦不敢自出意見，但多舉祖宗故事，請陛下擇而行之。自古君臣相得，一言道合，遇事便行，◯儲欣：咏歎入神。◯沈德潛：頓挫淋漓。臣方怪弼等蒙陛下如此堅意委任，督責丁寧，而猶遲緩自疑，作事不果，◯樓昉：皆是解釋專權之語。◯沈德潛：連前朋黨一層，俱用進一步辨法。◯賴襄：「臣方怪」云云，卻咎其不專權，此意絕妙。然小人巧譖已曰專權者，豈不誣哉！◯孫琮：紆迴曲折，以盡其致。

至如兩路宣撫，聖朝常遣大臣。◯儲欣：正辯已盡，又帶一事。◯孫琮：又證專權之誣。況自中國之威，近年不振，故元昊叛逆一方，而勞困及於天下。北虜乘釁，違盟而動，其書辭侮慢，至有貴國祖宗之言。陛下憤恥雖深，但以邊防無備，未可與爭，屈志買和，莫大之辱。弼等見中國累年侵凌之患，感陛下不次進用之恩，故各自請行，力思雪國家之前恥，沿山傍海，不憚勤勞，欲使武備再修，國威復振。臣見弼等用心，本欲尊陛下威權以禦四夷，未見其侵權而作過也。◯儲欣：又一振刷。

伏惟陛下睿哲聰明，有知人之聖，◯孫琮：言四臣所係之大。臣下能否，洞見不遺。故於千官百辟之中，特選得此數人，驟加擢用。夫正士在朝，羣邪所忌，謀臣不用，敵國之福也。◯孫琮：名言卓犖。今此數人一旦罷去，而使羣邪相賀於內，四夷相賀於外，◯沈德潛：末以利害聳動之。此臣所爲陛下惜之也。◯賴裏：人主至此，焉得不聳然改聽哉？凡上書之體，必須有一段悚動處，否則呶呶千言，總成故紙耳。

伏惟陛下聖德仁慈，保全忠善，〇孫琮：言當重任四臣。退去之際，恩禮各優。今仲淹四路之任亦不輕矣，惟願陛下拒絕羣謗，委任不疑，使盡其所爲，猶有裨補。方今西北二虜交爭未已，正是天與陛下經營之時，如弼與琦，豈可置之閑處？伏望陛下早辨讒巧，特加圖任，〇孫琮：說出主意。則不勝幸甚。

臣自前歲召入諫院，十月之內，七受聖恩，〇孫琮：言進狀之故。而致身兩制，方思君寵至深，未知報效之所。今羣邪爭進讒巧，正士繼去朝廷，乃臣忘身報國之秋，豈可緘言而避罪？敢竭愚瞽，惟陛下擇之。臣無任，祈天待罪，懇激屏營之至。臣脩昧死再拜。

【彙評】

〔宋〕樓昉：辨君子朋黨、大臣專權，曲盡其情，足以轉移人主心術之微，彌縫國政之闕。

（《崇文古訣》卷十九）

〔清〕儲欣：辨朋黨，則曰忠臣有不和之節；辯專權，則怪其遲緩自疑。俱進一步，加一倍說，最醒豁。（《唐宋八大家類選》卷一）

〔清〕儲欣：此狀在賈太傅、陸宣公之間。○調護眾賢，以致吾君於堯舜，推此志也，雖與日月爭光可也。（《唐宋十大家全集錄．六一居士外集錄》卷二）

〔清〕孫琮：誣眾正以「朋黨」，譖大臣為「專權」，足盡小人傾險之術，通篇將此四字，分開兩扇，極力辯白。其辯朋黨處，只就閒居稱美，議事廷諍，見四人之非朋黨；其辯專權處，只就四人聞命避讓，受任為國，見四人之非專權。將四人心事，洗發明白，則羣宵讒謗之膽，自爾洞然照破。如此行文，不特體裁嚴整，亦論事之極則也。（《山曉閣選古文全集》卷二十三）

〔清〕方苞：史稱小人惡脩善言其情狀，觀此篇及〈論臺諫官〉二劄子可見。（《古文約選．歐陽永叔文約選》）

〔清〕沈德潛：以「異」字破朋黨，則云「忠臣有不和之節」，以「讓」字破專權，則云「遲緩自疑，作事不果」，俱透過一層說來，末纔說四人之有關係，與國事之當任此四人。言言動聽，人君安得不霽顏受之。（《增評八大家文讀本》卷十）

〔清〕秦躍龍：按慶曆五年，諫官錢明逸論范仲淹、富弼更張綱紀，紛擾國經，凡所推薦，多挾朋黨；陳執中復譖杜衍庇蘇舜欽、王益柔，遂俱罷。韓琦亦請外。（《唐宋八大家文選》卷十三〈歐陽廬陵文四〉）

延伸思考

1. 歐陽脩此文談到「朋黨」，與他在〈朋黨論〉一文所提出來的「朋黨」觀念是否相同？
2. 歐陽脩和杜衍、韓琦、范仲淹、富弼等人的交遊情形如何？有沒有交情深淺的不同？這是否會影響到本文的寫作內容？
3. 歐陽脩還有兩篇名作與范仲淹有關：〈答陝西安撫使范龍圖辭辟命書〉、〈資政殿學士戶部侍郎文正范公神道碑銘〉。范仲淹與歐陽脩的道德、文章、交誼，是否由此得見一二？

豐樂亭記

【題解】

本文選自《歐陽文忠公文集》卷三十九，《居士集》卷三十九。

宋仁宗慶曆五年（一〇四五年）春，歐陽脩時任河北都轉運使，上〈論杜衍范仲淹等罷政事狀〉（《奏議集》卷十）。由於猛力批判「羣邪」，終於遭致降罪，貶至滁州。

歐陽脩到任滁州後的第二年——慶曆六年，百姓已能安居樂業，他也開始遊山玩水，先後寫下〈豐樂亭記〉、〈醉翁亭記〉這兩篇被視爲姐妹篇的文章。這一年〈與韓忠獻王稚圭〉（《書簡》卷一）說：「山州窮絕，比乏水泉。昨夏秋之初，偶得一泉於州城之西南豐山之谷中，水味甘冷，因愛其山勢回抱，構小亭於泉側。又理其傍爲教場，時集州兵弓手，閱其習射，以警饑年之盜。間亦與郡官宴集於其中。方惜此幽致，思得佳木美草植之，忽辱寵示芍藥十種，豈勝欣荷？山民雖陋，亦喜遨遊，自此得與郡人共樂，實出厚賜也。」

而在慶曆七年〈與梅聖俞〉（《書簡》卷六）中說：「去年夏中，因飲滁水甚甘，問之，有一土泉在城東百步許，遂往訪之。乃一山谷中，山勢一面高峯，三面竹嶺回抱。泉上舊有佳木一二十株，乃天生一好景也。遂引其泉爲石池，甚清甘，作亭其上，號豐樂亭，亦宏麗。又於州東五里許菱溪上，有二怪石，乃馮延魯家舊物，因移在亭前。廣陵韓公聞之，以細芍藥十株見遺，亦植於其側。其他花竹，不可勝紀。山下一徑，穿入竹篠蒙密中，豁然路盡，遂得幽谷，已作一記，未曾刻石。亦有詩。」可知此時豐樂亭已經落成。

也寫在慶曆七年的〈與梅聖俞書〉（《書簡》卷六）說：「某此愈久愈樂，不獨爲學之外有山水琴酒之適而已。小邦爲政朞年，粗有所成，固知古人不忽小官，有以也。」可見他很能享受眼前的生活。明代楊士奇（一三六六～一四四四）〈滁州重建醉翁亭記〉形容他：「無幾微遷謫之意，方日務保民，而與民旦暮相親相娛樂，若父子者然。君子之道，固無往不自得也。」

過珙：亭作於滁泉之上，與民共享其豐樂，因名豐樂亭。公時守此州，特作記以記之。

脩既治滁（ㄔㄨˊ）**之明年，**○吳楚材：滁，滁州，在淮東。時公守是州。**夏，始飲滁水而甘。**○茅坤：興致。○金聖歎：始飲而甘，言初至滁，殊勞苦，至明年夏，始知水甘也。只此起句，早已用意。○吳楚材：只此句，意極含蓄。○孫琮：興致便得豐樂意。○浦起龍：原題起。○王文濡：豐樂之意，隱隱躍出。**問諸滁人，得於州南百步之近。**○金聖歎：出其處。○林雲銘：因飲泉而得地。**其上豐山，聳然而特立，**○金聖歎：陪一上。**下則幽谷，窈**（ㄧㄠˇ）**然而深**

藏，◯金聖歎：陪一下。◯過珙：窈，深遠意。**中有清泉，滃**（ㄨㄥˇ）**然而仰出。**◯金聖歎：出泉。◯過珙：滃，水大貌。◯寫景只此數語。◯吳闓生：此等句法，皆失古意矣。**俯仰左右，顧而樂之。**◯金聖歎：再陪左右。◯林雲銘：因得地而樂。◯浦起龍：「豐樂」意取同民，帶「滁人」句筋節。◯唐德宜：不可無憩息之所。◯宋文蔚：因得地而樂，即將「豐」字、「樂」字輕輕帶出。◯王基倫：處處賞景。**於是疏泉鑿石，闢地以爲亭，**◯林雲銘：因可樂而作亭。◯過珙：因是疏通泉道，鑿開石徑，遂得寬廣之地，作亭於其上焉。◯孫琮：以上言亭之景當滁之勝。**而與滁人往遊其間。**◯金聖歎：出亭。◯看他必帶「與滁人」字。◯林雲銘：找此句以爲下文發揮之地，卻渾成無迹，妙甚。◯吳楚材：以上敘亭之景，當滁之勝。末帶「與滁人」句，爲下文發論張本。◯孫琮：伏「同遊」。◯沈德潛：伏「同樂」。◯曾國藩曰：以上敘山川。◯李剛己：以上略敘作亭緣起，詞筆極爲整潔。◯按此文精神團結之處，全在中幅，故前後皆用輕筆，此即濃淡相濟之法也。◯宋文蔚：找此一句，生出中後議論。◯吳闓生：以上築亭緣起。

滁於五代干戈之際，用武之地也。◯樓昉：接得緊。◯茅坤：借事發感慨，歐陽公本色。◯金聖歎：重提筆，特敘滁事。◯吳楚材：五代，梁、唐、晉、漢、周也。◯議論忽開一片結構。◯汪份：照下「幸生無事之時」發論。◯沈德潛：忽用重筆作提。◯浦起龍：風光從本地唱入，正見豐樂難得。◯秦躍龍：提。◯李剛己：頓開異境。◯按此乃凌空倒影之筆，近則反對「天下之平久矣」句，遠則反對「及宋受天命」、「今滁介於江淮之間」兩節語意。◯宋文蔚：提筆振起，從「豐樂」二字反面生情。**昔太祖皇帝**（趙匡胤）**，嘗以周師破李景兵十五萬於清流山下，**◯樓昉：所以說到此者，蓋要與後面民生安樂張本。**生擒其將皇甫暉、姚鳳於滁東門之外，遂以平滁。**◯《資治通鑑・後周紀・三》：上命太祖皇帝倍道襲清流關。皇甫暉等陳於山下，方與前鋒戰。太祖皇帝引兵出山後，暉等大驚，走入滁州，欲斷橋自守。太祖皇帝躍馬麾兵涉水，直抵城下。暉曰：「人各爲其主，願容成列而戰。」太祖皇帝笑而許之。暉整眾而出，太祖皇帝擁馬頸，突陳而入，大呼曰：「吾止取皇甫暉，他人非吾敵也。」手劍擊暉，中腦，生擒之，并擒姚鳳，遂克滁州。◯樓昉：前日之滁如此。◯金聖歎：特敘滁事。◯林雲銘：追言滁本爭戰之地，不能遊樂，以啓下文。◯吳楚材：周主柴世宗征淮南，唐人恐，皇甫暉、姚鳳退保清流關，關在滁州西南。世宗命匡胤突陣而入，暉等走入滁，生擒之。◯此滁所爲用武之地，不能豐樂，以起下文。◯孫琮：不便說豐樂，卻先從豐樂所由來領起，文致生動。◯宋文蔚：當用兵之時，豈能遊樂？反振下文。◯太祖趙匡胤時爲後周殿前都虞侯。李景，原名璟，南唐中主，生性懦弱，寵信佞臣，致國勢日衰，遂去帝號，稱國主，奉後周正朔。見《新五代史・南唐世家》。皇甫暉，後唐陳州刺史，後晉時，以衛將軍居京師，改密州刺史。契丹犯闕，率州人奔於江南，爲南唐歙州刺史。後屯清流關，敗於周師，傷重而死。姚鳳，暉屯清流關時爲都監，被擒後，周世宗召見，拜左屯衛上將軍。見《新五代史・皇甫暉傳》。◯王文濡：大波軒然，發於水上。**脩嘗考**（驗也）**其山川，按其圖**（地圖）**記**（記載）**，升高以望清流之關，**◯《明一統志》卷十八〈滁州〉：清流關在州城西南二十里。南唐置關，地極險要。◯汪份：就山川引入。**欲求暉、鳳就**

擒之所，而故老皆無在者，◯過珙：追思當日亂離光景，已無人記憶也。**蓋天下之平久矣。**◯樓昉：舊事既不可求見，得民不知兵之久。◯茅坤：入感慨好。◯金聖歎：開胸淋漓，放聲叫嘯，文字之雄，無逾此者。◯林雲銘：就感慨上轉入太平，筆力遒警。◯吳楚材：就平滁想出天下之平，一往深情，是龍門得意之筆。◯過珙：本宋主剗亂來説，因就感慨上轉出太平，便見此地所以得豐樂之原由。◯汪份：所謂「功德百年之深」，并「幸生無事之時」。◯孫琮：慨、幸交集。◯浦起龍：推本上德，宕出太平，攝起豐樂來由。◯秦躍龍：拖筆，起下文。◯曾國藩曰：以上弔古咏歎。◯李剛己：跌出正意。◯自「滁於五代干戈之際」以下，數行文字，橫空而來，興象超遠，氣勢淋漓，極瞻高眺深之慨。◯宋文蔚：太平是豐樂之所由來，用感慨之筆翻折而下，氣勢倍增。◯王基倫：以上敘滁州史事，引出感慨。

自唐失其政，◯茅坤：又宕開説。◯儲欣：承上句推原天下所自平，歸美本朝，有識有體。◯追原。◯過珙：此反説不豐樂意。◯浦起龍：拓開擺宕。◯宋文蔚：再拓開説，文筆不平。◯李剛己：再用提攝之筆。**海內分裂，豪傑並起而爭，所在爲敵國者，何可勝**（ㄕㄥ）**數**（ㄕㄨˇ）**？**◯金聖歎：又重提筆，不特敘滁事。◯吳楚材：宕開一筆，不獨説滁也。◯過珙：豪傑並起，謂後五代時，梁太祖朱溫、唐莊宗李存勗、晉高祖石敬塘、漢高祖劉智遠、周太祖郭威也。◯李剛己：此數語皆係逆筆。◯按：「天下之平久矣」以下，文勢已可直接「今滁介於江淮之間」一段，而乃不遽接下，仍就五代與宋初之治亂反覆咏歎，此乃筆勢酣恣，精神洋溢處，必如是而後爲往復盡致也。◯又按：此數語乃渾言五代之亂，與上文專言南唐者有別。**及宋受天命，聖人出而四海一**。◯過珙：聖人指宋太祖，謂出而天下遂一統焉。**嚮之憑恃險阻，剗**（ㄔㄢˇ）**削消磨**。◯過珙：剗亦削也。剗治削平，消磨殆盡。◯李剛己：按此數語亦係渾言，不專指平定南唐，而平定南唐亦在其內。**百年之間，漠然徒見山高而水清**，◯汪份：説無事之時，即粘山水説。◯李剛己：以上回應「天下之平」句。**欲問其事，而遺老盡矣**。◯金聖歎：不特敘滁事。◯林雲銘：承「天下之平」句，宕開説。◯儲欣：應前。◯吳楚材：再疊一筆，虛神不盡。◯過珙：傳及百年，但見山水之勝，而先朝爭戰之事，無從詢問矣。◯沈德潛：文家咏歎法。◯宋文蔚：繳足上段太平之久意，仍不脱山水。◯李剛己：回應「故老皆無在者」句。◯跌宕處氣韻極爲沉雄，體勢極爲濶遠。◯吳闓生：穆然深思，睪然高望，韻度蕭邈，足使讀者爲之移情。◯王文濡：妙在本地風光，非泛使議論者可比。◯王基倫：以上敘滁州今貌，引出感慨。

今滁◯金聖歎：落筆獨接「今滁」。**介於江、淮之間**，◯宋文蔚：轉到題目。**舟車商賈**、◯過珙：行貨曰商，居貨曰賈。**四方賓客之所不至**，◯宋文蔚：伏下段「地僻」句。**民生不見外事，而安於畎畝衣食，以樂生送死**，◯樓昉：今日之滁如此。◯儲欣：寫「豐樂」。◯過珙：漸漸敘入豐樂境界來。◯浦起龍：收入滁州，隨點風土，中醒上德，豐樂意已在言下。◯秦躍龍：寫豐樂景象。◯李剛己：自「今滁介於江淮之間」以下，承明正意，與「滁於五代干戈之際」及「唐失其政」兩段反對。◯宋文蔚：伏下「俗之安閑」句。**而孰知上之功德，休養生息，涵**

煦（ㄒㄩˇ）**百年之深也。**◯樓昉：直與「干戈之際，用武之地」兩句相應。◯金聖歎：言他處皆知皇宋之休養，而滁獨不知，則不可以不記也。◯林雲銘：以天下之太平歸於上之功德，是以「豐樂」名亭本旨。◯儲欣：一篇主意。◯結。◯吳楚材：歸重上之功德，是爲「豐樂」之所由來。凡作數層跌宕，方落到此句，文致生動不迫。◯過珙：涵，水澤多貌；煦，日出溫也。◯汪份：說風俗之美，歸之主上功德，所謂宣上德意也。◯孫琮：歸德於上，言有體裁。◯沈德潛：寫民情豐樂，由於天下之太平，一篇主意在此。◯曾國藩：以上民之安樂，原於上之功德。◯賴襄：公之爲人宏壯而敦厚，故其文章類之。其宏壯可及，其敦厚不可及，是東坡所以有遜色。◯李剛己：此三語乃一篇作意所在，騰踔而出，魄力絕大，文外有一片沖融駿逸之氣。◯宋文蔚：一筆掉轉，歸到豐樂之旨。◯吳闓生：以上追弔太祖開國之功。◯王文濡：暗束上意。◯王基倫：收合史事與今貌，老子思想含藏其間。

脩之來此，樂其地僻而事簡，又愛其俗之安閑。◯金聖歎：先說治滁。◯林雲銘：根上「舟車商賈」數句。◯浦起龍：以下還題。**既得斯泉於山谷之間，乃日與滁人仰而望山，俯而聽泉，**◯金聖歎：次粗說遊。◯孫琮：寫景怡情。◯浦起龍：「日與滁人」，扣定。**掇幽芳**◯茅坤：春。◯過珙：掇，拾取也。**而蔭喬木，**◯茅坤：夏。◯吳闓生：此等詞藻亦凡近。**風霜**◯沈德潛：秋。**冰雪，**◯茅坤：冬。◯沈德潛：冬。◯唐德宜：秋。**刻露清秀，**◯茅坤：秋。◯吳楚材：峭刻呈露，清爽秀出。◯唐德宜：冬。**四時之景，無不可愛。**◯金聖歎：次細說遊。◯過珙：說四景是畫家妙筆。◯李剛己：此數句於景物略加點綴，雖非要義，然不可少。**又幸**

其民樂其歲物之豐成，而喜與予遊也。◯林雲銘：結上「與滁人往遊」句，點出題中「豐樂」兩字。◯孫琮：點出題面。◯浦起龍：亭名運化，活。◯宋文蔚：首段意，層層回應。因爲本其山川，道其風俗之美，使民知所以安此豐年之樂者，幸生無事之時也。◯樓昉：專是歸之於上。◯金聖歎：次說撰記。◯林雲銘：結上「天下之平久」句。◯孫琮：層層應轉。◯浦起龍：指點結足。◯宋文蔚：回應中間兩段意，「豐樂」二字十分酣暢。◯李剛己：此數語乃通篇關鎖。◯王文濡：束上起下，骨節靈通。夫宣上恩德，以與民共樂，刺史之事也。◯林雲銘：結上「休養生息」句。◯孫琮：收出主意，得大體。◯浦起龍：結點刺史，無鬆筆。◯李剛己：結末復加提振，文勢便不衰竭。遂書以名其亭焉。◯金聖歎：結得端莊鄭重。妙絕，妙絕。◯過珙：結出「宣上」意以「與民同樂」，所以名亭。◯宋文蔚：「與民共樂」四字，一篇結穴。◯高步瀛：以上作記之意。◯吳闓生：以上作文本指，而其詞頗嫌繁委。慶曆丙戌六月日，右正言、知制誥、[1]知滁州軍州事歐陽脩記。

【彙評】

〔宋〕李塗：歐陽永叔〈豐樂亭記〉之類，能畫出太平氣象。（《文章精義》）

〔宋〕〈弟子〉問先生所喜者，〈朱熹〉云：「〈豐樂亭記〉。」（《朱子語類》卷一三九〈論文上〉）

〔宋〕朱熹：陳同父好讀六一文，嘗編百十篇作一集。今刊行〈豐樂亭記〉是六一文之最佳者，卻編在拾遺。（《朱子語類》卷一三九〈論文上〉）

〔宋〕樓昉：不歸功於己，而歸功於上，最爲得體。敘干戈用武，以至平定休息，施於滁則又著題詩也。讀之，使人興懷古之想。（《崇文古訣》卷十九）

〔明〕茅坤：太守之文。（《唐宋八大家文鈔・歐陽文忠公文抄》卷二十一）

〔清〕金聖歎：記山水，卻純述聖宋功德；記功德，卻又純寫徘徊山水。尋之不得其迹，曰：「只是不把聖宋功德看得奇怪，不把徘徊山水看得遊戲。」此所謂心地淳厚，學問眞到文字也。（《天下才子必讀書》卷十三）

〔清〕林雲銘：州南偶作一亭耳，有何關係？若徒記其山川之勝及與民同樂話頭，又是〈醉翁〉舊套。此篇忽就滁州想出，原是用武之地，以爲山川猶昔，幸而太平日久，民生無事，所以得遂其樂，非朝廷休養生息之恩，何以至此？迄今讀之，猶見昇平景況，躍躍紙上。古人往往於小題目中做出大文字，端非後人所能措手。若文之流動婉秀，雲委波屬，則歐公得意之筆也。（《古文析義》初編卷五）

---

1 正言，官名，宋改唐之拾遺爲正言，左屬門下省，右屬中書省。知制誥，官名，唐置，凡翰林學士入學士院一歲，則遷知制誥，專掌內命，典司詔誥。宋初因之，元豐時罷，仍歸中書舍人。

〔清〕儲欣：以五代之滁與今日之滁相形，憑弔最有深情；而其旨歸於「宣上恩德」，又何正也！公諸記此爲第一。（《唐宋八大家類選》卷十一）

〔清〕儲欣：唐人喜言開元事，是亂而思治。此「豐樂」二字，直以五代干戈之滁，形今日百年無事之滁，是治不忘亂也。一悲一幸，文情各極。（《唐宋十大家全集錄．六一居士全集錄》卷五）

〔清〕吳楚材、吳調侯：作記遊文，卻歸到大宋功德，休養生息所致，立言何等闊大！其俯仰今昔，感慨係之，又增無數煙波。較之柳州諸記，是爲過之。（《古文觀止》卷十）

〔清〕過珙：從干戈用武之後，寫出一篇太平景象。中間慨、幸交集，無限低徊。記山水卻純說本朝功德，看來此老胸次，大有須彌。（《古文評註全集》卷十）

〔清〕孫琮：此篇純是頌宋功德，以見身爲刺史，宣上德意，與民同樂，皆分內事也。一起略敘山水亭臺，下則說滁爲五代用武之地，憑弔暉、鳳就擒之處，不是望古情深，正見今日安樂，皆是朝廷德意。因此意不暢，下再提筆，以唐事低徊唱歎，深明太平已久，極寫朝廷德意。中幅說民蒙其澤而不知，後幅說民樂豐年而喜與遊，將宋世功德，直寫作唐、虞、三代氣象，收尾結出主意，以見通篇皆是宣上德意，自是盛世禎祥，不同衰颯陋習。（《山曉閣選古文全集》卷二十四）

〔清〕沈德潛：記一亭而由唐及宋，上下數百年之治亂，羣雄眞主之廢興，一一在目。何等識力！中間「休養生息」一段，見仁宗之滋培元氣，養以雨風，子孫不用更張，隱然言外。

（《增評八大家文讀本》卷十二）

〔清〕浦起龍：滁州本色，豐樂元神，面面深渾，而行墨間，恰已傳出賢太守本色元神，其氣象從帝力何有化來，古今曠調。（《古文眉詮》卷五十九）

〔清〕劉大櫆：滁昔日用武，而今則承平已久，於此生出感歎，情文並美，是歐公所長，且與「豐樂」之名相應。（《桐城吳氏古文法》下篇上引）

〔清〕盧文弨：得體不必言於題外。宕開說出大原委處，絕無恢張議論之迹，而安頓收拾處皆極老靠。○與〈送田秀才序〉同一意思。此爲州治言之，詞意更爲深厚。（《唐宋八大家文鈔・歐陽文忠公文抄》卷二十一引）

〔日本〕賴襄：憑弔古迹多悽愴悲涼之意，而此文敘本朝創業之迹，畫出北宋全盛氣象，如紙上有瑞雲祥煙，是古今一種出色文字。（《增評八大家文讀本》卷十二）

〔清〕吳汝綸：此與〈田晝序〉並佳絕，其撫今思昔亦同。而彼篇作於謫宦之中，心曠而神怡；此篇作於豐樂之時，憂深而思遠，蓋賢人君子之意量如此。（《評註古文辭類篹》卷五十四引）

〔清〕唐德宜：題是豐樂，卻從干戈用武立論，闢開新境，然後引出山高水清，休養生息，以點出豐樂正面。此謂紆徐爲姸，卓犖爲傑。（《古文翼》卷七）

〔清〕李扶九：亭本以豐山可樂得名，文卻因年豐可樂而成，此歐公作記長技也。《宋史》杜衍、韓琦、范仲淹、富弼相繼以黨議罷去，公疏救，指斥羣邪。於是其黨益恨，因其孤甥張氏獄，傳至其罪，左遷知制誥，知滁州，此記公知滁時所作。滁，水名，因水爲州，在江南淮東，州南琅琊山，谷間有泉於其下。（《古文筆法百篇》卷七）

〔民國〕林紓：歐文講神韻，亦於頓筆加倍留意。如曰：「升高以望清流之關，欲求暉、鳳就擒之所，故老皆無在者，蓋天下之平久矣。」又曰：「百年之間，徒見山高而水清，欲問其事，而遺老盡矣。」或謂「故老無在」及「遺老盡矣」用筆似沓，不知前之思故老，專問南唐事也；後之問遺老，則兼綜南漢、吳、楚而言。本來作一層說即了，而歐公特爲夷猶頓挫之筆，乃愈見風神。（《春覺齋論文》）

〔民國〕宋文蔚：如此題，應從「豐樂」二字生情。中間從滁州在五季時爲用武之地，提空發出一段議論，爲豐樂作反背之勢。然後轉到承平既久，得享此豐年之樂者，由於國家功德休養生息，所以致之。全局精神，多注於此。立言得體，倍覺文情茂美，乃非尋常作記泛語也。（《評註文法津梁》上冊）

〔民國〕宋文蔚：首段敘亭之緣起。中二段提振發議，全爲「豐樂」二字作對照。收段結束全篇，布局井井。而自唐及宋，治亂興衰，均就議論中帶出，尤見用筆之妙。（《評註文法津梁》上冊）

〔民國〕陳衍：永叔文以序跋雜記爲最長，雜記尤以〈豐樂亭〉爲最完美。起一小段，已簡括全亭風景，乃橫插「滁於五代干戈之際」一語，得勢有力，然後說由亂到治，與由治回想到亂，一波三折，將實事於虛空中摩盪盤旋。此歐公平生擅長之技，所謂風神也。「今滁介於

江淮」一小段，與「脩之來此」一段，歸結到太平之可樂，與名亭之故，收煞皆用反繳筆爲佳。（《石遺室論文》卷五）

〔民國〕唐文治：凡作文必須愈唱愈高，不宜愈唱愈低；其人之富貴貧賤、窮通壽夭，皆可於文之聲音驗之。此文「滁於五代干戈之際」一段，兼奇峯特起法，而其音愈提愈高，如鳳凰鳴於寥廓。歐公生平性情、事業，均屬不凡，於此可見，讀者學其文，當學其人也。（《國文經緯貫通大義》卷四）

〔民國〕姚永概：宋代兵革不修，釀成積弱之禍，公蓋預見及此，特言之以諷當世，足見經世之略。而文情抑揚吞吐，絕不輕露，所以爲高。（《古文範》卷四引）

〔民國〕李剛己：歐公文字，凡言及朋友之死生聚散，與五代之治亂興亡，皆精采煥發。蓋公平生於朋友風義最篤，於五代事迹最熟，故言之特覺親切有味也。此文及〈送田畫秀才序〉，皆以五代事迹爲波瀾。彼以風致跌宕取勝，此則感發深至，措注渾雄，楮墨之外，別有一種遙情遠韻，令讀者咏歎淫泆，油然不能自止。朱子以此篇爲公文之最佳者，豈虛語哉？（《桐城吳氏古文法》下篇上）

〔民國〕吳闓生：此文憂深思遠，聲情發越，較勝前篇。[2]（《古文範》卷四）

2 前篇，指歐陽脩〈送田畫秀才寧親萬州序〉一文。

延伸思考

1. 五代後周平南唐的故事，帶給我們什麼啓示？

2. 〈豐樂亭記〉有沒有可能受到《老子》思想的影響？《宋史．歐陽脩傳》說歐陽脩爲政寬簡，在滁州期間的治績是否已見其端倪？

3. 「風霜冰雪，刻露清秀」這八個字，文評家分屬秋季或冬季，各自說法不同。究竟當以何說爲是？

4. 吳闓生對此文有批評也有讚美，其說法是否恰當？

醉翁亭記

【題解】

本文選自《歐陽文忠公文集》卷三十九，《居士集》卷三十九。

慶曆六年（一〇四六），歐陽脩有〈題滁州醉翁亭〉詩，稱「四十未爲老，醉翁偶題篇。醉中遺萬物，豈復記吾年？但愛亭下水，來從亂峯間。聲如自空落，瀉向兩檐前。流入巖下溪，幽泉助涓涓。響不亂人語，其清非管絃。豈不美絲竹？絲竹不勝繁。所以屢攜酒，遠步就潺湲。野鳥窺我醉，溪雲留我眠。山花徒能笑，不解與我言。惟有巖風來，吹我還醒然。」（《居士外集》卷三）嘉祐元年（一〇五六）歐陽脩〈贈沈遵〉一詩追憶當年的景況說：「我時四十猶彊力，自號醉翁聊戲客。」（《居士集》卷六）嘉祐二年寫給同一人的〈贈沈博士歌〉也說：「我昔被謫居滁山，名雖爲翁實少年。」（《居士集》卷七）可知四十歲那年始以「醉翁」自號，生活愜意，是在與天地萬物同樂的心情下，用一種歡樂遊戲人間的筆墨，寫出這篇文章。《宋史．歐陽脩傳》說歐陽脩：「天資剛勁，見義勇爲，雖機阱在前，觸發之不顧。

放逐流離，至於再三，志氣自若也。」

蘇軾〈醉翁亭記書後跋〉：「廬陵先生以慶曆八年三月己未刻石亭上。字畫褊淺，恐不能傳遠，滁人欲改刻大字久矣。元祐六年，軾爲潁州，而開封劉君季孫，自高郵來，過滁。滁守河南王君詔請以滁人之意，求書於軾，軾於先生爲門下士，不可以辭。十一月乙未。」（見《金石續編》卷十五〈歐陽永叔醉翁亭記〉）方勺（一〇六六～一一四一後）《泊宅編》卷上：「歐公作〈醉翁亭記〉，後四十五年，東坡大書重刻於滁州，改『泉洌而酒香』作『泉香而酒洌』，『水落而石出』作『水清而石出』。」洪本健按：東坡大書重刻之前，已有碑，即「慶曆八年三月己未刻石亭上」者，乃陳知明書，蘇唐卿篆額。

朱熹《晦庵先生朱文公文集》卷七十一〈考歐陽文忠公事迹〉：醉翁亭在瑯琊山寺側，記成刻石，遠近爭傳，疲於模打。山僧云，寺庫有氈，打碑用盡，至取僧堂臥氈給用。凡商賈來供施者，亦多求其本，僧問作何用，皆云所過關徵，以贈監官，可以免稅。

過珙：滁州在淮東。永叔時爲其地守，作亭於琅邪山兩峯之間而飲焉，因序以記之。

環滁皆山也。○虞集：第一節，序滁州。○金聖歎：寬起。○此「也」字，獨與下若干「也」字不類，乃半句歇後字也。○林雲銘：自滁説到山，是第一層。○過珙：環，遶也。滁，地名。謂予承命守滁，凡滁之名勝，皆所親歷，因知環遶滁州者，滿眼皆山也。○一「也」字，領起下文許多「也」字。○浦起龍：一篇山林樂意，五字總統。○秦躍龍：突兀。○余誠：此一段敘亭得名之由。○唐德宜：鍊句。**其西南諸峯林壑尤美**，○虞集：第二節。○金聖歎：連上五字成句。○

過珙：峯，高大山尖也。壑，深澗也。山盡有峯，峯間之林壑盡美，予較觀之，覺西南諸峯其林壑爲尤美。[1]◯浦起龍：「其西南」，拉入本面，逐層抽引。**望之蔚然而深秀者，琅邪也。**[2]◯王禹偁〈琅邪山〉詩序云：「東晉元帝以琅邪王渡江，常居此山，故溪山皆有琅邪之號，不知晉已前何名也。」◯金聖歎：記亭在此山中。◯林雲銘：就山單表西南峯，是第二層。山之景可望而見，故曰「望」，爲下文「山間」、「朝暮」、「四時」伏脈。◯吳楚材：從諸峯單出琅邪。◯過珙：蔚然，蒼翠色也。琅邪，山名。謂因其美而望之，見蔚然蒼翠而幽深秀麗者，此琅邪山也。[3]**山行六七里，**◯虞集：第三節。◯茅坤：堪描。**漸聞水聲潺潺**（ㄔㄢˊ）**，而瀉出於兩峯之間者，讓泉也。**[4]◯金聖歎：記山中先有此泉。◯林雲銘：就西南兩峯單表讓泉，是第三層。水非身到不能見，故曰「山行」、「漸聞」。蓋初行時，水不聞聲；將至，則其聲由微而漸大；既至，方見其瀉出矣。爲下文「谿深」、「泉香」句伏脈。◯過珙：潺，水流貌。以泉作酒謂之釀泉。謂初行時，水不聞聲；行至六七

1 此處過珙又說：「此就山寫出峯是第二層。」因過珙之前已有虞集、林雲銘分層次的說法，虞、林二人分法相近，過珙與之不同。爲避免混亂，正文列虞集、林雲銘說法，註腳補列過珙說法。

2 琅邪，一作「瑯琊」。

3 此處過珙又說：「此就峯寫出琅邪是第三層。」

4 讓，一作「釀」。

里，不獨山色之佳，漸聞水聲潺潺不斷；由此而再進，方見其直瀉出於兩峯之間而下積成泉，此釀泉也。5◯孫琮：從山出泉。◯余誠：上記山，此記水，一路順敘。◯唐德宜：逐層寫入。**峯回路轉，**◯茅坤：堪描。◯唐德宜：四字神妙，他人所百言而不能盡者。**有亭翼然臨於泉上者，**◯虞集：第四節，說亭。余誠：方落亭。**醉翁亭也。**◯金聖歎：記泉上今有此亭。◯林雲銘：自泉說到亭，是第四層。又帶「峯回」句，妙。見亭在山水之間，可以遊樂之意。◯過珙：泉之旁有峯有路，而峯非頑石，路非徑直。乃峯忽回而路忽轉，此中有亭翼然如飛臨於釀泉之上者，醉翁亭也。6◯孫琮：從泉出亭。◯余誠：點出亭名。**作亭者誰？山之僧曰智僊也。**◯虞集：第五節，說作亭之人。◯過珙：此亭雖太守來此而作，太守實不敢居其功。然則誰作之？山中之僧名智僊者也。◯孫琮：從亭出人。◯余誠：陪得妙。**名之者誰？太守自謂也。**◯樓昉：未說出姓名。◯虞集：第六節，說名亭之人。◯金聖歎：法只應云「太守也」，今多「自謂」二字，因有下注也。◯過珙：謂僧非翁，僧不宜醉，何以名之爲「醉翁」？是誰名之？則非僧名之，太守名之也。又非太守名此亭，蓋太守自謂也。◯孫琮：從亭出名。◯浦起龍：勒歸太守，了過作亭名亭。◯唐德宜：猶未說出名字。**太守與客來飲於此，**◯虞集：第七節，說名亭之義。◯過珙：接手自注。◯孫琮：以下解釋名亭之意。**飲少輒**（即也）**醉，而年又最高，故自號曰醉翁也。**◯金聖歎：接手自注，注「醉」一句，注「翁」一句。◯林雲銘：自釋「醉翁」二字之義。◯過珙：此從太守出醉翁。◯宋文蔚：釋名亭之意。**醉翁之意不在酒，**◯虞集：第八節，推廣名亭之義。◯孫琮：以下隨目破名亭之意，作一束住。**在乎山水之間也。**◯儲欣：淺易近俗。◯過珙：接手又自破。謂太守自號「醉翁」，則太守之意在酒矣；孰知名則「醉翁」，而推夫醉翁之意仍不在酒，而在乎山水之間也。此又從醉翁寫出山水而來。◯浦起龍：隨將醉趣、山水趣與太守并作一團，神趣交融。◯余誠：破「不在酒」，應前面起處。**山水之樂，得之心而寓之酒也**。◯虞集：此一段序亭，自遠而近。凡九節。◯金聖歎：接手又自破，亦二句。一句不在酒，一句亦在酒，筆最圓溜。◯林雲銘：又釋所以醉之義。「樂」字是通篇結穴。◯自起手至此，敘亭得名之由。◯儲欣：上略敘，總敘。◯吳楚材：接手又自破名亭之意。一句不在酒，一句亦在酒，妙。◯過珙：既在山水，何不號山水翁，而曰「醉翁」？蓋山水樂趣，足以醉心，不可名言，而微寓其意於酒也。◯一「樂」字起後文數「樂」字。◯孫琮：見道語，借題發揮。◯秦躍龍：醉翁身分絕高，歸到山水之間，前後俱振。◯余誠：破亦在「酒」，一篇主腦。◯宋文蔚：此處疊一句，調法變。「樂」字是一篇之根。以上敘名亭之由。

若夫日出而林霏開，◯虞集：此一節說朝暮之景。◯金聖歎：朝。◯林雲銘：朝則自晦化明。◯儲欣：下詳敘，分敘。◯吳楚材：明。◯過珙：醉翁得山水之樂者，以山間景物非一時遊覽可盡

5 此處過珙又說：「此就山寫出泉是第四層。」

6 此處過珙又說：「此自泉說到亭是第五層。」

也。若夫日之出也，而林間芳霏之色因日光而開爽。**雲歸而巖穴暝，**○金聖歎：暮。○林雲銘：暮則自明化晦。○吳楚材：晦。○過珙：雲之歸也，而巖穴陰晦之氣隨雲色而暝昏。**晦明變化者，山間之朝暮也。**○金聖歎：記亭之朝暮。○林雲銘：言一日之間如此。○過珙：忽晦忽明，變化不一者，一日之間如此也。此又從山水記亭之朝暮。○浦起龍：「若夫」以下，只就山寫山，即中有離。○余誠：記亭之朝暮，總承上二句。**野芳發而幽香，**○樓昉：春。○虞集：第二節說四時之景。**佳木秀而繁陰，**○樓昉：夏。**風霜高潔，**○樓昉：秋。**水清而石出者，**[7]○樓昉：冬。**山間之四時也。**○金聖歎：記亭之四時。○林雲銘：言一年之間如此。○過珙：以言乎春，則野芳發而處處幽香；以言乎夏，則佳木秀而樹樹繁陰；時而秋也，最苦是風霜肅殺，茲則風霜而高潔，反覺宜人；時而冬也，最苦是水石凝結，茲則水落而石出，偏生佳景。此又從朝暮出亭之四時。○宋文蔚：一年之景如此。○王基倫：與〈豐樂亭記〉同一景致。**朝而往，**○虞集：第三節總序朝暮，分四時合說，文字不排。**暮而歸，四時之景不同，而樂亦無窮也。**○虞集：「樂」字收上意。○此第二段，敘景物。凡三節。○金聖歎：隨手將朝暮、四時又收，卻收得參差任筆。○林雲銘：承上「朝暮」、「四時」二意來，合言遊者之樂，非一端可盡，所以得之心而醉。○此段敘亭外之景，單就山一邊言。○吳楚材：又總收朝暮、四時，申出「樂」字，起下文數「樂」字。○過珙：於是太守朝而往，欣然也；暮而歸，欣然也。覩此四時之景變遷不同，而太守之樂亦無窮也。○浦起龍：此段紆徐合到醉意，為敘事正文。○唐德宜：四時遊而日新，朝暮往而不厭，是真能得山水之樂者。○宋文蔚：承上疊一句，醒出

「樂」字。以上敘亭外之景，單就山言。○王基倫：此段寫靜景，文句長而節奏緩。

至於○吳楚材：二字貫下段。**負者歌於塗，**○虞集：第一節説滁人之遊。**行者休於樹，**○過珙：負，擔荷也；休，憩息也。言若太守遊而滁人不遊，或滁之士宦遊而貿易者不知遊，則太守之樂亦有窮也。今自太守賓客而外，遍觀之，至於負者苦役也，而亦有所快心，里謠雜劇，長歌於途中；行者勞人也，而亦有所暢懷，徘徊瞻戀，憩息乎樹下。**前者呼，後者應，**○過珙：遊而在前者，覩奇峯忽驚喜而狂呼；遊而在後者，聞水聲忽欣趨而若應。**傴**（ㄩˇ）**僂**（ㄌㄡˊ）**提攜，**○吳楚材：傴僂，不伸也。**往來而不絕者，滁人遊也。**○樓昉：狀物之妙，無以復加。○虞集：此節模寫得最好。見滁人之遊乃滁人之樂，非遊惰也。○林雲銘：此段敘遊人之多，可以增山間佳景，而與民同樂之意，隱然言外。○過珙：傴僂，俯躬曲脊也。提，舉也。攜，持也。人有所提攜，其躬必曲，謂傴者、僂者，或提，或攜。往者，往來者，來不絕於道路者，滁人遊也。此從四時出滁人。○孫琮：以滁人陪出太守。○浦起龍：以滁人遊，挑太守宴。○余誠：此一段記亭中飲宴之樂。○宋文蔚：此敘遊人之多，點綴山間佳景，見與人同樂意。**臨谿而漁，**○虞集：第二節説太守宴。**谿深而魚肥；釀泉爲酒，泉香而酒洌；**○林雲銘：篇首説山水之間，中段單表山間之景，豈可將水遺漏？細

7 清，一作「落」。

思補入，又無可安頓處。此卻就太守宴內，趁勢把魚、酒二物補出谿、泉來。雖有智巧，無以過矣。◯吳楚材：洌，清潔也。◯過珙：洌，寒氣盛也。8滁人之遊，各適其性；太守之飲，亦隨遇而安，不必窮極四方之味而後快也。時而臨於谿上，即漁於谿中，喜此谿甚深而魚亦肥。坐於泉間，即沽釀泉之酒，又喜此泉清潔，而爲酒亦洌。◯孫琮：此處又作六段，俱寫樂意。◯秦躍龍：前云「山水之間」，故略將水映帶。◯唐德宜：就段內補出溪泉來。◯宋文蔚：此補敘水。**山肴野蔌**（ㄙㄨˋ），◯吳楚材：菜謂之蔌。**雜然而前陳者，太守宴也。**◯金聖歎：「至於」二字，貫此二段。先記滁人遊，次記太守宴，妙。◯林雲銘：應上「來飲於此」句。◯過珙：蔌，菜也。陳，設也。謂所陳之肴菜，皆取山野之味，是太守之宴，亦不外山水之趣矣。此從滁人出太守。**宴酣之樂，**◯虞集：第三節說眾賓歡。**非絲非竹，**◯吳楚材：二句貫下段。◯過珙：絲、竹，樂器也。言宴未嘗不酣，酣未嘗不樂，然樂則樂矣，而非絲竹之樂也。◯余誠：撇一筆。**射**（投壺）**者中**（ㄓㄨㄥˋ），◯洪本健：一般指投壺，或指九射格之戲。《外集》卷二十一〈九射格〉後有編者語：「〈醉翁亭記〉云：『射者中，奕者勝，觥籌交錯』，恐或謂此。」**奕**（圍棋）**者勝，**◯林雲銘：「中」與「勝」皆言其工，所以可樂。**觥**（ㄍㄨㄥ）**籌交錯，**◯吳楚材：觥謂爵。◯林雲銘：籌所以記罰。◯余誠：兼頂上二項。**起坐而諠譁者，眾賓懽也。**9◯虞集：此第三節說得尤好，見得賓客之間非從事於飲樂者。◯林雲銘：應上「與客來飲」句。◯過珙：觥，大杯也。籌，酒籌，所以記罰者。謂樂不用絲竹，但角射焉，較奕焉，以爲飲。須臾射者中，奕者勝，而不中不勝者飲矣。再奕、再射，或中者不中，勝者不勝，則觥籌交錯，更相迭飲，或坐或起，而言語諠譁者，眾賓飲而懽也。此從太守出眾賓。○秦躍龍：摹景如畫。**蒼顏白髮**，○虞集：第四節說「醉翁」字。**頹然乎其間者，太守醉也。**○虞集：此第三段，序遊宴。凡四節。○金聖歎：「宴酣之樂，非絲非竹」二句，貫此二段。記眾賓自懽、太守自醉，妙。○林雲銘：應上「飲少輒醉，而年又最高」句。○此段敘亭中宴飲之樂。○過珙：眾賓正懽，獨太守不能多飲，而年又最高，顏色蒼而髮盡白，頹然垂首於眾賓之中者，太守醉也。此從眾賓又出太守醉。○浦起龍：以眾賓懽，挑太守醉。○唐德宜：眾賓不妨諠譁，太守頹然自醉，形容各妙。○宋文蔚：此敘亭中宴飲之樂。○王基倫：己身爲太守，與眾不同者一。○此段寫動景，文句短而節奏快。

已而○吳楚材：二字貫下段。**夕陽在山**，○虞集：第一節說太守歸。**人影散亂**，○林雲銘：醉歸行無倫次。**太守歸而賓客從也。**○林雲銘：應上「朝往暮歸」句。○吳楚材：歸時景。○過珙：太守既醉之後，時夕陽已落西山，人影眾多，紛紛散亂，其故何也？太守歸而賓客從也。此從醉出歸。○浦起龍：正面已竟，至是透過題後。**樹林陰翳**，○虞集：第二節說禽鳥樂，[10]引過下段。

---

8 寒氣盛也，一作「水清澈也」。

9 懽，一作「歡」。

10 第二節，原文作「第四節」，今據文義改。

鳴聲上下，遊人去而禽鳥樂也。[11]◯樓昉：生下。◯金聖歎：「已而」二字，貫此二段。記太守去，賓客亦去，滁人亦去，卻意外忽添出禽鳥，妙。見太守仁民而愛物，而文態又蕭散。◯林雲銘：應上「滁人遊」句。上以「樂」喚起，末段自當歸到「樂」上，方結得住，但此處卻添出禽鳥之樂來，借勢一路捲去，落想奇極。◯吳楚材：歸後景。◯過珙：此時天色將晚，樹木爲之陰翳。忽見禽鳥欲棲，鳴聲上下於其間，此何故也？遊人盡去，而止有禽鳥之樂也。此從人歸而禽鳥樂。**然而禽鳥知山林之樂，**◯樓昉：接上。**而不知人之樂；**◯儲欣：此轉敗與。◯余誠：二句是實。**人知從太守遊而樂，而不知太守之樂其樂也。**◯樓昉：無此數語，則前面許多鋪張，都無合殺矣。◯虞集：正說，盡主意。◯「其」字指滁人，此爲主意。◯金聖歎：便從禽鳥倒捲轉來，作結。◯林雲銘：應上「得之心」句。◯此段敘醉歸之樂，層層轉入太守樂其樂正旨，見醉翁之意不在酒，併不在山水之間，在與民同樂上。舊解作「太守樂之」，真不甚明顯。◯吳楚材：刻畫四語，從前許多鋪張，俱有歸束。◯過珙：試就斯遊觀之：太守樂也，賓客樂也，甚至禽鳥亦樂也，然而一轉思焉，禽鳥但知山林之樂，而不知人之所以樂；人但知從太守遊而樂，而不知太守之樂非樂一己之樂、醉酒之樂、山水之樂、賓客之樂、禽鳥之樂，乃與民同樂以爲樂也。此從禽鳥出醉歸之樂。◯浦起龍：兜筆密，惜空滑。◯余誠：二句是主，應上「得之心而寓之酒」。此一段述作記及自署姓名，以結通篇。◯唐德宜：筆有仙意，勝讀蒙莊〈秋水篇〉。◯宋文蔚：從「樂」字繳應上文，通篇結穴。◯王基倫：己身爲太守，與眾不同者二。

醉能同其樂，◯虞集：說作記。◯林雲銘：再襯一句同樂。**醒能述以文者，太守也。**◯虞集：此節見得極有手段。◯金聖歎：記撰文。◯過珙：人或醉而樂，醒即茫然。今則既醉矣，能不自樂而同其樂，及其醒也，又能述〈醉翁亭記〉之文者，太守也。◯宋文蔚：補敘作記。**太守謂誰？廬陵歐陽脩也**。◯樓昉：到此方說出。◯虞集：說作文之人。問答法。◯金聖歎：記名姓。一路皆是記也，有人說似賦者，誤也。◯過珙：後人臨此亭，覽此文，如問太守何人？則廬陵歐陽脩也。◯孫琮：點得蒼老。◯余誠：倒記姓名，省筆，妙絕。◯宋文蔚：補敘作記之人。

【彙評】

〔宋〕蘇軾：永叔作〈醉翁亭記〉，其辭玩易，蓋戲云耳，又不以為奇特也，而妄庸者亦作永叔語，云：「平生為此最得意。」……此又大妄也。（《蘇軾文集》卷六十六〈記歐陽論退之文〉）

〔宋〕陳師道（一〇五三～一一〇一）：退之作記，記其事爾；今之記乃論也。少游（秦觀）謂

11 此處原有虞集曰：「此第四段，引過後段主意。凡二節。」於「而不知太守之樂其樂也」句下，又曰：「此第五段，說主意。凡二節。」於文末又曰：「此第六段，序作記。凡二節。」茲因虞集分段過於瑣碎，與眾家說法不同，故依從眾說，將此處虞集所分三段，合為一段，並刪除此處虞集關於分段、分節之說明文字。

〈醉翁亭記〉亦用賦體。（《後山詩話》）

〔宋〕張表臣：近代歐公〈醉翁亭記〉步驟類〈阿房宮賦〉。（《珊瑚鉤詩話》卷一）

〔宋〕朱弁（一〇八五～一一四四）：〈醉翁亭記〉初成，天下莫不傳誦，家至戶到，當時爲之紙貴。宋子京（宋祁）得其本，讀之數過，曰：「只目爲『醉翁亭賦』，有何不可？」（《曲洧舊聞》卷三）

〔宋〕蔡條（一〇九六～一一六二）：歐陽公守滁陽，築醒心、醉翁兩亭於瑯琊幽谷，且命幕客謝某者，雜植花卉其間。謝以狀問名品，公即書紙尾云：「淺深紅白宜相間，先後仍須次第栽。我欲四時攜酒去，莫教一日不花開。」其清放如此。（《西清詩話》卷下）

〔宋〕朱熹：歐公文亦多是修改到妙處。頃有人買得他〈醉翁亭記〉藁，初說滁州四面有山，凡數十字，末後改定，只曰「環滁皆山也」五字而已。如尋常不經思慮，信意所作言語，亦有絕不成文理者，不知如何。（《朱子語類》卷一三九〈論文上〉）

〔宋〕樓昉：此文所謂筆端有畫，又如累疊階級，一層高一層，逐旋上去，都不覺。（《崇文古訣》卷十八）

〔元〕虞集：此篇是記變體，歐陽以前無之。或曰：「用賦體」，非也。逐節序事，無韻、不排，只是記體。第三段序景物處雖似賦，然鋪敘，記中多有。凡六段。（《文選心訣》）

〔明〕茅坤：文中之畫。〇昔人讀此文，謂如遊幽泉邃石，入一層纔見一層，路不窮，興亦不窮。讀已，令人神骨翛然長往矣。此是文章中洞天也。（《唐宋八大家文鈔・歐陽文忠公文

抄》卷二十一）

〔清〕金聖歎：一路逐筆緩寫，略不使氣之文。（《天下才子必讀書》卷十三）

〔清〕林雲銘：亭在滁州西南兩峯之間，讓泉之上，自當從滁州說起層層入題。其作亭之故，亦因彼地有山水佳勝，記雖爲亭而作，亦當細寫山水，既寫山水，自不得不記遊宴之樂，此皆作文不易之定體也。但其中點染穿插，布置呼應，各極自然之妙，非人所及。至於亭作自僧，太守賓客滁人，遊皆有分，何故獨以己號「醉翁」爲亭之名？蓋以太守治滁，滁民咸知有生之樂，故能同作山水之遊。即太守亦以民生既遂，無吏事之煩，方能常爲宴酣之樂。其所號「醉翁」，亦從山水之間而得，原非己之舊號。是「醉翁」大有關於是亭，亭之作始爲不虛。夫然，則全滁皆莫能爭是亭，而「醉翁」得專名焉。通篇結穴處，在「醉翁之意不在酒」一段，末段復以「樂其樂」三字見意，則樂民之樂，至情藹然可見。舊解謂是一篇風月文章，即施於有政，亦不妨碍等語，何啻隔靴搔癢。計自首至尾，共用二十箇「也」字，句句是記山水，卻句句是記亭，句句是記太守。讀之惟見當年雍熙氣象，故稱絕搆。（《古文析義》初編卷五）

〔清〕儲欣：與民同樂，是其命意處。看他敘次，何等瀟灑。（《唐宋八大家類選》卷十一）

〔清〕儲欣：乃遂成一蹊徑，然其中有畫工所不能到處。（《唐宋十大家全集錄・六一居士全集錄》卷五）

〔清〕張伯行：文之妙，鹿門評鑒之。朱子言「歐公文字亦多是修改到妙處。頃有人買得他〈醉翁亭記〉稿，初說『滁州四面有山』，凡數十字，末後改定，只曰：『環滁皆山也』五字而已。」可見文字最要修改。故附錄之。（《唐宋八大家文鈔》卷六）

〔清〕吳楚材、吳調侯：通篇共用二十個「也」字，逐層脫卸，逐步頓跌，句句是記山水，卻句句是記亭，句句是記太守。似散非散，似排非排，文家之創調也。（《古文觀止》卷十）

〔清〕過珙：從滁出山，從山出泉，從泉出亭，從亭出人，從人出名，一層一層復一層，如累疊階級，逐級上去，節脈相生，妙矣！尤妙在「醉翁之意不在酒」及「太守之樂其樂」兩段，有無限樂民之樂意，隱見言外。若止認作風月文章，便失千里。（《古文評註全集》卷十）

〔清〕孫琮：此篇逐段記去，覺似一篇散漫文字。及細細讀之，實是一篇紀律文字。一起，記山、記泉、記亭、記人，數段極爲散漫，今卻於名亭之下自註自解，一反一覆，作一收束。中幅，記朝暮、記四時，又爲散漫，於是將四時朝暮總結一筆，又作一收束。後幅，記遊、記宴、記懽、記醉、記人歸、記鳥樂，數段又極散漫，於是從禽鳥捲到人，從人捲到太守，又作一收束。看他逐層排列數十段，卻得三處收束，便自步伐嚴整，細讀當自得之。（《山曉閣選古文全集》卷二十四）

〔清〕方苞：歐公此篇以賦體爲文，其用「若夫」、「至於」、「已而」等字，則又兼用六朝小賦局段套頭矣。（《海峯先生精選八家文鈔》引）

〔清〕浦起龍：一片天機，無意中得之，人言「不可有二」者，窠臼之見也。○〈豐樂〉者，同民也，故處處融合滁人；〈醉翁〉者，寫心也，故處處攝歸太守。一地一官，兩亭兩記，各

呈意象，分闢畦塍。（《古文眉詮》卷五十九）

〔清〕愛新覺羅弘曆：前人每歎此記為歐陽絕作。閑嘗熟玩其詞，要亦無關理道，而通篇以「也」字斷句，更何足奇？乃前人推重如此者，蓋天機暢則律呂自調，文中亦具有琴焉，故非他作之所可並也。況脩之在滁，乃蒙被垢汙而遭謫貶，常人之所不能堪，而君子亦不能無動心者，乃其於文蕭然自遠如此，是其深造自得之功發於心聲，而不可強者也。（《唐宋文醇》卷二十六）

〔清〕余誠：直記其事，一氣呵成，自首至尾計用二十個「也」字，此法應接昌黎〈潮州祭太湖神〉文脫胎。風平浪靜之中，自具波瀾縈迴之妙。筆歌墨舞，純乎化境，洵是傳記中絕品。至記亭所以名「醉翁」及醉翁所以醉處，俱隱然有樂民之樂意在，卻又未嘗著迹。（《重訂古文釋義新編》卷八）

〔清〕唐德宜：記體獨闢。通篇寫情寫景，純用襯筆，而直追出「太守之樂其樂」句為結穴。當日政清人和，與民同樂景象，流溢於筆墨之外。（《古文翼》卷七）

〔清〕李扶九：隨記隨解，記體中千古創調也，亦千古絕調也。劈首用一「也」字，生出下二十「也」字。然首一「也」字是拖起下文，尚虛，與下眾「也」字實煞者不同。從來文中用「也」字之多，無過於此，故獨出一奇。聞公初起稿時，從四方說來，有數句，共二十餘字，後盡刪作此五字，省而括，高而潔，於此可悟作文不貴冗長。又「朝暮」、「四時」等，賦記中皆成套語，此只六句了之，亦見其人詳我略，故不落俗。至末始點名一法，後來

古文、時文多祖之。蓋歐公〈秋聲賦〉及此首，於作小題法最宜，學者熟讀可也。（《古文筆法百篇》卷六）

〔民國〕宋文蔚：如此篇，以「也」字成調，一篇中凡用二十餘「也」字，其節奏可謂短矣。而音韻清越，讀者如聆管絃、如擊金石，繁音促節，古文中逸調也。（《評註文法津梁》中冊）

〔民國〕宋文蔚：前段敘亭之緣起，中段敘宴飲之樂，後段回應前文。通篇以「山水之樂，得之心而寓之酒」一句爲主，前後皆不脫此意。層次分明，聲調諧暢，文之最有音節者。（《評註文法津梁》中冊）

〔民國〕宋文蔚：最用「也」字短調，以促節繁音見勝，此文之變格。（《評註文法津梁》中冊〈節緩音和〉）

〔民國〕陳衍：〈醉翁亭記〉，則論者以爲俗調矣。其實非調之俗，乃辭意過於圓滑，與〈送李愿序〉氣味相似，殊不可學耳。然起云：「環滁皆山也。其西南諸峯林壑尤美，望之蔚然而深秀者，琅邪也。山行六七里，漸聞水聲潺潺，而瀉出於兩峯之間者，讓泉也。峯回路轉，有亭翼然臨於泉上者，醉翁亭也。」起數句頗自俊爽。（《石遺室論文》卷五）

〔民國〕唐文治：清微淡遠，翛然弦外之音，醉翁之意不在酒，孰知其滿腹經綸屈而爲此乎？蓋永叔在滁，乃蒙被垢汙而遭謫貶，君子處此，或不能無動於心，而永叔此文，獨能遊乎物外，先儒謂「其深造自得之功，發於心聲而不可強者」，[12]豈非然歟？〇通篇用「也」字

調，爲特創格。然必須曲折多，乃佳，否則轉成庸俗矣。（《國文經緯貫通大義》卷六）

〔民國〕王基倫：全文由外觀景物而寫到自身，寫自身又以「醉翁」稱之。末尾署名亦不帶官銜。如此營造人物形象，更加個性化、抒情化。

延伸思考

1. 南宋周必大編定完稿的《歐陽文忠公文集》卷第三十九，先列〈豐樂亭記〉，次列〈醉翁亭記〉。這兩篇文章的寫作時間點，孰先孰後？
2. 〈醉翁亭記〉視之爲賦，是否恰當？這篇文章是「變體爲文」嗎？這麼說是褒義還是貶義？
3. 宋人四十歲自稱爲「翁」，是否爲普遍現象？爲何如此？
4. 歐陽脩遭受貶謫後的心情調適，與一般被貶謫者有無不同？
5. 〈豐樂亭記〉和〈醉翁亭記〉這兩篇文章的寫作目的、想要表達出來的旨趣何在？

---

12 「其深造自得之功」二句，出自清高宗御選：《唐宋文醇》卷二十六。

送楊寘序

【題解】

本文選自《歐陽文忠公文集》卷四十二，《居士集》卷四十二。

洪本健：慶曆七年（一〇四七）作於滁州。楊寘，生平未詳。《宋史．文苑傳》有楊寘，慶曆二年（一〇四二）舉進士，試國子監、禮部皆第一。而本文中楊寘「累以進士，不得志」，可見非一人。

予嘗有幽憂之疾，〇沈德潛：「幽憂之疾」本《莊子》。〇唐德宜：就自身引起。〇宋文蔚：「幽憂」二字伏一篇之根。**退而閒居，不能治也。**〇金聖歎：飄然落筆，如不欲爲文者。〇儲欣：從自己說起。**既而學琴於友人孫道滋，**〇宋文蔚：點出「琴」字。**受宮聲數引，久而樂之，不知疾之在其體也。**〇茅坤：送失意人，以極得意處摹寫之。〇金聖歎：隨筆自記往事，而文油油乎如山之出雲。〇儲欣：頓。〇吳楚材：先自記往事，提出學琴，送楊子意在此。〇宋文蔚：先揭明琴可解憂愈疾。◯王文濡：借琴説入。

夫琴之爲技小矣，◯茅坤：跌起。◯金聖歎：頓挫。◯唐德宜：一段寫琴。◯宋文蔚：用折筆入題。**及其至也，**◯儲欣：縱論琴。**大者爲宮，細者爲羽，**◯茅坤：風雅之音，如欲神解。◯金聖歎：此二句是琴之本音。◯吳楚材：該商、角、徵。**操絃驟作，忽然變之，**◯金聖歎：此二句是彈者手法。◯吳楚材：聲以情遷。**急者悽然以促，緩者舒然以和。**◯宋文蔚：先説琴聲，引入譬喻。**如崩崖裂石，高山出泉，而風雨夜至也；**◯孫琮：借景形容，連作三四疊。◯宋文蔚：三句疊轉，一轉一喻。**如怨夫寡婦之歎息，雌雄雍雍**（和睦貌）**之相鳴也。**◯儲欣：琴聲。◯沈德潛：奪胎韓文。◯賴襄：狀琴聲處，不及昌黎之詩。◯唐德宜：風雅之音，如欲神解。◯宋文蔚：兩句兩喻。**其憂深思遠，則舜與文王、孔子之遺音也；悲愁感憤，則伯奇孤子、屈原忠臣之所歎也。**◯金聖歎：一段，寫琴極盡。◯姚靖：讀者與高山流水之思。◯儲欣：琴德。◯吳楚材：伯奇，尹吉甫子。吉甫聽後妻之言，疑而逐之。伯奇事後母孝，自傷無罪，投河死。屈原，楚懷王臣，被放，作《離騷》。◯借景形容，連作三、四疊，乃歐公得意之筆。◯沈德潛：已上琴聲。◯宋文蔚：從物情引到人情，調法又變。◯王文濡：此等句爲後人摹仿，已成濫調，然在前人創爲之，自覺跌宕有致，然亦宜相題而施，切合而不膚，方爲名貴。

喜怒哀樂，動人心深。◯金聖歎：二句爲下轉筆，又作頓挫。◯唐德宜：此折更深遠。**而純古淡泊，**◯茅坤：又一轉，更深遠。**與夫堯舜三代之言語、孔子之文章、《易》**

之憂患、《詩》之怨刺無以異。◯金聖歎：妙，妙。必如此寫，方不是琵琶與箏。◯沈德潛：已上琴德。◯宋文蔚：又從琴聲轉到琴德，與聖賢文字相通。其能聽之以耳，應之以手，取其和者，◯唐德宜：次寫學琴。◯宋文蔚：「和」字總上文琴聲、琴德言。道其堙鬱（ㄧㄣ ㄩˋ，堵塞埋藏），寫其憂思，則感人之際，亦有至者焉。◯金聖歎：寫琴至此，妙，妙。◯儲欣：拍題。◯吳楚材：寫琴至此極盡。◯唐德宜：束住。◯宋文蔚：「感」字應上文，「動」字總束前段。

予友楊君，◯吳楚材：入楊子。◯唐德宜：入題。好學有文，◯金聖歎：始入正事，一。累以進士舉，不得志。◯金聖歎：二。及從蔭調（受先人庇護而任官職），爲尉於劍浦（福建南平），區區在東南數千里外，是其心固有不平者。◯金聖歎：三。◯孫琮：此序所由作。◯唐德宜：拍合。且少又多疾，◯金聖歎：四。而南方少醫藥，◯金聖歎：五。風俗飲食異宜。◯金聖歎：六。◯宋文蔚：以上歷敘楊寘失意多疾。以多疾之體，有不平之心，◯唐德宜：總扣「幽憂」意。居異宜之俗，◯金聖歎：結束好。其能鬱鬱以久乎？◯金聖歎：作序本懷，只一句。◯姚靖：愴極。◯吳楚材：三句總攝「幽憂」意，情至而語深。◯儲欣：句清而語深。◯宋文蔚：數句束上起下。然欲平其心以養其疾，於琴亦將有得焉。◯吳楚材：讀至此，則知通篇之說琴，意不在琴也，止借琴以釋其幽憂耳。◯唐德宜：結出作序意。◯宋文蔚：合到本意。故予作琴說以贈其行，且邀道滋，酌酒進琴以爲別。◯金聖歎：一結泠然。◯儲欣：一結周匝有致。◯宋文蔚：回應首段作結。◯王基倫：有溫情，非止於說理耳。

【彙評】

〔明〕茅坤：此文當肩視昌黎而直上之。（《唐宋八大家文鈔．歐陽文忠公文抄》卷十八）

〔清〕金聖歎：此文全然學韓昌黎〈送王含秀才序〉，看其結法便知。（《天下才子必讀書》卷十三）

〔清〕姚靖：此文如啼猿唳鶴，令讀者惝怳悲惋。歐陽序記，只此可頡頏韓、柳。（《唐宋八大家偶輯》卷七）

〔清〕儲欣：公深於琴者，故能言之若此。予不知音，每讀之，仿佛琴聲鏗鏗。[1]（《唐宋八大家類選》卷十一）

〔清〕儲欣：千秋絕調。此移我情，風雨如晦。取公此序朗讀數通，亦足解幽憂之疾。（《唐宋十大家全集錄．六一居士全集錄》卷五）

〔清〕吳楚材、吳調侯：送友序，竟作一篇琴說，若與送友絕不相關者。及讀至末段，始知前幅極力寫琴處，正欲爲楊子解其鬱鬱耳。文能移情，此爲得之。（《古文觀止》卷十）

〔清〕何焯：此似學〈送王秀才序〉而不如者，不獨筆力簡古爲難，韓乃簡古中旨趣深遠。（《義門讀書記》卷三十八）

〔清〕過珙：楊子心懷鬱鬱，而歐公藉琴以解之，故通篇只說琴，而送友意已在其中。文致曲折，古秀雅淡，言有盡而情味無窮。（《古文評註全集》卷十）

〔清〕孫琮：本意爲楊寘鬱鬱，作序以解之。今讀其前幅，閒閒然只說琴聲，若與後幅絕不相關

者，及讀至後幅，始悟前幅皆是爲後幅出力寫照，神氣超脫，照應有情，文之以法勝者。（《山曉閣選古文全集》卷二十三）

（清）沈德潛：琴之理亡矣。今之琴聲，古之俗樂也。誦此文及伯牙〈山水操〉，令人置身上古。（《增評八大家文讀本》卷十一）

（清）劉大櫆：〈考工記〉之言鐘虡，《莊子》之言風，淳于髡之言飲酒，老蘇之言風水相遭，皆能備極形容。歐公此篇，當與並美。（《評註古文辭類纂》卷三十二引）

（清）姚範：昌黎於作序原由每能簡潔，而文法硬札高古，歐、曾以下無之。惟〈楊寘序〉有其意，然以「多疾之體」六七句綴之，終不似。（《援鶉堂筆記》卷四十四）

（清）愛新覺羅弘曆：古之善言琴者，惟韓退之〈聽穎師彈琴詩〉，然未免三分琵琶、七分箏之誚。若此文與枚乘〈七發〉中「龍門之桐高百尺而無一枝」篇，便眞有琴聲出於紙上。（《唐宋文醇》卷二十五）

（清）盧文弨：文如懸泉百丈，一瀉而下，大者爲珠，小者爲沫，山石曲折，與之與之爲流瀉而不盡，是所爲奇觀也。○此文當與昌黎〈贈高閑序〉並肩。（《唐宋八大家文鈔．歐陽文忠公文抄》卷十八）

---

1 仿佛琴聲鏗鏗，秦躍龍《唐宋八大家文選．歐陽盧陵文三》引此作「仿佛琴聲鏗鏗，盈我兩耳」。

〔日本〕賴襄：此文平直，非歐文之至者。（《增評八大家文讀本》卷十一）

〔清〕唐德宜：幽憂之疾楊所同，治幽憂之疾，則歐公所獨。文發出琴之感人，大有一唱三歎之致。入題後收束，亦點滴不漏。（《古文翼》卷七）

〔清〕吳汝綸：老蘇言風水，乃摹擬〈上林賦〉者，不足與莊子、淳于並稱。若相如之言水，乃可謂之備極形容耳。（《評註古文辭類篹》卷三十二引）

〔民國〕林紓：諸體中，唯贈送序最無著實之體例，可以憑空自成樓閣。楊寘初非知名之人，舉進士不得志，爲數何止千萬？若人人皆代爲發起牢騷，則塵羹土飯之言，搖筆即至。公拈出一「琴」字，開頭先伏一「疾」字，似琴能已疾，且能消憂者。「琴」與「疾」字既相關合，則「琴」字在「疾」字範圍之中，故中間一段，恣意寫琴，並非嵇叔夜之〈琴賦〉，步步爲楊生散愁解鬱之藥石。且不說明足以已楊生之疾，先說己之幽憂痼疾藉琴而解，則是以驗方贈良友矣。其下說南荒之少醫、楊生之多疾，處處皆足動其憂，時時均可生其疾，叫起「琴」字，似唯琴足託以療疾屏憂者。將孫道滋彈琴作結，此首尾相應法也。文之幽渺淒厲，如秋宵之風雨，是歐文中別饒一致風格。（《古文辭類篹選本》卷六）

〔民國〕宋文蔚：如此篇，因楊寘失意，赴劍浦，有不平之心，又多疾病，借琴說以散其抑鬱。中間譬喻之筆，用至五六疊，而筆筆變換，無一句重複，眞巧於用疊筆者也。（《評註文法津梁》中冊）

〔民國〕宋文蔚：前後序事，中間說琴一段，疊用譬喻，與前後用意互相照應，此文中之脈絡貫

注處也。（《評註文法津梁》中冊）

〔民國〕唐文治：〈秋聲賦〉滿紙皆秋聲，此文滿紙皆琴聲。「桃花流水杳然去，別有天地非人間」，文境彷彿似之，神乎技矣！○琴說在結末點出，高絕，此亦自然天籟也。○歐公文最善唱歎，……學者但求其神足矣。（《國文經緯貫通大義》卷一）

延伸思考

1. 歐陽脩的健康情形如何？
2. 楊寘的情形是否爲憂鬱症？對他來說，何種治療方式較好？
3. 當寫作對象的生平事迹不詳時，勢必無法從最傳統的文學批評法——「知人論世」的角度，去理解一篇文章。這時讀者該從何角度去探索文章的真諦？

祭蘇子美文

【題解】

本文選自《歐陽文忠公文集》卷四十九，《居士集》卷四十九。

蘇舜欽，字子美。歐陽脩〈湖州長史蘇君墓誌銘〉云：「故湖州長史蘇君有賢妻杜氏，自君之喪，布衣蔬食，居數歲，提君之孤子，斂其平生文章，走南京，號泣於其父曰：『吾夫屈於生，猶可伸於死。』其父太子太師以告於予。予爲集次其文而序之，以著君之大節與其所以屈伸得失，以深誚世之君子當爲國家樂育賢材者，且悲君之不幸。其妻卜以嘉祐元年十月某日，葬君於潤州丹徒縣義里鄉檀山里石門村，又號泣於其父曰：『吾夫屈於人間，猶可伸於地下。』於是杜公及君之子泌，皆以書來乞銘以葬。」（《居士集》卷三十一）由是可知，蘇子美生前受委屈，其妻杜氏幾度請求父親杜衍，寫文章立言表彰其不朽。後來歐陽脩接受杜衍轉託，於是編纂《蘇氏文集》而寫下〈蘇氏文集序〉，另外也爲他寫祭文、墓誌銘。

維年月日，具官歐陽脩謹以清酌庶羞之奠，致祭於亡友湖州長史蘇君子美之靈曰：

哀哀子美，命止斯邪？○王文濡：開口便扼題要。小人之幸，君子之嗟。[1]子之心胸，蟠屈龍蛇；風雲變化，雨雹交加；忽然揮斧，霹靂轟車。人有遺之，心驚膽落，震仆如麻。須臾霽止，○樓昉：言其晦明開闔變態如此，而終歸於仁義。而回顧百里，[2]山川草木，開發萌芽。○王文濡：形容文字之孳甲，有新意。子於文章，雄豪放肆，有如此者，吁可怪邪！○高步瀛：以上讚其文之詼奇。

嗟乎世人，知此而已，貪悅其外，不窺其內。欲知子心，窮達之際。金石雖堅，尚可破壞，子於窮達，始終仁義。○王基倫：深知子美之爲人。惟人不知，乃窮至此。蘊而不見，○樓昉：仁義。遂以沒地。獨留文章，照耀後世。○樓昉：依舊結轉文章上則，前後相應。○汪份：就人不知其仁義，打轉但知其文章，筆如遊龍，不爲聲韻所縛。○王文濡：仁義惟人不知，文章則無不見。○高步瀛：以上言子美蘊仁義而不見用，惟以文章傳後。

嗟世之愚，掩抑毀傷，譬如磨鑑，不滅愈光。一世之短，萬世之長；其間得失，不待較量。○樓昉：不盡說。哀哀子美，來舉予觴。尚饗！○高步瀛：以上慰藉作收。○王基倫：全文明白暢達。

【彙評】

〔宋〕樓昉：卓犖俊邁。（《崇古文訣》卷十八）

〔清〕儲欣：擬議子美文頗肖。（《唐宋十大家全集錄・六一居士全集錄》卷五）

〔清〕何焯：激昂。（《義門讀書記》卷三十九）

〔民國〕王文濡：奇崛處逼似昌黎。（《評註古文辭類纂》卷七十四）

〔民國〕黃公渚：辭句淒麗。（《歐陽永叔文》敘）

---

1 「小人之幸」二句，王文濡註：時范仲淹與富弼，欲盡革眾弊以紓民，王拱辰等不便。乃以宴神事劾子美，子美除名。一時賢俊，因是貶逐，王等喜曰：「吾一網盡之矣。」

2 回，一作「四」。

延伸思考

1. 祭文一般都寫得悲傷哀婉，這篇祭文卻寫出慷慨激昂的力道，這是何故？如此寫法，又有何佳妙處？
2. 祭文需押韻。試找出韻腳字，進而歸納分析之。

蘇氏文集序

【題解】

本文選自《歐陽文忠公文集》卷四十一，《居士集》卷四十一。讀本文可與歐陽脩〈湖州長史蘇君墓誌銘〉合參。

予友蘇子美之亡後四年，◯孫琮：直敘起。始得其平生文章遺稿於太子太傅杜公（杜衍）之家，而集錄之，以爲十卷。◯儲欣：起法。◯浦起龍：通篇以文之高古、官之廢斥，相間發慨。子美，杜氏婿也，遂以其集歸之，而告於公曰：「斯文，金玉也，棄擲埋沒糞土，不能銷蝕。◯孫琮：極贊其文，便有惋惜意。其見遺於一時，必有收而寶之於後世者。◯浦起龍：首挈文章，即神注廢棄，表其光氣。◯吳闓生：破空而來，頓出光燄。雖其埋沒而未出，其精氣光怪，已能常自發見，而物亦不能揜

（通「掩」）**也。**◯儲欣：此時小人猶有公道。今有怨其人、不詆其文者乎？鮮矣！◯孫琮：承寫物不能揜。◯宋文蔚：自「斯文，金玉也」至此，全以「金玉」二字與子美文章融合一氣立論。**故方其擯斥摧挫，流離窮厄之時，**◯儲欣：帶不遇以襯托文章。**文章已自行於天下，雖其怨家仇人及嘗能出力而擠之死者，至其文章，則不能少毀而揜蔽之也。**◯浦起龍：承寫處，明逗擯斥，而以文章傳後慰之。◯唐德宜：極力摹寫，大為文章吐氣。◯宋文蔚：此數句方從金玉折到子美之文。◯吳闓生：極力盤旋，以取頓宕之致。**凡人之情，忽近而貴遠，**◯唐德宜：又推進一層。**子美屈於今世猶若此，**◯孫琮：又推進一層。**其申於後世宜如何也！**◯孫琮：作序之主。**公其可無恨。」**◯浦起龍：以上統領大意。◯賴襄：他人之文，一段一意。歐公於一段中層出數意，是其獨擅也。蘇家雖縱橫，卻無此。◯曾國藩：以上言子美文必伸於後世。◯宋文蔚：此段論子美之文比之金玉，不能掩其美，必傳於後，句句勁直。◯王文濡：「千古惟文章不死」，稚威之言，[1]信不吾欺。

予嘗考前世文章政理之盛衰，◯儲欣：開。◯孫琮：放一步起論。**而怪唐太宗致治幾乎三王之盛，而文章不能革五代**（宋、齊、梁、陳、隋）**之餘習。**◯儲欣：縱論文章之難。◯浦起龍：此段原文章復古之難，由唐例今，虛含子美。◯唐德宜：一段言文人難得，責當世不惜人才。**後百有餘年，韓、李之徒出，然後元和之文始復於古。**◯宋文蔚：此言唐文盛於韓、李，以比子美。**唐衰兵亂，又百餘年而聖宋興，**◯孫琮：由唐遞到宋。**天下一**

定，晏然無事。又幾（ㄐㄧ）百年，而古文始盛於今。○儲欣：虛含子美在內。○伏。○宋文蔚：此言宋文之盛，雖暗說子美，并自己亦在內。○王文濡：自唐及宋，文家之難得如是。自古治時少而亂時多，幸時治矣，文章或不能純粹，或遲久而不相及，○宋文蔚：用折筆引起下文。何其難之若是歟？豈非難得其人歟？○孫琮：語語爲子美占地步，公正自占地步也。○沈德潛：極言振興文運之難，愈見子美之可惜。○浦起龍：此段趁文章之難，搭到其人難得，爲子美廢斥致惜。○宋文蔚：再用折筆。○王文濡：喝起「樂育賢才」句。苟一有其人，又幸而及出於治世，世其可不爲之貴重，○方苞：一語抱前。而愛惜之歟？○儲欣：就文章折入遇合。○孫琮：喝出正意。○唐德宜：摳出。○宋文蔚：再用折筆，愈折愈緊。

嗟吾子美！○儲欣：合。○高步瀛：嗚咽之音，千古如見，此等提接之法，最爲可愛。以一酒食之過，○儲欣：略。至廢爲民，而流落以死。○儲欣：實惜不遇。○沈德潛：時子美兼進奏院，院中賽神，例賣故紙錢爲飲燕費，子美承例，請諸名流。李定欲與會，而子美卻之。王拱辰、

---

1 胡駿（一六九六～一七五八），名天游，字稚威，山陰（今浙江紹興）人。善作駢文，與程晉芳（一七一八～一七八四）、袁枚（一七一六～一七九七）爲友。袁枚《小倉山房文集》卷十四〈胡稚威哀詞〉引稚威之言曰：「古今人皆死，惟能文章者不死。雖有聖賢豪傑瑰意奇行，離文章則其人皆死。」

李定輩彈奏，時館閣之士罷逐一空，子美除名爲民，杜祈公亦罷相。○秦躍龍：無限惋惜。○宋文蔚：此句頓住。**此其可以歎息流涕，而爲當世仁人君子之職位，宜與國家樂育賢材者惜也。**○孫琮：慷當以慨，情甚切至。○沈德潛：此當作長句一氣讀。○秦躍龍：長句法。○賴襄：論世之治亂、文之盛衰，而歸於子美之遇合。情文相生，神哉技乎！○此等之文，深學司馬子長，而得之神髓者。至「予嘗考前世云云」一段，可謂酷肖矣。「此其可以歎息流涕」一長句，子長諸傳序論喜用這樣句。○曾國藩：以上言子美生於治世又能文，而竟以才廢。○宋文蔚：此三句當作一氣讀，用長句束上。○吳闓生：神韻縱宕處，全自《史記》得來。○王文濡：悼惜子美之遇，隱然以復古自任。

子美之齒少於予，○儲欣：此段申說。○孫琮：以下言子美之文，又將自己並發，可見文章千古道合。**而予學古文反在其後。天聖之間，予舉進士於有司，見時學者務以言語聲偶擿**（ㄊㄧˋ，挑取）**裂，**○唐德宜：襯出子美。**號爲時文，以相誇尚，而子美獨與其兄才翁**（蘇舜元）**及穆參軍伯長**（穆脩）**作爲古歌詩雜文。**○儲欣：實舉其文。**時人頗共非笑之，而子美不顧也。**○孫琮：頓挫。**其後天子患時文之弊，下詔書諷勉學者以近古，由是其風漸息，而學者稍趨於古焉。**○儲欣：應。○王基倫：歸功於天子。**獨子美爲於舉世不爲之時，其始終自守，不牽世俗趨舍，可謂特立之士也。**○儲欣：結。○汪份：歸美子美身上，見其人之可貴重，奈何以一酒食之過，使廢爲民，而流落以死乎！○孫琮：品題絕當。○浦起龍：此段又以文章間之，正表子美首倡復古之功，段內含自託意。

◯秦躍龍：力表其文章。◯曾國藩：以上言子美爲古文於舉世不爲之時。◯唐德宜：結子美之文。◯宋文蔚：此言子美好爲古文。◯王文濡：不落人後，尤爲特識。

子美官至大理評事、集賢校理而廢，◯儲欣：此段專說遇合。◯前段發揚其文章，此段慨惜其遭際。◯孫琮：至此方敘履歷。◯唐德宜：以下帶敘。後爲湖州長史以卒，享年四十有一。◯浦起龍：末段又慨到廢斥之後，竟以不振而卒。◯宋文蔚：此敘子美歷官。其狀貌奇偉，望之昂然，而即之溫溫，久而愈可愛慕。其材雖高，而人亦不甚嫉忌，其擊而去之者，意不在子美也。◯儲欣：不遇之根。◯詳。◯孫琮：語句包括。◯沈德潛：爲范文正公、杜祁公諸大臣。◯唐德宜：爲范文正公所薦，又爲杜祁公壻，故共擊之。◯王文濡：聲明子美受屈之由。賴天子聰明仁聖，凡當時所指名而排斥，二三大臣而下，欲以子美爲根而累之者，皆蒙保全，今並列於榮寵。雖與子美同時飲酒得罪之人，多一時之豪俊，亦被收采，進顯於朝廷，◯秦躍龍：觀此，則子美若在，仍當進用，非終於不遇者。而子美獨不幸死矣。◯汪份：兩「獨」字相映，極爲可悲。◯孫琮：悲酸欲絕。◯浦起龍：歷舉同廢得蒙開復，重爲子美增悲。豈非其命也？◯沈德潛：嗚咽。◯賴襄：後幅二段，始每段各一意，前段稱其文章，後段敘其遇合。◯宋文蔚：以子美不得收用作結，應起段。◯王文濡：仍以子美死不遇時作結。悲夫！◯浦起龍：悽然而止。◯高步瀛：或曰：以上言同時得罪者，多復進用，獨子美不幸早死。廬陵歐陽脩序。

【彙評】

〔清〕儲欣：子美能文章，而爲小人所排擯。篇中將「能文」與「不遇」兩意夾說，流涕唏噓，此古人情至之作。（《唐宋八大家類選》卷十一）

〔清〕儲欣：唏噓流涕，典則森然，諸序中匠心之搆。（《唐宋十大家全集錄·六一居士全集錄》卷五）

〔清〕孫琮：子美爲歐公好友，今其人已亡，而諷誦遺文，能不痛惜？故通篇純作嗚咽憐惜語。起手說子美之文，不能行於今日，必且見知於後世，十分珍重，正是十分憐惜。接下說自古人文難得，責備當世不加愛惜，亦作十分矜貴，正是十分嗚咽。入後以特立獨行許子美，以不能遇時惜子美，亦作十分期許，正是十分慨惜。讀一過，想見古人愛才心事，千百世下，猶令人思慕無已。此爲情至之文。（《山曉閣選古文全集》卷二十三）

〔清〕沈德潛：公哭蘇、梅二公詩，比於黃河一千年一清，岐山鳴鳳不再鳴，傾倒至矣。序中極言有文無命，徘徊惋惜，令後人讀之，猶覺悲風四起。（《增評八大家文讀本》卷十一）

〔清〕浦起龍：公作友人集序，多入感慨情文。此序以廢斥之感融入文章，一段論文，一段傷廢，整整相間，恰好於贊服之下，承以痛惜，不經營而布置精能。○中間述文章政理，衰、盛參會，宜公自當之。（《古文眉詮》卷五十九）

〔清〕秦躍龍：傷其流落，又傷其不壽。五岳起方寸，隱然詎可平？（《唐宋八大家文選》卷十二〈歐陽廬陵文三〉）

〔清〕馬小眉：《宋史》：蘇舜欽會賓客於進奏院，王益柔醉作〈傲歌〉，王拱辰諷其僚劾之。兩人既竄，同座者俱逐。時杜衍、范仲淹爲政，拱辰之黨不便，舜欽、益柔皆仲淹所薦，而舜欽衍壻也，故因是傾之。拱辰曾力爭保甲，惜此舉不免爲僉壬耳。（《評註古文辭類篹》卷八引）

〔清〕劉大櫆：沉著痛快，足爲子美舒其憤懣。（《評註古文辭類篹》卷八引）

〔日本〕賴襄：集序於八家中，故當推老歐爲第一。其感慨俯仰，徘徊往復，出於神采，無筆墨痕迹，尤妙在不著議論。大蘇作諸集序，皆必議論，視歐作何啻天人之別。○此文勝子瞻〈歐公文集序〉數等。（《增評八大家文讀本》卷十一）

〔民國〕宋文蔚：如此篇中段，歷敘古今文章盛衰之由，落到子美，用反折之筆云：「嗟吾子美，以一酒食之過，至廢爲民而流落以死，此其可以歎息流涕，而爲當世仁人君子之職位，宜與國家樂育賢才者惜也。」一連六七句，反折而下，有盛氣貫之，所以句法甚勁。（《評註文法津梁》下冊）

〔民國〕宋文蔚：中間論唐宋文章之盛衰，看似與題不切，及至「嗟吾子美」云云，反振一筆，前路文章，皆成精彩，而子美文章之可貴益見，此文家虛實之妙也。（《評註文法津梁》下冊）

〔民國〕吳闓生：歐文專以風神跌宕見長，此篇亦歐公之極致。（《古文典範》卷二）

延伸思考

1. 歐陽脩對唐代至北宋期間的文學發展有何看法？他認爲影響文學發展的主要力量是什麼？

2. 與歐陽脩同時，有哪些人學寫古文在歐陽脩之前？歐陽脩對他們是否給予良好的評價？眾人合力造成北宋古文寫作風氣大興的成功因素何在？又爲什麼這些志同道合的朋友，他們後來的名聲不及歐陽脩呢？

3. 與蘇舜欽同時被貶謫的友朋，後來的生命際遇如何？

伶官傳序

【題解】

本文選自《新五代史》卷三十七。歐陽脩《新五代史．伶官傳》：

莊宗既好俳優，又知音，能度曲，至今汾、晉之俗，往往能歌其聲，謂之「御製」者皆是也。……自其爲王，至於爲天子，常身與俳優雜戲於庭，伶人由此用事，遂至於亡。……其敗政亂國者，有景進、史彥瓊、郭門高三人爲最。是時諸伶人出入宮掖，侮弄縉紳，羣臣憤嫉，莫敢出氣，或反相附託，以希恩倖，四方藩鎮，貨賂交行，而景進最居中用事。莊宗遣進等出訪民間，事無大小皆以聞。每進奏事殿中，左右皆屏退，軍機國政皆與參決。……

郭門高者，名從謙，門高其優名也。雖以優進，而嘗有軍功，故以爲從馬直指揮使。從馬直，蓋親軍也。從謙以姓郭，拜崇韜爲叔父，而皇弟存乂又以從謙爲養子。崇韜死，存乂見囚，從謙置酒軍中，憤然流涕，稱此二人之寃。是時從馬直軍士王溫宿衛禁中，夜謀亂，事覺被誅。莊宗戲從謙曰：「汝黨存乂，崇韜負我，又教王溫反。復欲何爲乎？」從謙恐，退而激其軍士曰：「罄爾之貲，食肉而飲酒，無爲後日計也。」軍士問其故，從謙因曰：「上以王溫故，俟破鄴，盡坑爾曹。」軍士信之，皆欲爲亂。

李嗣源兵反，向京師，莊宗東幸汴州，而嗣源先入。莊宗至萬勝，不得進而還，軍士離散，尚有二萬餘人。居數日，莊宗復東幸汜水，謀扼關以爲拒。四月丁亥朔，朝羣臣於中興殿，宰相對三刻罷，從駕黃甲馬軍陣於宣仁門、步軍陣於五鳳門以俟。莊宗入食內殿，從謙自營中露刃注矢，馳攻興教門，與黃甲軍相射。莊宗聞亂，率諸王衛士擊亂兵出門。亂兵縱火焚門，緣城而入，莊宗擊殺數十百人。亂兵從樓上射帝，帝傷重，踣於絳霄殿廊下，自皇后、諸王、左右皆奔走。至午時，帝崩。五坊人善友，聚樂器而焚之。

以上所述爲五代時期後唐莊宗故事。莊宗，姓朱邪，名存勗，先世事唐，賜姓李。父克用，沙陀人，以平黃巢功，封晉王。至存勗，襲封，滅梁，自立稱帝，號唐。性好音聲，自其爲王至於爲天子，常身與優伶雜戲。吳楚材云：「莊宗善音律，或時自傅粉墨，與優人共戲於庭。」過珙云：「莊宗善音律，優名謂之『李天下』。」有天下而寵任伶官，伶官用事，朝政日非，卒爲伶人郭從謙所弒，國家敗亡。至今晉人喜爲雜劇，歌舞之聲，歲時不絕，蓋莊宗之遺俗也。

原田由己：《字書》：「伶倫，古樂師，世掌樂官，故號樂官爲伶官。」

嗚呼！盛衰之理，雖曰天命，豈非人事哉？◯謝枋得：此是斷案。◯林雲銘：重人事是通篇主意。◯汪份：「盛」、「衰」二字是眼目，「人事」是主意。◯過珙：「人事」二字最重，是通篇主意。起語斷制得好，便含下「滿招損」意。◯三句喝起。◯浦起龍：盛衰以昭明鑑，人事以儆惛心，人事所包者廣，不黏伶人。◯李剛己：此三句縮攝通篇。◯高步瀛：起勢橫空而來，神氣甚遠，惜爲後人襲成濫調，不可復用矣。**原莊宗之所以得天下，與其所以失之者，可以知之矣。**◯金聖歎：如此筆態，何遽遜子長。◯林雲銘：總點起「得」、「失」，爲下文論斷之地。兩「所以」字，便就人事上看。◯儲欣：一起已挈通篇。◯吳楚材：先作總挈。「盛」、「衰」、「得」、「失」四字，是一篇關鍵。◯過珙：知得失皆因乎人事也。◯王文濡：總提處，言簡而意盡。◯高步瀛：三句弱，故劉海峯擬刪去。然古人之文，心知其失可也，不宜以意妄改。

世言晉王之將終也，◯謝枋得：序來歷。◯過珙：極力鋪張，總爲下「滿招損」一段埋伏。**以三矢賜莊宗，而告之曰：**◯孫琮：以下敘事。◯浦起龍：將莊公一身興敗指點，此層就盛勢敘事。**「梁，吾仇也；**◯吳楚材：朱溫從黃巢爲盜，既而降唐，拜爲宣武軍節度使，賜名全忠。未幾，進封梁王，竟移唐祚。◯過珙：矢，箭也。梁，此與吾夙有仇怨者也。寫憾一。**燕王，吾所立；**◯吳楚材：燕王姓劉，名守光，晉王嘗推爲尚父。守光曰：「我作河北天子，誰能禁我！」遂稱帝。◯過珙：寫憾二。◯李剛己：唐乾寧二年，李克用表劉仁恭爲盧龍軍節度使。又明年，克用徵其兵。仁恭嫚罵，執其使，盡囚太原士之在燕者，克用由是恨之。其後梁封仁恭子守光爲燕王，實由仁恭先爲盧龍帥，故克用自謂晉所立也。**契丹，與吾約爲兄弟；而皆背晉以歸梁。**◯吳楚材：契丹，耶律阿保機，帥眾入寇，晉王與之連和，約爲兄弟。既歸而背盟，更附於梁。◯過珙：契丹，夷種也。寫憾三。◯李剛己：天祐中，梁將簒唐。克用使人聘於契丹，阿保機以兵三十萬，會克用於雲州東城，置酒約爲兄弟，克用贈以金帛甚厚，期共舉兵擊梁。阿保機遺晉馬千匹，既歸而背約。遣使者聘梁，尋奉表稱臣，以求封冊。**此三者，吾遺恨也。**◯過珙：未報之恨爲遺憾。**與爾三矢，爾其無忘乃父之志！」**◯林雲銘：敘晉王李克用賜矢之命詞。◯唐德宜：雄心壯氣，淋漓紙上。**莊宗受而藏之於廟**（祖廟）。**其後用兵，則遣從事以一少牢告廟，**◯樓昉：見莊宗寶重三矢之意，非寶其矢也。◯吳楚材：羊曰少牢。**請其矢，盛**（ㄔㄥˊ）**以錦囊，負而前驅，及凱旋而納之。**◯金聖歎：先綴一事。◯林雲銘：敘莊宗受矢而能立功。◯儲欣：史家。◯吳楚材：凱，軍勝之樂。◯以上敘事。◯過珙：凱，樂也。旋，還也。◯姚範：晁公武論吳縝《五代史纂誤》云：「《通鑑考異》證歐陽史差誤，如『莊宗還三矢』之類甚眾。今縝書皆不及，特證其書之脱錯而已。」余檢《通鑑考異》，無其文，蓋《考異》有全書，而今附註於《通鑑》下者，或芟略之也。」按劉仁恭父子，未嘗事梁，又克用爲燕攻潞州，以解梁圍，迄守光之立、克用之卒，未有交兵事。又〈契丹傳〉云：『晉王憾契丹之附梁，臨卒，以一箭授莊宗，期必滅契丹。』則云『滅燕還矢事』虛也。想《考異》不過有疑於此，然公此言想別有本，又不載之傳記，而虛寄之於論以致慨，又何害也。」○張裕釗：敘事華嚴處，得自《史記》，子固、介甫所稀。○宋文蔚：此序莊宗受矢立功，以下議論。○李剛己：此段敘事，筆勢騫舉。

方其係（同「繫」）**燕父子以組，**○吳楚材：守光父仁恭。周德威伐燕，守光曰：「俟晉王至，聽命晉王。」晉王至而擒之。○過珙：組，印綬，謂以印綬懸係於頸上，蒲伏求降。○唐德宜：劉守光父仁恭爲唐盧龍節度使。守光囚父殺兄，自立爲燕大王。晉王存勗討之，執仁恭、守光，以歸獻於太廟。既而殺守光，執仁恭至鴈門，刺其心血以祭先王墓。**函梁君臣之首，**○樓昉：此處不明言盛衰，而盛與衰在其中。○吳楚材：晉兵入梁，梁主友貞謂皇甫麟曰：「李氏吾世仇，理難降之。卿可斷吾首。」麟遂泣弑梁主，因自殺。函，以木匣盛其首也。○過珙：函，匣也，謂以木匣盛其首而歸。○唐德宜：莊宗攻梁，斬其將王彥章。梁主瞋目，夜涕泣，勢急，謂皇甫麟曰：「吾不能自裁，卿可斷吾首。」麟遂弑梁主，亦自殺。詔漆朱友貞首，函之，藏於太社。**入於太廟，還矢先王，而告以成功，其意氣之盛，**○樓昉：此句與後一句相應。**可謂壯哉！**○金聖歎：一昂，妙，妙。○林雲銘：應篇首「盛」字，生下「憂勞立國」句。○儲欣：頓挫雄渾，直逼龍門。○吳楚材：一段揚。○過珙：此段言其盛。○孫琮：寫照字字生動。○沈德潛：頓挫雄健。○浦起龍：作勢頓卸。○曾國藩：以上「盛」。○李剛己：回應「盛」字。○王文濡：興何其驟！**及仇讎已滅，天下已定，**○唐德宜：一段抑之。**一夫夜呼，亂者四應**（李嗣源兵向京師），○樓昉：只見前面一節與後面一節，則莊宗之始終見矣。○過珙：寵倖伶人郭從謙作亂。**倉皇東出**（莊宗東幸汴），**未及見賊，而士卒離散，**○過珙：謂近臣宿將皆釋甲潛遁。**君臣相顧，不知所歸。**○樓昉：此句已含「衰」字。○浦起龍：卸落敗而衰。**至於誓天斷髮，泣下沾襟，**○《資治通鑑》：甲申，帝至石橋西，置酒悲涕，謂李紹榮等諸將曰：「卿輩事吾以來，急難富貴靡不同之；今致吾至此，皆無一策以相救乎？」諸將百餘人，皆截髮置地，誓以死報，因相與號泣。是日晚，入洛城。○過珙：謂爲流矢所中，須臾遂殂。但此二語不見於本傳，豈當日至萬勝鎮登高而歎，所傳逸事耶？○孫琮：淋漓頓挫。○李剛己：同光四年三月，李嗣源率親軍討趙在禮，至鄴城。甲子夜，軍士張破敗作亂，帥眾大譟，刼嗣源入城。城中不受外兵，殺破敗，外兵皆潰。嗣源詭說在禮，請出收散兵，因得脱。至魏縣，屢上章申理，皆爲李紹榮所遏，不得達。由是疑懼，遂起異圖，謀進據大梁。莊宗聞變，幸關東，招撫亂兵，至萬勝鎮，聞嗣源已入大梁，諸軍離叛，神色沮喪，即命旋師，扈從兵已失萬餘人。還至石橋，置酒悲涕。**何其衰也！**○樓昉：與「可謂壯哉」一句相應。○金聖歎：一低，妙，妙。○林雲銘：應篇首「衰」字，生下「逸豫亡身」句。○吳楚材：一段抑。○過珙：此段言其衰。○浦起龍：以上皆鑑戒成案。○曾國藩：以上「衰」。○李剛己：回應「衰」字。○自「方其係燕父子以組」以下數行文字，橫空而來，如風水相搏，洪濤巨浪忽起忽落，極天下之壯觀，而聲情之沉鬱，氣勢之淋漓，與史公亦極爲相近也。○王文濡：衰何其遽！**豈得之難而失之易歟？**○金聖歎：一頓。○李剛己：回應「得」、「失」二字。**抑本其成敗之迹，而皆自於人歟？**○茅坤：此段抑揚悲壯，令人感激。○金聖歎：又一頓。○

林雲銘：應篇首「人事」句。○儲欣：綴上引下。○吳楚材：復作虛神，宕出正意，應繳「人事」。○浦起龍：折宕出人事來，人事謂君志也，興敗關頭在此。○宋文蔚：承篇首作兩宕筆起下。○李剛己：回應「豈非人事」。○歸重人事，是通篇主意所在。妙在用筆紆徐宕漾，不參死語，故文外有含蓄不盡之意。○王文濡：永叔慣用此等筆。

《書》曰：「滿招損，謙受益。」○謝枋得：引《書》證得失自人之理，應冒頭意。○原田由己：〈大禹謨〉。○宋文蔚：引《書》兩句，以舒文氣。○李剛己：《僞古文》。**憂勞可以興國，**○李剛己：此「盛」之由於人事。**逸豫可以亡身，**○李剛己：此「衰」之由於人事。**自然之理也。**○金聖歎：始出手，斷定之。○林雲銘：應篇首「理」字。○吳楚材：引《書》作斷，應篇首「理」字。○過珙：定得失自然之理。○汪份：抉出所以盛衰之故，歸在人事上。○宋文蔚：總束上文作一大結，「理」字應篇首。**故方其盛也，**○茅坤：轉有力。○儲欣：反覆唱歎，逼起末二句。○唐德宜：又一揚。**舉天下之豪傑，莫能與之爭；**○金聖歎：再昂，仍用「方其」字，妙，妙。○吳楚材：又一段揚。○過珙：再言其盛。○李剛己：承上文「方其係燕父子以組」數句言。○王文濡：放開一筆，能見其大。**及其衰也，數十伶人困之，**○樓昉：引入「伶人」一句來。○浦起龍：伶人只一逗。**而身死國滅，爲天下笑。**○金聖歎：再低，仍用「及其」字，妙，妙。○林雲銘：抱前生後，筆力雄宕。○吳楚材：伶人，樂工也。○又一段抑。○汪份：到此方出本題。○過珙：再言其衰。以「豪傑」與「伶人」對言，可見盛衰得失懸絕如此。○傳爲伶官而作。至末數語，方說出愈見此等種類亡國滅身之易易也。○宋文蔚：承上段意，轉折而下，筆力雄宕。○李剛己：承上文「及仇讎已滅」數句言。○此數語雖仍就後唐之盛衰反覆咏歎，而神氣已直注於結末三句。**夫禍患常積於忽**（輕）**微，而智勇多困於所溺，**○茅坤：洪鐘餘音。○儲欣：深識名言。○李剛己：千古名言。**豈獨伶人也哉！**○樓昉：要見得亡人國家者，非止一事。○謝枋得：冷語，妙。○金聖歎：再出手，嗟歎不盡。○林雲銘：推出一層，悠然有不盡之致。○吳楚材：結出正意，慨想獨遠。○汪份：推廣言之，更見包舉，要之不重在推廣上，只是不肯用正筆順筆作收耳。○沈德潛：轉推開，妙。○浦起龍：重言廣戒。○宋文蔚：推一筆收轉本題，語意含蓄。○李剛己：推開作結，有煙波不盡之勢，所謂「篇終接混茫」者也。**作〈伶官傳〉**。

【彙評】

〔宋〕樓昉：只看盛、衰兩節，斷盡莊宗始終，又須推原昔何爲而盛，今何爲而衰。其盛也以其有志，其衰也以其溺心。憂深思遠，詞嚴氣勁，千萬世之龜鑑，隱然言意之表。（《崇文古訣》卷十九）

〔明〕鄒守益：此篇爲伶官而作，篇末數句方纔說出，愈見此等種類亡國滅身之易易也。學者熟之而作史評，必得大名於天下。（《文章軌範》卷七）

〔明〕茅坤：莊宗雄心處，與歐陽公之文，可上下千古。（《唐宋八大家文鈔·歐陽文忠公文抄》卷十六）

〔明〕茅坤：此等文章，千年絕調。（《唐宋文舉要》甲編卷六引）

〔清〕錢謙益：《五代史記》之文，直欲祧班而禰馬。〈唐六臣〉、〈伶人〉、〈宦者〉諸傳，淋漓感歎，綽有太史公之風。人謂歐陽子不喜《史記》，此瞽說也。（《牧齋有學集》卷三十八）

〔清〕金聖歎：只是一低一昂法，妙於前幅點綴又穠至。（《天下才子必讀書》卷十三）

〔清〕姚靖：永叔史論，此尤得意，直與《史記》並驅，豈班固、劉向可及乎？。（《唐宋八大家偶輯》卷十）

〔清〕林雲銘：此伶人傳序也。傳中所載諸伶有寵，侮弄縉紳，夷戮功臣，而景進、史彥瓊、郭從謙三人為最。從謙當李嗣源反後，遂作亂；莊宗中流矢而殂，甚為詳悉。但「誓天斷髮，泣下沾襟」之語，不見於本傳，豈當日至萬勝鎮登高而歎所傳逸事耶？篇中以「盛」、「衰」二字作線，步步發出感慨，而歸本於人事。蓋以莊宗本英主，乃一旦為數十伶人所困以至滅亡者，其始以此輩為不足慮，而平昔之溺情不能自克，及禍患之來，畢生智勇至此舉不可用。因思千古覆轍，大抵如此，何可勝慨！其行文悲壯淋漓，可以與子長、孟堅頡頏。《五代史》中有數文字也。（《古文析義》初編卷五）

〔清〕儲欣：寫莊宗之盛，以形其衰，允堪垂戒。（《唐宋八大家類選》卷十一）

〔清〕張文端曰：敘唐莊宗處，倏而英俊，倏而衰颯，憑弔欷歔，雖尺幅短章而有縈迴無盡之意。（《桐城吳氏古文法》下篇上引）

〔清〕吳楚材、吳調侯：起手一提，已括全篇之意。次一段敘事，中、後只是兩揚、兩抑，低昂反覆，感慨淋漓，直可與史遷相爲頡頏。（《古文觀止》卷十）

〔清〕過珙：以豪筆寫其雄心，悲情壯語，縈後繞前，非永叔不能有此姿態。（《古文評註全集》卷十）

〔清〕汪份：說莊宗爲伶官所困，卻從「受矢先王，天下豪傑，莫能與爭」說來，具此見解，方能作史，蓋此乃所謂史職也。若移作〈莊宗本紀論〉，便相去遠矣。讀此文者，徒愛其行文之激昂悲壯，其於作者之意，未曾夢見也。（《桐城吳氏古文法》下篇上引）

〔清〕汪份：〈唐六臣傳論〉從「白馬之禍」說來，〈伶官傳論〉從「受矢先王」說來，讀者須從此悟入。（《桐城吳氏古文法》下篇上引）

〔清〕孫琮：此篇除卻前幅敘事，中、後兩幅，極盡抑揚之致。中幅一揚一抑，引《書》作斷；後幅再揚再抑，又復作斷。看他只是抑揚反覆文法，分作兩番寫，便有無限低徊，幾回感慨，何筆之神也！（《山曉閣選古文全集》卷二十三）

〔清〕沈德潛：抑揚頓挫，得《史記》神髓，《五代史》中第一篇文字。（《增評八大家文讀本》卷十四）

〔清〕浦起龍：此離題格也，不與〈宦者〉一律論。何則？伶乃細娛宵小之一端，嗇夫狎客，推類皆是，惑之則敗，一朝覺悟，斷遣非難。故第以人事概之，而以溺志警之，理如是止也。（《古文眉詮》卷六十二）

〔清〕劉大櫆：跌宕遒逸，風神絕似史遷。（《評註古文辭類纂》卷八引）

〔清〕唐德宜：莊宗以英明之主，而溺於優俳之賤，其亡也忽焉。文極抑揚頓挫，慷慨激昂。末段收束，尤爲名論不磨。（《古文翼》卷七）

〔清〕張裕釗：後世文家作史，惟退之《順宗實錄》能追蹤《史記》，歐公殆未能及也。然其所爲諸敘論，不可謂不通其消息者。此篇詞氣高卓，〈職方序〉規格老蒼，二篇蓋尤盛焉。惟〈一行傳敘〉感慨蒼茫，而氣稍近晚。（《桐城吳氏古文法》下篇上引）

〔民國〕宋文蔚：此篇首段以天命襯起人事，而以「得」與「失」兩字爲全篇提綱。次段分序莊宗之功，用頓筆勒住，旋以議論提起。先言其盛，後言其衰，繼用宕筆，繳應首段，轉到正面，作一大結束。末段總束前文，推出一層，收到本題，分外出力。（《評註文法津梁》中冊）

〔民國〕宋文蔚：前段總提立案；後段總收，中間敘事與議論並行，用筆曲折頓挫、文氣雄宕，合數小段成一大段，章法極佳。（《評註文法津梁》中冊）

〔民國〕唐文治：此文以「盛」、「衰」二字作主。首段總冒；中間一段盛，一段衰；末段以「方其盛業」、「及其衰也」作封鎖，所以不覺板滯者，由歐公丰神妙絕千古，一唱三歎，皆出於天籟，臨時隨意點綴，故能化板爲活耳。（《國文經緯貫通大義》卷一）

延伸思考

1. 文中有云：「豈得之難而失之易歟？抑本其成敗之迹，而皆自於人歟？」王文濡說：「永叔慣用此等筆。」試問這等筆法有何特殊處？文章中忽然出現這等筆法有何作用？

2. 伶官在中國歷史上的作用有好有壞，歐陽脩站在「親賢臣，遠小人」的立場，主張皇帝應該疏遠伶官。歐陽脩的作法是矯枉過正呢？還是利大於弊、不得不如此做呢？

宦者傳論

【題解】

本文選自《新五代史》卷三十八。《新五代史・宦者傳》曰：「嗚呼！自古宦、女之禍深矣。明者未形而知懼，暗者患及而猶安焉，至於亂亡而不可悔也。雖然，不可以不戒。作〈宦者傳〉。」

自古宦者亂人之國，其源深於女禍。◯林雲銘：「源深」即下文「漸積之勢」，全篇俱發此意。◯過珙：宦官、宮妾俱能蠱惑聰明，此爲宦者亂國，深於女禍，特申彼抑此，以甚宦者之罪源深，即下文「漸積之勢」，全篇俱發此意。◯孫琮：提出宦者之禍。◯浦起龍：宦官之害，總提。◯唐德宜：提筆。**女，色而已；宦者之害，非一端也。**◯金聖歎：自來婦與寺只是並提，此特與極力分出。◯林雲銘：所以非女禍之比。◯李剛己：自古以宦官與女子并言，公獨謂宦官之害深於女禍者，乃文章加倍寫法，并非謂女禍可以忽視也。

蓋其用事也，近而習；◯林雲銘：居可以爲害之地。其爲心也，專而忍。◯金聖歎：此先總挈二句，下轉寫轉入。◯林雲銘：具可以爲害之能。◯吳楚材：先總挈二句，是宦者爲害之根，下文俱從此轉出。◯汪份：二句領起。◯浦起龍：下作流水兩片。◯唐德宜：便爾刻骨痛心。能以小善中人之意，◯樓昉：好。小信固人之心，◯樓昉：好。◯林雲銘：宦者爲害，第一層。使人主必信而親之。◯金聖歎：此第一筆，下再轉入。◯林雲銘：人主受害，第一層。◯吳楚材：宦者之害，一轉。◯過珙：人主受害，第一層，下再轉入。◯李剛己：此上抉發宦者所以見信於人主之故。待其已信，然後懼以禍福而把持之。◯樓昉：說盡宦者許多情狀。◯唐順之：刻畫。◯金聖歎：此第二筆，下再轉入。◯林雲銘：宦者爲害，第二層。◯過珙：謂以禍福之權，一手把執，而持定之，使人主不得不從。宦官爲害，第二層，下再轉入。◯浦起龍：此一片從誤認以爲可親滾進，滾出「患」字來，是就患言患。◯唐德宜：情態畢盡。雖有忠臣碩士列於朝廷，而人主以爲去己疎遠，◯茅坤：又換入。不若起居飲食、前後左右之親爲可恃也。◯林雲銘：人主受害，第二層。◯吳楚材：宦者之害，二轉。◯過珙：人主受害，第三層。◯李剛己：此數語反跌「嚮之所謂可恃者」二句。故前後左右者日益親，則忠臣碩士日益疎，而人主之勢日益孤。◯金聖歎：此第三筆，下再轉入。◯林雲銘：宦者爲害，第三層。◯過珙：宦者爲害，第三層，下再轉入。勢孤，則懼禍之心日益切，◯金聖歎：此第四筆，下再轉入。◯林雲銘：人主受害，第三層。◯過珙：人主受害，第四層，下再轉入。而把持者日益牢。◯茅坤：句句字字，漢、唐之末供招。非歐陽公不能見得，非歐陽公不能摹寫得。◯金聖歎：此第五筆，下再轉入。◯過珙：宦者爲害，第五層，下再轉入。◯看他疊下五個「日益」字，有味。**安危出其喜怒，禍患伏於帷闥**（帷，帷幕。闥，宮中小門），◯林雲銘：宦者爲害，第四層。◯過珙：此二句洞見流弊處，正與下文「挾天子事」應。◯孫琮：上言其術。◯唐德宜：以下言其養成之禍。**則嚮之所謂可恃者，乃所以爲患也。**◯樓昉：好。◯金聖歎：此第六筆，下再轉入。◯林雲銘：人主受害，第四層。◯吳楚材：宦者之害，三轉。◯過珙：人主受害，第六層，下再轉入。◯孫琮：以下言其養成之禍。◯沈德潛：以上言致病之由，以下言無方可治。◯浦起龍：一讀一快。◯李剛己：應「不若起居飲食」二句，極縈拂迴旋之致。

患已深而覺之，欲與疎遠之臣，◯李剛己：應「雖有忠臣碩士」三句。**圖左右之親近，緩之則養禍而益深，急之則挾人主以爲質**（ㄓˋ），◯林雲銘：宦者爲害，第五層。◯過珙：此段即指昭宗之事而言。按昭宗爲宦者楊復恭所立，復恭恃功專恣，昭宗與崔胤謀誅宦官，因挾而走。崔胤召朱全忠等興兵恢復，遂以亡唐。[1]宦者爲害第七層，下再轉入。◯浦起龍：此一片說到

---

1 唐昭宗李曄，八八九～九〇四在位，因宦官專權爲禍，於天復元年（九〇一）與宰相崔胤密謀誅殺宦官。但事機敗露，反被宦官劫持至鳳翔。次年朱溫兵圍鳳翔，城中食盡投降，朱溫盡殺宦官。《舊唐書》、《新唐書》有傳。

覺其患而欲去之，又抉出兩難兩敗情形，是就去患言患。○唐德宜：大勢明了。**雖有聖智，不能與謀。**○金聖歎：此第七筆，下再轉入。○吳楚材：宦者之害，四轉。**謀之而不可爲，爲之而不可成，至其甚，則俱傷而兩敗。**○樓昉：緊切。○金聖歎：此第八筆，下再轉入。○過珙：宦者爲害第八層，下再轉入。**故其大者亡國，**○唐德宜：可爲寒心。**其次亡身，而使姦豪得借以爲資而起，至抉**（ㄐㄩㄝˊ，取也）**其種類，盡殺以快天下之心而後已。**○王鏊：指畫弊端，言言緊切。○金聖歎：此第九筆，自前「蓋其」二字起至此，只是一筆轉寫轉入而成。○林雲銘：人主受害，第五層。○吳楚材：董卓因而亡漢，朱溫因而篡唐，千古同轍。○宦者之害，五轉。○過珙：人主受害，第九層。○孫琮：漢、唐已事可見。○沈德潛：至殺其種類，而國與俱亡矣。前有袁紹，後有朱溫、唐明宗，皆是也。○王文濡：宦者之害，層層說入，事理昭宣，文情緊湊。**此前史所載宦者之禍常如此者，非一世也。**○金聖歎：此方總兜一句也。○林雲銘：應上文「自古」二字。○孫琮：一筆收住。○李剛己：自「蓋其用事也近而習」以下，論宦者之禍，可謂究極事情，窮盡筆勢。○舊批以爲如千巖萬壑，伏流迴瀾。茅批以爲如傾水銀於地，百孔千竅，無所不入，洵曲盡其妙矣。○王文濡：漢末往事，可爲寒心。

夫爲人主者，○金聖歎：重提筆。**非欲養禍於內，而疎忠臣碩士於外，蓋其漸積而勢使之然也。**○金聖歎：特原之，正復切戒之。○林雲銘：又揆其所以必受其禍之由。○吳楚材：放寬一步，正是打緊一步。履霜之戒，可不慎歟？○孫琮：又宕一層，淡而益深。○沈德潛：

所以受禍，在於漸積。◯浦起龍：揭人主，使知謹於其漸。◯李剛己：此四句關鎖前文。**夫女色之惑，**◯茅坤：掣前來呼應。◯金聖歎：又提筆，申前「深於女色」一句。**不幸而不悟，則禍斯及矣。**◯孫琮：再將女禍陪説。◯王文濡：仍回應女色。**使其一悟，捽**（ㄗㄨˊ，吳楚材：持頭髮曰捽，過珙：擊也）**而去之可也。宦者之爲禍，雖欲悔悟，而勢有不得而去也。**◯金聖歎：最深切著明，可爲痛戒。**唐昭宗之事是已。**◯吳楚材：昭宗與崔胤謀誅宦官，宦官懼。劉季述等乃以銀撾畫地，數上罪數十，幽上於少陽院，而立太子裕。◯過珙：結出昭宗，應篇首意。◯孫琮：至此纔點出。◯浦起龍：唐昭宗只一點。◯唐德宜：昭宗爲中尉劉季述幽於少陽院，又爲韓全誨劫遷鳳翔。◯李剛己：昭宗信狎宦者，左右軍中尉劉季述、王仲先，乘昭宗醉而作亂，突入宣化門，掖帝赴東宮而囚之。其後帝出，與宰相崔胤共圖宦者，胤力不能討，乃召兵於梁王朱溫。梁兵且至，宦者挾天子走之岐。梁兵圍之三年，卒誅宦者第五可範等七百餘人，其在外者，悉詔天下捕殺之。昭宗得出，而唐亡矣。**故曰：「深於女禍」者，謂此也，可不戒哉！**◯林雲銘：應上「其源深於女禍」句，詞意周匝。◯吳楚材：結段申前「深於女禍」一句，最深切著明，可爲痛戒。◯李剛己：自「夫女色之惑」以下，回應起筆，章法最爲完密。◯《五代史》此篇前後尚有兩段文字，茲從茅、姚諸本節刪。2

---

2 樓昉《崇古文訣》保留此篇前後兩段文字，各家選本多刪去。浦起龍《古文眉詮》說：「原本篇首有『五代文章陋矣』一段，篇後又有敘事之文，茅氏鈔刪去不錄，今仍之。」

【彙評】

〔宋〕樓昉：讀之，使人憤痛而悲傷，深於世變之言也。（《崇文古訣》卷十九）

〔明〕王鏊：指畫弊端，言言緊切。（《歐陽文忠公選》卷五引）

〔明〕茅坤：通篇如傾水銀於地，而百孔千竅無所不入，其機圓而其情悤。（《唐宋八大家文鈔・歐陽文忠公文抄》卷十六）

〔清〕金聖歎：看他只是一筆，猶如引繩環環而轉。（《天下才子必讀書》卷十三）

〔清〕姚靖：說盡閹寺情弊。（《唐宋八大家偶輯》卷十）

〔清〕林雲銘：此論以「宦者之害非一端」句作骨，描寫歷代禍亂，自始至終，無一字不曲盡。然層層說來，卻以一氣呵成，筆力雄大，千古無兩矣。（《古文析義》初編卷五）

〔清〕吳楚材、吳調侯：宦官之禍，至漢、唐而極。篇中詳悉寫盡，凡作無數層次，轉折不窮，只是「深於女禍」一句意。名論卓然，可爲千古龜鑑。（《古文觀止》卷十）

〔清〕過珙：說透宦官情弊，瞭如指掌，可爲人君寵信宦寺者戒。（《古文評註全集》卷十）

〔清〕過珙：說出宦豎之隱，計深慮長。始失於習近而莫知，終成乎親暱而難圖，最中隱弊。故人主貴愼之於早也。（《古文評註全集》卷十）

〔清〕孫琮：篇中詳寫宦官之禍，凡用八九轉筆，層層轉入，方能詳悉寫盡。相其筆法，與〈論臺諫言事未允書〉起手，同一機調，後人細讀深思，自令文字轉折不窮。○情深而語切，事勢極其透徹，筆墨極其酣暢。（《山曉閣選古文全集》卷二十三）

〔清〕沈德潛：包括漢、唐史立論，非專爲五代也。逐層透入，無微不達，筆如切玉之刀，鋒不可犯。◯宦官不得宮妾，猶未釀成大禍；二者合，而亡身亡國之事乃決，前明客魏，其最著也。歐公輕視女禍，豈見其一而遺其一耶？（《增評八大家文讀本》卷十四）

〔清〕浦起龍：是一宗千古宦官供狀，一滾一意，鹿門有水銀瀉地之喻，要不越誤信、難除兩層。◯宦官之禍，非可與伶人同年而語，故切究而陳之。（《古文眉詮》卷六十二）

〔清〕盧文弨：痛透二十分。◯文如搏虎，無些子不用力處。六一公乃多此等盡情盡力之文。（《唐宋八大家文鈔．歐陽文忠公文抄》卷十六）

〔清〕唐德宜：宦官之禍，千古共憤。此篇歷敘其所以固寵之故，及人主欲去之難，言言痛切，字字透快。凡爲治者，當以此論爲鑑。（《古文翼》卷七）

〔清〕張裕釗：此種文就一事言之，而屈曲盡意，非屈曲則起落或至漫衍而無章，故此文雖非文之至者，而新學資焉。（《桐城吳氏古文法》下篇上引）

又云：學韓公子，得其削刻堅峻，與明允爲近。（《評註古文辭類篹》卷八引）

〔民國〕林紓：文入手，以女禍相較，即撇去女禍，指宦官之大惡，且歷疏其蠹國陷主之能。用一個「親」字，明宦官爲附骨之疽；又用一「遠」字，明忠臣碩士不能作救國之藥：兩個比較，終竟忠臣遠而宦官親。迨一覺而知懼，已爲把持要劫，生出不測之患，如甘露之變，令人寒心。文字字痛恨宦官，卻句句拋不下忠臣碩士，把「親」字與「遠」字轆轤上下，每說宦官，必照顧到忠臣碩士，飛花滾雪，射目生稜。（《古文辭類篹選本》卷二）

〔民國〕李剛己：按此文論宦者之禍，層層剝入，節節搜剔，一縷心情，直湊單微。初學作議論文字，當以此為極則。此外如東坡策論，亦足以開拓心思，增長筆力，惟篇幅較長，不如此文之便於揣摩也。（《桐城吳氏古文法》下篇上）

延伸思考

1. 中國歷史上，宦官之禍一定深於女色外戚之禍嗎？還是說二者狼狽為奸，其害更大？
2. 歐陽脩指出宦官得勢之後，實難以去除惡勢力。然則，朝野上下該當如何？

送徐無黨南歸序

【題解】

本文選自《歐陽文忠公文集》卷四十三，《居士集》卷四十三。

高步瀛：案《兩浙名賢錄・文苑傳》曰：「徐無黨，永康人，從歐陽脩學古文詞，嘗注《五代史》，妙得良史筆意。皇祐（仁宗年號）中，以南省第一人登進士第，仕止郡教授而卒。」

草木鳥獸之爲物，眾人之爲人，○虞集：凡四段。○第一節借草木鳥獸眾人，旁影聖人不朽。其爲生雖異，而爲死則同，一歸於腐壞澌盡泯滅而已。○宋文蔚：鳥獸靈於草木，人又靈於鳥獸，三者之生不同，而同歸於死，言之可痛。○高步瀛：灑然而來。○王基倫：「腐壞澌盡泯滅」六字三頓，聲音漸趨低沉而止。而眾人之中有聖賢者，○呂祖謙：過得佳，有幹旋。◯虞集：第二節説聖人死而不朽，與草木鳥獸眾人不同。◯汪份：就眾人引入聖賢。固亦生且死於其間，◯宋文蔚：折一筆。而獨◯呂祖謙：下字。異於草木鳥獸眾人者，◯宋文蔚：句中用一「獨」字著眼。雖死而不朽，逾遠而彌存也。◯虞集：過得佳，有斡旋。◯宋文蔚：此句照下「人莫不慕古聖賢之不朽」句。其所以爲聖賢者，◯虞集：第三節説聖賢之不朽在身與事。修之於身，◯樓昉：方説出。施之於事，見之於言，◯呂祖謙：自下説上。◯儲欣：平提。◯即叔孫穆子之論。是三者所以能不朽而存也。◯虞集：此第一段，説聖賢所以不朽者，身與事。凡三節。◯沈德潛：三項平列。◯唐德宜：三項平列而側注，須看他手法。◯宋文蔚：平提三項，是聖賢所以能不朽之故。

修於身者，無所不獲；◯虞集：第一節分説三者，爲下文挈退事與言張本。◯宋文蔚：性分之事，權操於己。施於事者，有得有不得焉；◯樓昉：窮達用舍。◯宋文蔚：人有遇有不遇，即不能必其能施。其見於言者，則又有能有不能也。◯宋文蔚：見於言者，不能無工拙。從修身層折而下，神已注到篇末。施於事矣，不見於言，可也。◯虞集：第二節且挈退言。◯儲欣：大加軒輊。◯側。◯沈德潛：此見事重於言。◯秦躍龍：層層掃卻，以明言之不可恃。◯宋文蔚：先從事説起，以下逆挽到修身，折入徒工於言，倍覺有力。自《詩》、《書》、《史記》所傳，其人豈必皆能言之士哉？◯虞集：引虛證。◯宋文蔚：能施於事，即不必見之於言，是第一層。修於身矣，而不施於事，不見於言，亦可也。◯虞集：第三節併事挈退矣。◯沈德潛：專重修身。**孔子弟子，**◯呂祖謙：此一段歸在顏子上。**有能政事者矣，**◯虞集：引實證。**有能言語者矣，**◯宋文蔚：即從「施於事」、「見於言」兩項跌起「修於身」。**若顏回者，在陋巷曲肱飢臥而已，**◯《論語．雍也》：子曰：「賢哉，回也！一簞食，一瓢飲，在陋巷，人不堪其憂，回也不改其樂。賢哉，回也！」◯虞集：不施於事。◯沈德潛：引爲修身之證。◯宋文蔚：不得施之於事。**其羣居則默然終日如愚人，**◯《論語．爲政》：子曰：「吾與回言終日，不違如愚。退而省其私，亦足以發。回也不愚。」◯呂祖謙：先抑。◯虞集：不見於言。◯宋文蔚：未嘗見之於言。**然自當時羣弟子皆推尊之，以爲不敢望而及，**◯《論語．公冶長》：子謂子貢曰：「女與回也孰愈？」對曰：「賜也何敢望回。回也，聞一以知十；賜也，聞一以知二。」子曰：「弗如也。吾與女弗如也。」◯呂祖謙：後揚。◯宋文蔚：修於身者，無所不獲，所以尊於事言。**而後世更百千歲，亦未有能及之者。**◯宋文蔚：真能不朽矣。**其不朽而存者，**◯唐德宜：應「不朽而存」。**固不待施於事，**◯宋文蔚：再從事上折一筆，跌到徒工於言，更醒。**況於言乎？**◯樓昉：先抑後揚，自上説下。◯虞集：此第二段，説聖賢所以不朽，只在修身，挈退事與言。◯儲欣：轉歸本旨。◯沈德潛：側出言爲最輕。◯賴襄：以歐公之能文，而其輕視文如此，此所以爲歐公。◯唐德宜：歸到言不足重上。◯宋文蔚：此句束上起下。◯姚永樸：以上言聖賢所以異於草木鳥獸衆人者，以修之於身，施之於事，見之於言，而三者中以修身爲尤重。◯吳闓生：此方是學道實際。◯以上言三不朽之輕重分際。

予讀班固〈藝文志〉，唐〈四庫書目〉，○呂祖謙：自上說下。○虞集：第一節考漢唐文士所作文章今多不存爲證。○儲欣：縱論古之立言者，以見其不可恃。見其所列，自三代、秦、漢以來，著書之士，○沈德潛：以下痛掃言之不可恃。多者至百餘篇，少者猶三四十篇，其人不可勝數，○宋文蔚：著書者多，非不欲見之於言，以傳於不朽。而散亡磨滅，百不一二存焉。○茅坤：傳曰：「焉用文之？」予竊悲其人，○虞集：第二節承上文說文章不能朽。○王基倫：歐公〈永州軍事判官鄭君墓誌銘〉有類似之言。文章麗矣，言語工矣，○呂祖謙：造語工。○宋文蔚：非不有名於時，暗照下徐生知名說。無異草木榮華之飄風，○宋文蔚：挽上「草木」。鳥獸好音之過耳也。○呂祖謙：句佳。○虞集：照第一段草木鳥獸眾人事，折開作二說，文字活。○儲欣：應起處。○秦躍龍：回應起處。○劉大櫆：結處拖轉「草木、鳥獸、眾人」三項，滴水不漏，然波瀾出之自然，不見照應之迹，故佳。○唐德宜：忽然打轉「草木、鳥獸」。○宋文蔚：挽上「鳥獸」。此處略頓一筆。方其用心與力之勞，亦何異眾人之汲汲營營？○呂祖謙：警策。○唐德宜：忽然打轉「眾人」。○宋文蔚：再挽上「眾人」。而忽焉以死者，雖有遲有速，而卒與三者同歸於泯滅。○呂祖謙：警策。○汪份：上應處分說，此則合說。○宋文蔚：徒工於言，仍與草木鳥獸眾人同其生死，言之可悲，喚起下文「皆可悲也」一句。○吳闓生：劉云：「拖轉草木、鳥獸、眾人三項，而波瀾出之自然，不見照應之迹，故佳。」[1] 闓生案：上面數語已足，此處加入眾人一層，猶是有意爲之，痕迹未化，是歐公文章未造自然處。夫言之不可恃也蓋如此。○呂祖謙：緻佳。○茅坤：一句掇轉。○儲欣：一句勸醒。○沈德潛：一句勸醒。○唐德宜：主意。○宋文蔚：一句束住上文，再轉到本題，倍覺有力。今之學者，○虞集：第三節說今人欲託文字以不朽，過下段。莫不慕古聖賢之不朽，○唐德宜：又應「不朽」。而勤一世以盡心於文字間者，皆可悲也。○呂祖謙：下得好。○此第三段，說文章不可恃以爲不朽。凡三節。○茅坤：可涕。○沈德潛：古今同病，令人通身汗下。○賴襄：一篇大議論，而讀之如到底不著議論者，是蘇家所不及。○宋文蔚：全篇結穴著一「悲」字，令人不堪。○姚永樸：以上又申論言不足恃。

東陽徐生，[2]少從予學爲文章，稍稍見稱於人。○虞集：第一節稱羨徐生之文。既去，而與羣士試於禮部，得高第，由是知名。其文辭日進，如水涌而山出。○呂祖謙：句佳。予欲摧其盛氣而勉其思也，○虞集：第二節序作序之意。○宋文蔚：勉其修之於身，不可徒工於言。○王文濡：此亦勉勵其德之意。故於其歸，告以是言。然予固

1 此處「劉云」指劉大櫆之言，出自吳闓生《古文典範》一書。而高步瀛《唐宋文舉要》亦引述此，指爲吳汝綸之言。

2 東陽，高步瀛《唐宋文舉要》：「宋永康縣屬兩浙路婺州東陽郡，今浙江永康縣治。此東陽指其所隸之郡，非指今之東陽縣也。」

亦喜爲文辭者，亦因以自警焉。○呂祖謙：歸自己。○虞集：第三節回護自家占地步。無此兩句，便是欠他的。○此第四段，上本題作序之意。凡三節。○汪份：扯自己在內，更有波瀾，不平順。○唐德宜：又扭入自己，滿意和婉。○宋文蔚：以現身說法作收。○姚永樸：以上言所以贈徐生此語之由。○吳闓生：議論高，情韻好。

【彙評】

（宋）呂祖謙：此篇文字象一箇階級，自下說上，一級進一級。（《古文關鍵》卷上）

（宋）樓昉：轉折過換妙。（《崇古文訣》卷十九）

（明）茅坤：歐陽公極好爲文，晚年見得如此。吾輩生平好著文章以自娛，當爲深省。（《唐宋八大家文鈔·歐陽文忠公文抄》卷十八）

（清）儲欣：本古人三不朽，傷立言之不足恃，無限唏噓感慨。或謂公貶損立言，正是痴人前說不得夢話。（《唐宋八大家類選》卷十一）

（清）儲欣：言之傳否，蓋有幸不幸焉。立言者能爲可傳，不能保其必傳也。公特就著書而不幸不傳者大發感慨，正其好文之至，看作阻人立言者大非。（《唐宋十大家全集錄·六一居士全集錄》卷五）

（清）孫琮：通篇大指，只是勸勉徐生修身立行，卻不一語說破。起處提出修身、行事、立言三件；下文以立言、行事相較，駁去「言」字。又以修身、行事相較，駁去「事」字。駁去「言」字，正見修身之可貴。駁去「事」字，亦是見修身之可貴。通篇勸勉修身，不曾一字實說，全在言外得知。至其文情高曠卓越，則固歐公所獨擅也。（《山曉閣選宋大家．歐陽廬陵全集》卷三）

〈清〉華希閔：[3]鞭逼文人，如禪家棒喝，直欲通身汗下。（《唐宋八大家文選》卷十二〈歐陽廬陵文三〉引）

〈清〉沈德潛：先以三不朽並提，後說「言」、「事」爲輕，「修身」獨重；後更說「言」爲尤輕，直向文章家下一針砭。文情感喟歔欷，最足動人。（《增評八大家文讀本》卷十一）

〈清〉劉大櫆：歐公贈送序當以〈楊寘〉、〈田晝〉爲第一，而〈徐無黨〉次之。（《評註古文辭類纂》卷三十二引）

〈清〉方績：[4]反復感歎，抑揚頓挫。（《評註古文辭類纂》卷三十二引）

〈日本〉賴襄：是文人之霜夜晨鐘也。（《增評八大家文讀本》卷十一）

---

3 華希閔（一六七二～一七五一），字豫原，著有《廣事類賦》、《延綠閣集》、《性理四書註釋》等書。

4. 方績，字展卿，桐城人。姚鼐的老師，方東樹的父親。學宗朱子，文章勁峭。方宗誠《柏堂集補存》有〈方展卿先生傳〉。此則資料，高步瀛《唐宋文舉要》、吳闓生《古文典範》同引。

〔清〕江雅臣：「修之於身，施之於事，見之於言」，三項平列。論本旨，「修身」是主，用意全在撇去「見之於言」，然通篇都是從「言」上起議，「言」字雖撇而不撇，「修身」未嘗實講一語，似歸重而不見其歸重。低昂之間，毫無端倪，手法眞巧甚。（《古文翼》卷七引）

〔清〕吳汝綸：波瀾出自自然，不見照應之迹，故佳。（《唐宋文舉要》甲編卷六引）

〔民國〕宋文蔚：如此篇，主意在不朽。而修於身、施於事、見於言三者，雖皆足以不朽，然必修之於身。若徒工於言，未足以不朽也。是以開手並提三項。以下即云「施於事」即不必「見於言」；若能「修於身」即不必「施於事」，而言更不足論矣。通篇之用意如此，其平提側注之法，全在數虛字轉運靈活。[5]（《評註文法津梁》上冊）

〔民國〕宋文蔚：前半從修於身者，層遞而下，折到不可徒工於言。後半從徒工於言者，層遞逆挽到修身。三項之中，高下輕重，令人一覽了然。而文情娓娓動人，細玩之，皆在數虛字傳神阿堵中，讀此可悟文章局法矣。（《評註文法津梁》上冊）

〔民國〕宋文蔚：於數短句之後，必承以長句，或束上，或起下，使文氣聚而不散，文筆凝而不滯。（《評註文法津梁》下冊〈長短相間〉）

〔民國〕姚永樸：自古論文章有視之頗重者，如「子以四教」，「文」居其首，[6]又曰：「文不在茲乎？」[7]又曰：「君子博學於文。」[8]太史公亦「鄙沒世，文采不表於後」。[9]李習之〈寄從弟正辭書〉曰：「汝勿信人號文章爲一藝，夫所謂一藝者，乃時世所好之文，或有盛名於近代者是也。其能到古人者，則仁義之辭也，惡得以一藝名之哉！」若此之類是也。有視之頗輕者，如子曰：「行有餘力，則以學文。」又曰：「文莫吾猶人也，躬行君子則吾未之有得。」《顏氏家訓》曰：「自古文人多陷輕薄。」周子曰：「不務道德，而第以文辭爲能者，藝焉而已。」陳忠肅公曰：「一爲文人，便無足觀。」如此之類是也。大抵爲文章者，必以立身文本。果仰不愧天，俯不怍人，然後出其所見，筆之於書，或闡明理道，或抒寫性情，或討論典章，或紀載功業，若此者，其文乃經緯天地之文，烏可薄視之？若夫模山範水、繪日雕雲，非入於諂諛，即流於媟黷，非失之怨悱，即病在叫囂，若此者，非徒道德之瑕，實亦文章之蠹，雖欲久而不滅，又烏得而不滅也。昔王仲任曰：「爲世用者，百篇無害，不爲用者，一章無補。」（《論衡・自紀》）又曰：「有根株於下，有榮葉於上，有實核於內，有皮殼於外，文墨辭說，士之榮葉、皮殼也。實誠在胸臆，文墨著竹帛，內外表裏，自

5 靈活，原作「靈浩」，疑形近而誤，據文義改。

6 「子以四教」二句，出自《論語・述而》：「子以四教：文、行、忠、信。」

7 「文不在茲乎」句，出自《論語・子罕》：「文王既沒，文不在茲乎？天之將喪斯文也，後死者不得與於斯文也；天之未喪斯文也，匡人其如予何？」

8 「君子博學於文」句，出自《論語・雍也》：「博學於文，約之以禮，亦可以弗畔矣夫。」

9 「鄙沒世，文采不表於後」句，出自司馬遷〈報任少卿書〉。

相副稱。意奮而筆縱，故文見而實露。」（〈超奇〉）善哉乎斯言！（《國文學》卷下）

〔民國〕唐文治：此文極爲清淡，而丰神千古不滅，後一段精神更覺不磨，何者？以其脫胎於《史記》者深也。吾嘗論史公於數百年後，得門徒數人，韓、柳、歐、曾是也。韓、柳得其陽剛之美，歐、曾得其陰柔之美，譬諸奕棋，史公爲國手，韓、柳等則四手也，此文則駸駸乎入三手矣。〇孟子〈尹士章〉，一唱三歎，丰神搖曳，亦爲歐文之祖，宜熟讀之。（《國文經緯貫通大義》卷二）

〔民國〕尚節之：10須知此文句句言文之不可恃，實則句句歎文之難工，而虞傳世之不易，所謂愛之深則言之切，乃歐文之最詼詭者。細細涵咏，自得其意。（《唐宋文舉要》甲編卷六引）

延伸思考

1. 徐無黨當時的考試制度如何？
2. 歐陽脩和徐無黨一生的交誼如何？
3. 歐陽脩〈答吳充秀才書〉也說：「後之惑者，徒見前世之文傳，以爲學者文而已，故愈力愈勤而愈不至。」因此他在那篇文章中提出「道勝文至」的觀念。試問「道勝」和本文所說「修於身」、「施於事」有無不同？

4. 歐陽脩說：「今之學者，莫不慕古聖賢之不朽，而勤一世以盡心於文字間者，皆可悲也！」這句話對從事文學寫作的人有何警示意義？

5. 本文有些字句，前人評曰：「三項平列」，或曰：「平提三項」，這兩者說法意思相同。但是同樣的文句又有人評曰：「三項平列而側注，須看他手法」，又指出這裡運用了某種寫法。試思索「平列」是何種寫法？「平列而側注」是不是更有進一層的努力？

---

10 尚秉和（一八七〇～一九五〇），字節之，著有《焦氏易林注》、《周易尚氏學》等書。

河南府司錄張君墓表

【題解】

本文選自《歐陽文忠公文集》卷二十四，《居士集》卷二十四。讀本文可與〈張子野墓誌銘〉合參。

故大理寺丞、河南府司錄張君，諱汝士，字堯夫，開封襄邑人也。◯林雲銘：敘名字爵里。明道二年八月壬寅，以疾卒於官，享年三十有七。◯林雲銘：敘卒日年壽。卒之七日，葬洛陽北邙山下。◯林雲銘：敘舊葬地。◯伏下「葬速其地不善」句。◯浦起龍：草葬起因。其友人河南尹師魯誌其墓，而廬陵歐陽脩爲之銘。以其葬之速也，不能刻石，乃得金谷古塼，◯秦躍龍：絕。命太原王顧以丹爲隸書，納於壙中。◯茅坤：寫事真。◯林雲銘：敘舊志銘。◯伏下「其禮不備」句。◯浦起龍：點逗諸人姓名，如奕者布子，爲後應。嘉祐二年某月某日，其子吉甫、山甫改葬君於伊闕之教忠鄉積慶里。◯林雲銘：敘改葬處。◯沈德潛：眼目。◯浦起龍：揭出二子改葬，伏「有後」。◯王文濡：點明其子。君之始葬北邙也，◯孫琮：逆挽一段。吉甫纔數歲，而山甫始生，余及送者相與臨穴，視窆且封，哭而去。◯茅坤：故舊之情。◯浦起龍：送者亦是布子。今年春，余主試天下貢士，而山甫以進士試禮部，乃來告以將改葬其先君，因出銘以示余，蓋君之卒，距今二十有五年矣。◯林雲銘：敘其久方改葬。◯伏下「衰老病死」等句。◯孫琮：一句鎖住，頓出餘情。◯沈德潛：全從此句生情。◯浦起龍：挈改葬之因。◯吳闓生：以上記葬事始末，而其詞太繁。

初天聖、明道之間，◯孫琮：提。錢文僖公守河南。公，王家子，特以文學仕至貴顯，◯孫琮：此敘交遊行略。所至多招集文士。而河南吏屬，適皆當時賢材知名士，故其幕府號爲天下之盛，君其一人也。◯林雲銘：敘出身文士。◯孫琮：入此一段，纔見末段之淒涼。◯浦起龍：此段本敘司錄之履歷，而錢文僖爲府主，吏屬爲同遊，亦是布子。◯王文濡：敘司錄之爲人，卻先敘文僖及勝地同遊之概，文筆異常熱鬧。文僖公善待士，未嘗責以吏職，而河南又多名山水，竹林茂樹，奇花怪石，◯賴襄：名山水、竹樹、奇花怪石，何與人物相干？庸筆作之，必不如此詳悉，此之謂閑心妙腕。既成，讀之一字不可刪也，1刪則索然。其平臺清池上下，荒墟草莽之間，余得日從賢人長者賦詩飲酒以爲樂。◯沈德潛：極寫盛。◯浦起龍：詩酒選勝，特起一波，而此段之相樂，與前段「哭而去」作配，都爲後文激射。◯秦躍龍：此歐公少年最得意處，諸篇中屢娓娓言之。[2]而君爲人靜默修潔，◯孫琮：接得妙。◯沈德潛：接入生平。常坐府治事，省文書，尤盡心於獄訟。◯秦躍龍：敘堯夫事，實是爲善之徵。初以辟爲其府推官，既罷，又辟司錄，河南人多賴之，而守尹屢薦其材。◯林雲銘：有材臨事。◯浦起龍：止此層專表司錄居官。君亦工書，喜爲詩，間則從余遊。◯沈德潛：此敘事實從略。其語言簡而有意，飲酒終日不亂，雖醉未嘗頹墮，與之居者，莫不服其德。◯林雲銘：有德飭身。故師魯誌之曰：「飭身臨事，余嘗愧堯夫，堯夫不余愧也。」◯茅坤：以堯夫行己處甚略，而以尹師魯之誌爲案。◯林雲銘：即以師魯舊志之語總收上文，省力。◯沈德潛：師魯志爲證。◯浦起龍：摘二語簡峭。◯吳闓生：引他人言入文，亦非古法。

始君之葬，皆以其地不善，又葬速，◯孫琮：再提前葬。◯秦躍龍：應。禮不備。君夫人崔氏，有賢行，能教其子。而二子孝謹，克自樹立，卒能改葬君如吉卜，◯浦起龍：實點改葬。君其可謂有後矣。◯林雲銘：即以改葬處帶說妻之賢行、子之

---

1. 刪，原作「則」，據文義改。
2. 諸篇中屢娓娓言之，參見歐陽脩〈張子野墓誌銘〉等。

孝謹，尤省力。◯沈德潛：妙。◯浦起龍：「有後」二字揭眼。◯秦躍龍：結。

自君卒後，文信公得罪，貶死漢東，◯秦躍龍：絕調。吏屬亦各引去。今師魯死且十餘年，王顧者死亦六七年矣，◯秦躍龍：冷。其送君而臨穴者及與君同府而遊者十蓋八九死矣，◯孫琮：一一應前，讀之不禁嗚咽。◯沈德潛：極寫衰，與前段對照。◯王文濡：一一收束，不見粘滯痕迹，所以爲妙。其幸而在者，不老則病且衰，如予是也。◯沈德潛：以前如善奕者一路閑閑布子，至後一齊收拾，閑著皆勝著矣。◯浦起龍：撮攏諸色人前化煙霧，後啓混茫。嗚呼！盛衰生死之際，未始不如是，是豈足道哉？◯茅坤：通篇蘊釀感慨在此。◯林雲銘：總收上文，作感慨語，起下文爲墓表之意。◯孫琮：極頓宕之致。◯沈德潛：又用撇開。◯浦起龍：一宕，黏上卸下。◯秦躍龍：撇去。惟爲善者能有後，而託於文字者可以無窮。◯沈德潛：自信文之不朽。◯浦起龍：「爲善有後」，結穴。◯秦躍龍：歸到「爲善有後」，以贊美堯夫。◯王文濡：胡稚威云：「凡人皆死，惟有文章者不死。」[3]此則言善人而有好文字銘其墓，亦不得死。故於其改葬也，書以遺其子，俾碣於墓，且以寫余之思焉。◯林雲銘：以作表結。◯沈德潛：末段如風捲落葉，滾聚一處，而歸到己身作銘之由，筆力縱恣而有收拾。

吉甫今爲大理寺丞、知緱氏縣（緱，音ㄍㄡ，地在今河南偃師縣南），山甫始以進士賜出身云。◯林雲銘：末敘二子克自樹立。◯浦起龍：用二子結，亦有法。◯秦躍龍：補點二子履歷，仍以有後結。翰林學士、右諫議大夫、史館修撰歐陽脩撰。

【彙評】

〔明〕茅坤：通篇交情相感歎，更比諸篇有生色，文章中之〈國風〉也。（《唐宋八大家文鈔・歐陽文忠公文抄》卷三十）

〔清〕錢謙益：此倣韓公〈馬少監誌〉，而無痕迹可尋，乃倣之之至也。（《唐宋八大家文選》卷十六〈歐陽廬陵文七〉引）

〔清〕林雲銘：的是一篇改葬墓表。上半篇步步埋伏，下半篇步步炤應，中間敘其出身之正，吏事之勤，持己之莊，及其妻能教子，子能樹立，隨發出感慨，轉入文字可以無窮，亦自知是文之不朽也。讀來如雲氣空濛，絕無縫綴之迹。（《古文析義》二編卷七）

〔清〕孫琮：銘誌著於二十五年以前，而此表作於二十五年以後，蓋銘誌以傳其事，此表以寫其思也，正自著一實筆不得。茲篇起手提出改葬，以明此表所由作，以下一段述司錄始葬，一段述司錄受知於文僖，一段述司錄行事，而以師魯之誌證之。追遡情事，都從虛處想像，因以改葬爲有後作結。末復將文僖、吏屬、王顧、師魯併送葬諸人，一齊說來，見其零落殆盡，嗚咽感慨，如泣如訴，總以見此表之不可以已。而文情淒惻，比之秋夜聞雨，寒潭滴溜，慘澹更覺十倍。（《山曉閣選古文全集》卷二十四）

3 參見第一六一頁，註1。

〔清〕方苞：空明澄澈，無一滯筆。（《評註古文辭類篹》卷四十五引）

〔清〕沈德潛：都向改葬著意，而敘堯夫生平，語復簡略，以有師魯之誌可案也。中寫文僖賓佐僚吏，宴遊文酒之盛，末段以二十五年情事，收攝通篇，不啻讀士衡〈歎逝〉，[4]感慨淋漓，極文章之能事。（《增評八大家文讀本》卷十四）

〔清〕浦起龍：文景在念昔，篇旨卻在「有後」，景繁而旨簡，然繁者其波瀾，簡者乃其歸落也。何以故？表改葬也。（《古文眉詮》卷六十二）

〔清〕秦躍龍：同在文僖公幕府，極山水詩酒之樂，後各引去，而死者十八九，此所謂「寫余之思」也。以堯夫之厚德，而二子克自樹立，此所謂「爲善者必有後」也。通篇脈絡俱於二句中逗出，而纏綿往復，其情致更有溢於筆墨之外者。（《唐宋八大家文選》卷十六〈歐陽廬陵文七〉）

〔清〕劉大櫆：歷敘交遊，而俯仰身世，感歎淋漓，風神遒逸。當與〈黃夢升〉、〈張子野〉并爲誌墓之絕唱。（《評註古文辭類篹》卷四十五引）

〔日本〕賴襄：與〈張子野〉、〈黃夢升〉銘同，而此文固改葬一節，生情生景。（《增評八大家文讀本》卷十四）

〔民國〕吳闓生：雖非金石體裁，而前後盛衰之感，俯仰淋漓，自是佳製。（《古文典範》卷十六）

延伸思考

1. 可否找出歐陽脩、尹洙先前爲張堯夫所寫的墓誌銘，進一步瞭解其人生平事迹？同時亦可考察，先前已爲張君寫過墓誌銘，則二十五年後再爲張君作墓表，二者寫作方式有何不同？

2. 歐陽脩擅長在前文到處「布子」，到後文一一收拾回來，頗值得借鏡學習。這種寫法在本文中如何表現？又有哪些篇章亦如此寫？

4 陸機（二六一～三〇三），字士衡，所作〈歎逝賦〉，收入《文選》卷十六。

秋聲賦

【題解】

本文選自《歐陽文忠公文集》卷十五，《居士集》卷十五。

歐陽脩〈與王懿敏公仲儀〉（嘉祐四年）：「自去歲秋冬已來，益多病，加以目疾，復左臂舉動不得。三削請洪，諸公畏物議不敢放去，意謂寧俾爾不便，而無爲我累，奈何奈何！然且告他秖（只）解府事（按指開封府事）必可得。不過月十日，且得作閒人爾，少緩湯火煎熬。有無限鄙懷，不能具述。」又，〈與王懿敏公仲儀〉（嘉祐五年）：「某自罷府，又一歲有餘，方得《唐書》了當，遽申前請，懇乞江西，前後累削，辭極危苦，而二三公若不聞。近年眼目尤昏，又卻送在經筵。事與心違，無一是處，未知何日遂得釋然，一償素志於江湖之上，然後歸老汝陰爾。」參見《歐陽文忠公文集．書簡》卷三。洪本健按：〈秋聲賦〉作於嘉祐四年秋，是年二月，歐免知開封府。兩封致王素簡，道出了彼時歐之心境。

歐陽子方夜讀書，○金聖歎：一句，只如賦序。○林雲銘：起、結俱寫夜景，開口不得不點「夜」字。○過珙：點「夜」字。○余誠：此一段實賦秋聲，舊評皆謂先賦聲，獨不思「淅瀝」等句，非秋而能有是聲乎？○唐德宜：「夜」字宜著眼。**聞有聲自西南來者，**○金聖歎：聲。○林雲銘：先點「聲」字。○初秋猶未離夏，故聲來自西南。○過珙：歐陽子，脩自謂也。謂方夜坐讀書，當此夜深人靜，萬籟俱寂，忽聞有聲宛若從西南而來，因思天地嚴凝之氣盛於西南，今自西南來，則氣之嚴凝可知。**悚然**（懼也）**而聽之，**○吳楚材：「聽」字領起下文。○浦起龍：善用逆者其勢陡，如此賦，扼「聲」字破空逆入是也。**曰：「異哉！」初淅瀝以蕭颯**（ㄙㄚˋ）**，**○林雲銘：聲之始起。○吳楚材：含「風雨」句。**忽奔騰而砰湃**（ㄆㄥ ㄆㄞˋ。砰，石聲；湃，水聲）**，**○林雲銘：聲之方盛。○吳楚材：含「波濤」句。○過珙：淅瀝、蕭颯，皆風雨兼至之聲也。砰湃，水聲洶湧也。予悚然而聽之，因歎曰：「異哉！何聲之不一也。」其初來也，聲尚微細，祇覺淅淅瀝瀝蕭然颯然，來之久，其聲忽大，有若奔騰而砰湃。**如波濤夜驚，**○林雲銘：承「奔騰砰湃」句。○吳楚材：一喻。**風雨驟至。**○樓昉：善各狀。○林雲銘：承「淅瀝蕭颯」句。○吳楚材：二喻。○過珙：吾就其淅瀝、奔騰而形似之，則如夜間江湖中波濤之驚人，而風雨驟然而至也，此說空中之聲。○唐德宜：二段形容忽然而起，忽然而盛。**其觸於物也，**○余誠：先暗伏下草木。**鏦鏦**（ㄘㄨㄥ）**錚錚**（ㄓㄥ）**，金鐵皆鳴；**○林雲銘：聲之所至。○吳楚材：含「赴敵」數句。○過珙：鏦錚，金聲也。謂波濤風雨，此由在空際擬之也。若其觸著於物類，則其聲鏦鏦然、錚錚然，若金鐵之皆鳴。○余誠：三喻。**又如赴**

敵之兵，◯余誠：四喻。**銜枚疾走，不聞號令，但聞人馬之行聲。**◯樓昉：壯。◯金聖歎：先賦聲，極意描寫，筆又參差。◯林雲銘：聲自初起以至所止之處，中間經歷所過之象。◯吳楚材：銜枚所以止喧嘩也。枚，形似箸，兩端有小繩，銜於口而繫於頸後，則不能言。◯三喻。連下三喻，長短參差，虛狀秋聲，極意描寫。◯過珙：枚如箸，以竹爲之。軍士橫啣於口中，以禁其語，欲令敵人寂不知其來也。謂再就金鐵皆鳴而比擬之，則又如出兵之赴戰，如果出兵，宜乎人聲洶洶，乃今不然，一似奉將軍之命，啣枚疾走，不聞其發號施令，而祇是人與馬之行聲依稀在耳也。此說在物之聲，自初起以至所止之處，中間經歷所過之處，極意描寫。總先賦聲。◯二喻狀得婉切。◯唐德宜：此就聲之著物者言之。**余謂童子：「此何聲也？汝出視之。」**◯金聖歎：借「視」陪「聞」，作波。◯林雲銘：令視其聲在何處。此段先賦聲。◯唐德宜：故作一折。**童子**◯儲欣：借童子作波。**曰：「星月皎潔，明河在天，**◯樓昉：包語蕭灑。◯吳楚材：是方夜。◯唐德宜：二句寫透秋夜。**四無人聲，聲在樹間。」**◯金聖歎：漸入。◯林雲銘：四語畫出秋夜。◯吳楚材：是「視」，不是「聞」，妙。◯過珙：明河即天河也。謂主人聞聲，以爲波濤，以爲風雨，今出視之，則見星月皎而且潔，明河雖縱橫西向，然猶在天，豈有波濤風雨之事乎？主人以疑爲赴敵之兵，人馬行而成聲，四面顧望，寂寂寥寥，且絕人聲，況兵馬乎？然耳中依稀有聲，細細踪迹之，方得其所，蓋在樹間也。◯浦起龍：童子語清絕。◯秦躍龍：畫出秋聲。◯余誠：四語畫出「秋夜」句，伏下草木。

余曰：「噫嘻，悲哉！此秋聲也，◯林雲銘：方點出「秋」字。◯余誠：倒點出「秋」字來。◯唐德宜：點睛。**胡爲而來哉？**◯金聖歎：次賦秋聲。先咨嗟，次怪歎，總與秋聲相副。◯林雲銘：「來」字與上「來」字相應。◯吳楚材：借童子語，翻出「秋聲」二字。先咨嗟，次怪歎，領起全篇。◯過珙：永叔聞之，不勝嗟歎，曰：「噫嘻，悲哉！」以予所聞，據汝所見，吾今知之矣。果非波濤，果非風雨，果非兵馬，此蓋秋聲也。予不堪聞此，胡爲乎獨來予之耳哉？◯浦起龍：全落。◯逆起必順承，此便接「秋」字洗發，而以色容氣意挑「聲」字也。◯余誠：束上生下，妙絕。**蓋夫秋之爲狀也，**◯過珙：先耑賦秋。**其色慘淡，煙霏**（細雨貌）**雲斂；**◯金聖歎：其色，賓。◯林雲銘：狀之一。◯過珙：知爲秋聲，則聲之來，秋爲之也。且未論聲而先論秋，其爲狀也，按其色則慘淡耳，淡之極則若煙，爲之霏，而雲爲之歛。**其容清明，天高日晶；**◯金聖歎：其容，賓。◯林雲銘：狀之二。◯吳楚材：晶，光也。◯過珙：晶，瑩潔貌。覩其容則清明耳，清明之至，則若天爲之高，而日爲之晶。**其氣慄冽，砭**（ㄅㄧㄢ）**人肌骨；**◯金聖歎：其氣，賓。◯林雲銘：狀之三。◯過珙：慄冽，寒氣嚴也。砭，以針刺物也。慄冽者其氣也，氣之所至，肌骨如針炙然。**其意蕭條，山川寂寥。**◯金聖歎：其意，賓。只要如此生發，雖作萬言賦，亦無難。◯林雲銘：狀之四。◯上從聲轉入秋，此復從秋轉入聲，是文字出落妙法。◯過珙：蕭條者，其意也。意之所在，山川亦覺其寂寥。其狀四。上從聲轉入秋，此復從秋轉入聲。◯余誠：此一段賦秋聲之摧物，舊評皆謂實賦秋聲。試看段首，以爲狀領色容，氣意引聲，明是陪襯法。「豐草」以下則已及物，如何是實賦秋聲。**故其爲**

聲也，○過珙：次賦聲。**淒淒切切，呼號憤發。**○金聖歎：連用其色、其容、其氣、其意，引其聲，便瀏然而下。○林雲銘：言有此聲之故。○過珙：惟秋之色、容、氣、意如此，故其爲聲也，小則淒淒然、切切然，如有所悲，大則萬籟呼號，其聲憤發，如有所怒。○唐德宜：上從聲轉入秋，此復從秋轉入聲，是文字出落妙法。**豐草綠**（薄青）**縟**（ㄖㄨˋ，柔）**而爭茂，佳木葱蘢**（蒼翠）**而可悅；**○金聖歎：二句未秋。○林雲銘：聲未至之先，草木本如此。○余誠：二句以秋聲未至之先言，張侗初謂疑有錯簡當刪，[1]可笑！○唐德宜：春夏之草木固如此。**草拂之**（拂，擊也，草爲秋氣所擊）**而色變，木遭之而葉脫。**○林雲銘：聲既至之後，草木忽如此。○唐德宜：草木經秋忽如彼。**其所以摧敗零落者，乃其一氣之餘烈。**○金聖歎：賦秋聲止此。○林雲銘：「氣」字承上「其氣慄冽」句來。○此段實賦秋聲。○過珙：原其所以敗落之故，非秋聲使然，乃天氣至秋，有肅殺之威烈使然也。○浦起龍：落到摧物，「氣」之餘，舍「聲」字。○余誠：二句又束上生下。○唐德宜：言氣者，氣爲聲所從發也。

夫秋，刑官也，○樓昉：推廣。○吳楚材：司寇爲秋官，掌刑。○過珙：賦畢矣，又從秋起義。○浦起龍：拈「秋」字，搜摧物義。○余誠：此一段承上「摧敗零落」句，推言其所以然之故，乃

---

1 張鼐（一五七二～一六三〇），號侗初，善寫小品。著有《寶日堂初集》、《寶日堂雜鈔》等。

舊評謂單賦秋，亦非。**於時為陰；**◯林雲銘：以二氣言。◯唐德宜：春夏為陽，秋冬為陰。**又兵象也，**◯吳楚材：主肅殺。**於行為金；**◯金聖歎：次賦秋。◯林雲銘：以五行言。◯唐德宜：春為木，夏為火，秋為金，冬為水，四季為土。**是謂天地之義氣，常以肅殺而為心。**◯《禮記．鄉飲酒義》：「天地嚴凝之氣，始於西南，而盛於西北，此天地之尊嚴氣也，此天地之義氣也。」◯金聖歎：再賦秋。◯過珙：刑官即司寇，又謂之秋官，以其掌刑而主殺也。謂四時皆天地之氣，何獨至秋而有此餘烈，蓋以秋之為秋，以言乎官則刑官也。時有陰陽，而秋於時，則為陰以言乎！象則兵象也。天有五行，而秋於五行則屬金，就其為刑官，為兵象，為陰，為金之理推之，則知其非天地之仁氣，乃天地之義氣也。既為天地之義氣，則生養非其心，而肅殺乃其心也。**天之於物，春生秋實。**◯金聖歎：再賦秋。◯林雲銘：殺之所以成實。◯吳楚材：「實」字含「既老」、「過盛」意。◯過珙：謂天地之肅殺，非不仁於物也。蓋天地之生物，有生有實，生則春主之，實則秋主之。秋不殺何以成其實哉？◯余誠：此間暗藏轉折，筆力老橫絕倫。**故其在樂也，商聲主西方之音，**◯吳楚材：商聲屬金，故主西方之音。◯浦起龍：樂音又映「聲」字。◯唐德宜：五音商為秋聲。**〈夷則〉為七月之律。**◯《禮記．月令》：「孟秋之月，……其音商，律中〈夷則〉。」◯吳楚材：〈夷則〉，七月律名。**商，傷也，物既老而悲傷；夷，戮也，物過盛而當殺。**◯金聖歎：再賦秋。看其帶賦帶注，帶注又帶賦。◯林雲銘：四句解上文命名之義。◯此段根「摧敗零落」句來，言摧敗零落之氣乃天地之義氣，專主於肅殺者。然天亦非不仁於物，揆之於理，蓋有出於不得不然者。又自秋聲中，推言其所以然。◯吳楚材：注四句。◯此段又細寫秋之爲義，洗刷無餘，下乃從秋暢發「悲哉」意。◯過珙：謂天地之肅殺，非不仁也。揆之於理，蓋有不得不然者。即以至和之樂論之，樂亦有秋焉。秋曰素商，應西方金行之氣，而商聲則主西方之音。樂亦有律，〈月令〉：「孟秋之月，律中〈夷則〉。」而〈夷則〉則爲七月之律。所謂「商之義」何義？蓋言傷也，若謂「物既老而悲傷」。「夷之義」何義？蓋言其戮也，若謂「物過盛而當殺」。秋之義如此，則一氣之餘烈不爲過矣。◯余誠：看他帶賦帶注，帶注又帶賦，真筆無停機。◯唐德宜：四句解上文命名之義。◯秋主肅殺，故其聲之感人及物者如此。

嗟乎！草木無情，有時飄零。人爲動物，惟物之靈。◯茅坤：入人身上纔妙。◯金聖歎：此段始是作賦正意。言草木無情，尚飄零，何況人有情，又能永年。◯吳楚材：四句起下數層，是作賦本意。◯過珙：說到聽秋聲身上去，始是作賦正意。◯浦起龍：從物卸人，卻將秋聲拋過。◯余誠：此一段從物之摧敗零落，轉入人身上以發慨，是作賦本意。◯王基倫：寫秋聲實物之景，常用實字、奇字、重字，轉入人身，則用輕虛字。蓋意態舒緩，試圖解開心結。**百憂感其心，萬事勞其形。**◯唐德宜：感慨悽惻。**有動於中，必搖其精，**◯金聖歎：此是人所宜憂，萬不能免者。◯吳楚材：人之秋，非一時也。◯過珙：秋聲固以肅殺爲心，然秋之肅有時，而人之憂勞無已。試思草之與木無情者也，既無所憂，亦無所勞，尚有時不及秋而飄零，況人爲動物，乃萬物中之最靈而有情者，情之所鍾，遂至百憂感於其心，萬事勞乎其形，形既勞乎外，心又動於中，則其精神未有不搖動者，此是人所宜憂，萬不能免者。◯唐德宜：心有所役，則精神內搖。**而況思其力之所不**

及，◯樓昉：自淺而深。**憂其智之所不能，**◯金聖歎：此是人所不必憂，而故自犯者。◯吳楚材：人或有時非秋，而又欲故自尋秋也。◯過珙：形勞精搖，此皆力與智累之也。若力之所不及，則量力而止，猶可留餘；若智之所不能，則盡智而息，尚不過傷。而況力有所不及，則思及之；智有所不能，則思能之也。◯秦躍龍：切中膏肓。◯唐德宜：且欲過爲非分之求。**宜其渥然**（潤澤貌）**丹者爲槁木，**◯林雲銘：顏色榮而變枯。**黝然黑者爲星星**（髮斑白）。[2]◯金聖歎：此賦之所以作也。◯林雲銘：鬚髮黑而變白。◯吳楚材：朱顏忽而變枯，黑髮忽而變白，猶草木之綠縟而色變，蔥蘢而葉脫也。◯過珙：言人之憂戚，自少至老，猶物之受變，自春而秋，凜乎悲秋之意，溢於言表。◯余誠：二句應上「豐草」四句。**奈何以非金石之質，欲與草木而爭榮？**◯樓昉：發明尤佳。◯林雲銘：思其不及，憂其不能，總是爲名爲利，誇榮於世，如草木之綠縟蔥蘢時耳。獨不思身非金石，遇戕賊而必壞，盡心竭智，何以堪此耶？◯吳楚材：若欲任其憂思，必此身爲金石而後可也。奈何非金非石，而欲與草木爭一日之榮乎？◯余誠：又應上「草木」。**念誰爲之戕賊，亦何恨乎秋聲！」**◯金聖歎：識世不必憂，而故自憂人。◯林雲銘：槁木、星星乃自爲戕賊所致耳。◯此段自物之摧敗零落處，轉入人身上來，言人自壯而老，猶草木自榮而枯，但草木本無情之物，時至而後飄零，人則憂思日積，自爲戕賊，無時非秋，宜其老之速也。是作賦本意也。◯吳楚材：念此槁木、星星，乃憂思所致，是自爲戕賊耳，亦何恨乎天地自有之秋聲哉？◯結出悲秋正旨。◯過珙：此說世不必憂，而故自憂，是作賦本意。◯余誠：子夜鐘聲，仍以秋聲煞住。◯唐德宜：憂心妄想，皆自爲戕賊。◯從感惻中轉出悟境。

童子莫對，◯樓昉：應前。◯余誠：此一段以秋夜寂寞之況應前作結，言有盡而意無窮。◯唐德宜：應轉童子。垂頭而睡。但聞四壁蟲聲唧唧，◯樓昉：此轉尤佳。如助余之歎息。◯金聖歎：妙，妙。於大聲外，更添一小聲，臨了又作波。◯林雲銘：結出秋夜寂寞之況，言有盡而意無窮。◯吳楚材：又於秋聲中添出一聲，作餘波。◯過珙：此賦秋聲之肅殺，而傷憂勞之肅殺過於秋聲，歎息何時能已。童子莫對而睡，寂寥甚矣，忽又有蟲聲之唧唧，耳中仍是秋聲，若助予之歎息，能無感乎！◯浦起龍：即以撇筆兜繳秋聲，敏而活，并兜童子，有遺音者矣。

【彙評】

〔宋〕李之儀：近時歐陽文忠公〈秋聲〉乃規摹李白，其實則與劉夢得、杜牧之相先後者。（《姑溪居士集》卷三十一）

〔宋〕樓昉：模寫之工，轉折之妙，悲壯頓挫，無一字塵涴。（《崇文古訣》卷十八）

〔宋〕黃震：〈蟬聲賦〉、〈秋聲賦〉之脫灑，……皆當成誦。（《黃氏日鈔》卷六十一）

〔元〕劉壎：歐陽公〈秋聲賦〉清麗激壯，摹寫天時，曲盡其妙。（《隱居通議》卷五）

2 黝，一作「黟」，音一，黑色。

〔元〕祝堯：此等賦實自〈卜居〉、〈漁父篇〉來，迨宋玉賦〈風〉與〈大言〉、〈小言〉等，其體遂盛，然賦之本體猶存。及子雲〈長楊〉，純用議論說理，遂失賦本矣。歐公專以此爲宗，其賦全是文體，以掃積代俳律之弊，然於三百五篇吟咏情性之流風遠矣。《後山談叢》云：「歐陽永叔不能賦。」其謂不能者，不能進士律賦爾，抑不能〈風〉所謂賦耶？（《古賦辨體》卷八）

〔明〕歸有光：形容物狀，摹寫變態，末歸於人生憂感，與時俱變，使人讀之，有悲秋之意。（《古文翼》卷七引）

〔明〕茅坤：蕭瑟可誦，雖不及漢之雅，而詞緻清亮。（《唐宋八大家文鈔·歐陽文忠公文抄》卷三十二）

〔明〕王世貞：孫巨源〈秋怨辭〉云：「黃葉無風自落，秋雲不雨常陰。天若有情天亦老，搖搖憂恨難禁。惆悵舊歡如夢，覺來無處追尋。」大略即此段意。古今以爲奇絕，可以參觀。（過珙《古文評註全集》卷十引）

〔清〕金聖歎：賦每傷於俳麗。如此又簡峭，又精練，又徑直，又波折，眞是後學作文之點金神丹也。（《天下才子必讀書》卷十三）

〔清〕林雲銘：總是悲秋一意。初言聲，再言秋，復自秋推出聲來，又自聲推出所以來之故，見得天地本有自來之運，爲生爲殺，其勢不得不出於此，非有心於戕物也。但念物本無情，其摧敗零落，一聽諸時之自至，而人日以無窮之憂思，營營名利，競圖一時之榮，而不知中動精搖，自速其老。是物之飄零者，在目前有聲之秋；人之戕賊者，在意中無聲之秋也，尤堪悲矣！篇中感慨處，帶出警悟，自是神品。（《古文析義》初編卷五）

〔清〕吳蔚起：〈秋聲〉、〈赤壁〉，宋賦之極有名者，而〈赤壁〉尤飄飄欲仙。（《唐宋十大家全集錄．六一居士全集錄》卷一引）

〔清〕儲欣：賦之變調，別有文情。◯賦至宋幾亡矣，此文殊有深致。（《唐宋十大家全集錄．六一居士全集錄》卷一）

〔清〕何焯：雖非楚人之辭，然於體物自工。至後乃推論人事，初非純用議論也。譏之者只是不識，公於文章，變而不失其正耳。（《義門讀書記》卷三十九）

〔清〕吳楚材、吳調侯：秋聲，無形者也，卻寫得形色宛然，變態百出。末歸於人之憂勞，自少至老，猶物之受變；自春而秋，凜乎悲秋之意，溢於言表。結尾「蟲聲唧唧」，亦是從聲上發揮，絕妙點綴。（《古文觀止》卷十）

〔清〕過珙：秋聲本無可寫，卻借其色、其容、其氣、其意，引出其聲，一種感慨蒼涼之致，悽然欲絕。末歸到感心勞形，自爲戕賊，無時非秋，眞令人不堪回首。（《古文評註全集》卷十）

〔清〕孫琮：作賦本意只是自傷衰老，故有動於中，不覺聞聲感歎。一起先作一番虛寫，第二段方作一番實寫，一虛一實已寫盡秋聲。第三段止說秋之爲義岀以肅殺，引起第四段自傷衰老爲一篇主意。結尾「蟲聲唧唧」，亦是從聲上發揮，絕妙點綴。讀前幅，寫秋聲之大，眞如狂風怒濤，令人怖恐；讀末幅，寫蟲聲之小，眞如嫠婦夜泣，令人慘傷：一個「聲」字寫作兩番筆墨，便是兩番神境。（《山曉閣選古文全集》卷四）

〔清〕浦起龍：古不如漢，麗不如唐，超解亦讓後來坡老，而其機法之楚楚，可以津逮幼學。（《古文眉詮》卷六十二）

〔清〕余誠：借景言情，不徒以賦物爲工。而感慨悲涼中，寓警悟意，洵堪令人猛省。○通篇凡十四易韻。（《重訂古文釋義新編》卷八）

〔清〕謝立夫：尋其意趣，亦本宋玉〈九辯〉，其氣韻秀出處，時復相過，而議論感慨，則歐公本色也。（《古文翼》卷七引）

〔清〕黃仁黼：《文心雕龍》曰：「賦也者，受命於詩人，拓宇於《楚辭》也。」嘗考古今篇什，秋意最甚，莫如楚辭》。夫《楚辭》者，創於屈原，而述於宋玉。其纏綿惻怛之意，悉本詩人忠厚之遺，故〈離騷〉之悲，隱而不露；〈九辯〉之憫，感而遂通。古人託物言情，無論目睹心思，所以興悲，其致一也。先生感光陰之荏苒，歎時事之已非，一旦觸景攄懷，聞聲致慨，其蕭瑟之情，固同〈九辯〉，而悲傷之隱，實類〈離騷〉，亦何怪嗣響《楚辭》，而繼美詩人也哉！（《古文筆法百篇》卷十五）

〔民國〕唐文治：自天保、大明諸詩，以陽庚韻與入聲韻間用，退之用之作〈張徹墓銘〉，永叔用之作〈秋聲賦〉，而皆間一句以成韻，音節之妙，乃繹如以成。古人三昧法全在於此，學者切宜熟讀注意。（《國文經緯貫通大義》卷八）

〔民國〕謝无量：宋以來爲賦，有不徒在賦景寫物，而特寓其蒼涼感慨之意，讀之悠然有不盡之情。說者謂出於宋玉，及晉人賦體之有遠致者，然其氣味，固猶爲獨創者也。今錄歐陽永叔、蘇子瞻二首，略見其例。（《實用文章義法》卷下）

〔民國〕黃公渚：賦爲風雅變體，取工駢儷，古文家罕所沿襲，《居士集》亦不多見。〇〈秋聲賦〉描寫精靈，末以人世憂勞致慨，於悲秋中寓警悟之意，可謂神品。（《歐陽永叔文》敘）

延伸思考

1. 聲音是不具體的存在，但是又不能充耳不聞。那麼描摹聲音，當注意哪些要件？
2. 歐陽脩到底能不能賦？前人爭辯這個問題的結論是什麼？
3. 〈秋聲賦〉的韻腳字有哪些？不同韻部的韻腳字是否帶出不同的聲音效果？

集古錄目序

【題解】

本文選自《歐陽文忠公文集》卷四十一，《居士集》卷四十一，又見於同書卷一三四，《集古錄跋尾》卷首。

物常聚於所好，◯虞集：第一節，正說。◯孫琮：陡然起得有意致。**而常得於有力之彊。**◯林雲銘：購之有資，求之能勤，皆爲之彊力。◯「聚」字、「好」字，是一篇主腦。◯儲欣：挺特攝全篇，是何等起法。**有力而不好，**◯虞集：第二節，反說。◯儲欣：接法。**好之而無力，**◯虞集：「好」、「力」二字主意。**雖近且易，有不能致之。**◯虞集：此第一段，泛說主意。凡二節。◯林雲銘：反說襯上文。◯已上伏下兩大段。◯儲欣：意鍊語鍊，即定一篇之局。◯孫琮：一正一反，立通篇主意。◯秦躍龍：「好」與「力」並提，定一篇之局。◯王文濡：籠罩下意，言簡而賅。

象犀虎豹，〇虞集：第一節，借虎豹犀象說。〇孫琮：承寫好而有力則聚。蠻夷山海殺人之獸，然其齒角皮革，可聚而有也。〇林雲銘：取之獸者，不可合下文，故另點。〇孫琮：「聚」字一應。〇賴襄：於無用處著精采，是文章家手段。玉出崑崙流沙萬里之外，〇虞集：第二節，借金玉珠璣說。〇遠。經十餘譯乃至乎中國。〇林雲銘：一。珠出南海，常生深淵，採者腰絙（大繩）而入水，形色非人，往往不出，則下飽蛟魚。〇林雲銘：二。金礦於山，鑿深而穴遠，〇沈德潛：金在石中也。篝火（以籠覆火）餱（乾糧）糧而後進，其崖崩窟塞，則遂葬於其中者，率常數十百人。〇林雲銘：三。其遠且難而又多死，禍常如此。〇虞集：總上文金、玉、珠三事「遠且難」，應上文「近且易」。〇孫琮：對「近且易」句。〇王文濡：一段陪襯。然而金玉珠璣，世常兼聚而有也。〇林雲銘：取之山水者，三物合點，故用一「兼」字。〇孫琮：「聚」字二應。凡物好之而有力，〇虞集：第三節，出主意字，結上文。則無不至也。〇虞集：此第二段，借形容主好之，而物聚一股。凡三節。〇林雲銘：收上「物常聚於所好」二句。〇沈德潛：申明聚於所好。

湯盤、〇虞集：第一節，序本題金石遺文。孔鼎、岐陽之鼓，〇孫琮：承寫不好不力則散，且爲《集古錄》作一影。岱山、鄒嶧、會稽之刻石，與夫漢、魏已來聖君賢士桓碑（表雙立爲桓，碑雙立亦曰桓）、彝器（常器）、銘詩、序記，下至古文、籀篆、分隸諸家之字書，皆三代以來至寶，怪奇偉麗，工妙可喜之物。〇王文濡：漸漸引入本題。其去人不遠，其取之無禍。◯孫琮：一一應前，竟是兩扇文章。◯沈德潛：與前關照。◯賴襄：至此知前面無用語皆有用。然而風霜兵火，◯虞集：第二節，言有力而不好。湮淪磨滅，散棄於山崖墟莽之間未嘗收拾者，由世之好者少也。幸而有好之者，◯虞集：第三節，說好之無力。又其力或不足，故僅得其一二而不能使其聚也。◯虞集：此第三段，上本題，說有力而不好，好之而無力。凡三節。◯林雲銘：收上「有力而不好」四句。◯孫琮：「聚」字三應。◯沈德潛：申明「不好」及「無力」二層。

夫力莫如好，◯虞集：第一節，說己之好。好莫如一。◯儲欣：又添「一」字，爲自己占步。◯孫琮：以下言集古正是能好能力。予性顓（通「專」）而嗜古，凡世人之所貪者，皆無欲於其間，◯虞集：指上文金石之類。◯林雲銘：象犀金玉之類。故得一其所好於斯，好之已篤，則力雖未足，猶能致之。◯虞集：公不欲誇其有力，故爲是說。◯林雲銘：敘所以得集古之故。◯「好」可以自言，而「力」不可以自居，承上「好」與「力」二字，而低昂出之，極得法。◯儲欣：好回護。◯沈德潛：力豈易足？故用斡旋。◯賴襄：「力雖未足」一語，不費力，絕妙。◯王文濡：所好而爲所有，亦足自豪。故上自周穆王以來，◯虞集：第二節，說聚物而爲録古。◯孫琮：實敘次第詳括。下更秦、漢、隋、唐、五代，◯虞集：暗說遠，與上文相應。外至四海九州，名山大澤，窮崖絕谷，荒林破塚，神仙鬼物，詭怪所傳，莫不皆有，以爲《集古錄》。◯林雲銘：敘所得古來之物數。以謂轉寫失真，◯虞集：第三節，說錄無次第。故因其石本，軸而藏之。有卷帙次第，而無時世之先後，蓋其取多而未已，故隨其所得而錄之。○林雲銘：敘既得之後，所藏、所錄之法。又以謂聚多而終必散，○虞集：第四節，說自序。○孫琮：「聚」字四應。乃撮其大要，別爲錄目，因并載夫可與史傳正其闕謬者，以傳後學，庶益於多聞。○虞集：此第四段，承上文說己獨好而能聚。凡四節。○林雲銘：敘所以別爲錄目之意。○沈德潛：游藝中自有學問，不然一收藏家耳。○王文濡：《集古錄》之所由作，亦且有益後學。

或譏予曰：○虞集：第一節，設問。○孫琮：餘波。「物多則其勢難聚，聚久而無不散，何必區區於是哉？」予對曰：○虞集：第二節，答。「足吾所好，玩而老焉可也。○孫琮：達人曠識。象犀金玉之聚，其能果不散乎？○儲欣：妙。○妙絕。○迴挽聚散，意更深遠。予固未能以此而易彼也。」○虞集：此指金石遺文，彼指象犀珠玉。意與〈菱溪石記〉末意相同，皆是不欲人取去此取，說得不覺。○林雲銘：臨了把「聚」字生出「散」字，作一波倒捲上文，不但照管篇首象犀等物，即中間「世人所貪皆無欲」句，脈絡俱動。古人運思之巧與夫筆力之大，皆非後人思議得來。○沈德潛：達人曠觀。○賴襄：末尾常山蛇勢。○王文濡：回抱上文，一筆不漏。廬陵歐陽脩序。○虞集：此第五段，說餘意。凡二節。

【彙評】

〔清〕林雲銘：把一個「好」字、一個「聚」字，繚繞盤旋到底，如走盤之珠，圓轉不窮。中說出「三代以來至寶」等語，見得此寶當好當聚，象、犀、金玉一段，乃罵盡一世人；湯盤、孔鼎一段，乃笑盡一世人也。惟無欲於世人之所以貪，方能一其好，方能致其聚，自占地位最高。或謂首段客意太煩，不知下面敘出許多古物，不拉拉雜雜說起，如何襯得來，妙正在此。（《古文析義》二編卷七）

〔清〕儲欣：章法最簡嚴。東坡爲王晉卿記，[1]與公所見似殊，然讀公結語，又爽然快意，可以警世之瞶瞶者。（《唐宋八大家類選》卷十一）

〔清〕儲欣：不寶象犀金玉，而寶古來文字之傳，公所自喜在此。其寓意轉在客面。（《唐宋十大家全集錄·六一居士全集錄》卷五）

〔清〕孫琮：「好而有力」四字，是一篇眼目。起處一正一反，主意已盡，下「象犀金珠」一段，申明好而有力，物便易得，亦是正說。「湯盤周鼎」一段，申明不好不力，物便易散，亦是反說。後幅以能好能力，以見《集古錄》之所由作。只此四字，波瀾層出不窮。（《山曉閣選古文全集》卷二十三）

1 爲王晉卿記，指蘇軾〈寶繪堂記〉一文，《蘇軾文集》卷十一。王晉卿，北宋藏書家，好書畫。

〔清〕沈德潛：前說天下無難聚之物，後說天下無不散之物，好古之識與達人之見，並行不悖。

○〈蘭亭〉殉葬，殊爲至情。及讀結意，又爽然自失矣。（《增評八大家文讀本》卷十一）

〔清〕秦躍龍：所好專一之中，仍復曠達。蓋物之聚者終必散，尤悔庵嘗云：[2]「藏書一癡」，信不誣也。（《唐宋八大家文選》卷十二〈歐陽廬陵文三〉）

〔清〕姚範：公嘗自跋此序，謂「謝希深善評文章，尹師魯辨論精博，余每有所作，伸紙疾讀，便得深意。以示他人，亦或有所稱，皆非予所自得。此序之作，惜無謝、尹知音」云云。余謂公此文，前幅近於瑰放莽蒼，故自憙耳。要之，公筆力有近弱處，故於所當馳驟回斡處，終未快意。（《評註古文辭類纂》卷八引）

〔清〕吳氏：朱子〈題歐公金石錄序〉眞迹云：「集錄金石，於古初無，蓋自文忠公始。」（《評註古文辭類纂》卷八引）

延伸思考

1. 歐陽脩喜好搜集古董文物，他的心態與當世喜好搜集古董文物者，有何異同？
2. 歐陽脩搜集文物的過程中，曾經得到哪些人的幫助？一般人想到的幫助都來自物質層面，確實也有；是否也可以思索：來自精神層面的幫助可能性有哪些？
3. 文章中的「脈絡俱動」，正與文評家「常山蛇勢」的說法相近。試檢索「常山蛇勢」的定義，並說明在本文中如何呈現？

2 尤侗（一六一八～一七〇四），號悔庵，明末清初詩人、劇作家，著有《鶴棲堂集》、《西堂全集》。

相州晝錦堂記

【題解】

本文選自《歐陽文忠公文集》卷四十，《居士集》卷四十。

韓琦，字稚圭，相（ㄒㄧㄤˋ）州人。仁宗朝封魏國公，後罷相，出鎮長安。或獻以詩云：「是非莫問門前客，得失須憑塞上翁。引取碧油紅粉去，鄴王臺上醉春風。」此詩蓋勸其辭分陝之重，而爲晝錦之榮。公以爲然，即請守相州，仁宗至和年間，作晝錦堂，而歐公爲之記。相州，古鄴城，屬河北西路，明、清時期地名彰德府安陽縣。

韓琦《安陽集》卷二有〈晝錦堂〉詩：「古人之富貴，貴歸本郡縣。譬若衣錦遊，白晝自光絢。不則如夜行，雖麗胡由見？事累載方冊，今復著俚諺。或紆太守章，或擁使者傳。歌樵忘故窮，滌器掩前賤。所得快恩仇，愛惡任驕狷。其志止於此，士固不足羨。茲予來舊邦，意弗在矜衒。以疾而量力，懼莫稱方面。……公餘新此堂，夫豈事飲燕？亦非張美名，輕薄詫紳弁。重祿許安閒，顧已常兢戰。庶一視題榜，則念報主眷。汝報能何爲，進道確無倦。忠義聳大節，匪石烏可轉？雖前有鼎鑊，死耳誓不變。丹誠難悉陳，感泣對筆硯。」仕宦致仕，勅命衣錦還鄉，謂晝錦。人常以爲榮。

歐陽脩〈與韓忠獻王稚圭〉（治平三年）云：「昨日辱以〈相臺園池記〉爲貺，俾得拭目辭翰之雄，粲然如見眾制高下映發之麗，而樂然如與都人士女遊嬉於其間也。榮幸，榮幸！晝錦書刻精好，但以衰退之文不稱爲慚，而又以得託名於後爲幸也。」參見《歐陽文忠公集．書簡》卷一。

仕宦而至將相，◯虞集：第一節，泛言人以富貴歸鄉爲榮。**富貴而歸故鄉，**◯范公偁《過庭錄》：韓魏公在相，曾乞〈晝錦堂記〉於歐公，云：「仕宦至將相，富貴歸故鄉。」韓公得之愛賞。後數日，歐復遣介別以本至，云：「前有未是，可換此本。」韓再三玩之，無異前者，但於「仕宦」、「富貴」下，各添一「而」字，文義尤暢。◯王基倫：二句如千軍萬馬，非淡淡寫來。**此人情之所榮，**◯過珙：以「榮」字立案，樹通篇骨子。**而今昔之所同也。**◯唐庚《唐子西文錄》：凡爲文，上句重，下句輕，則或爲上句壓倒。〈晝錦堂記〉云：「仕宦而至將相，富貴而歸故鄉。」下云：「此人情之所榮，而今昔之所同也。」非此兩句，莫能承上句。◯歸有光：一篇大意。◯林雲銘：晝錦人皆以爲榮。◯儲欣：著題。◯吳楚材：富貴歸故鄉，猶當晝而錦，何榮如之？《史記．項羽本紀》：「富貴不歸故鄉，如衣繡夜行，誰知之者？」晝錦之說本此。◯孫琮：「人情」二語，一篇大意。◯謝无量：下句載上句。**蓋士方窮時，**◯虞集：第二節，方詳說士方窮時，爲鄉人所侮，及其富貴，以歸鄉爲榮。困阨閭里，庸人孺子，皆得易而侮之。◯歸有光：敘晝錦之所以爲榮，由於久窮，而忽得志，反擊下意。◯孫琮：首段先將世俗之榮，形起於前。若季子不禮於其嫂，◯吳楚材：蘇秦，字季子，説秦，大困而歸，嫂不爲炊。◯過珙：蘇秦，周朝戰國時人。説秦惠王不用，金盡裘敝，去秦而歸，嫂不爲之炊。買臣見棄於其妻。◯樓昉：舉其親者則疎者可知。◯吳楚材：朱買臣家貧，採薪自給。妻羞之，求去。買臣笑曰：「待君富貴當報汝。」妻怒曰：「從君終餓死。」買臣不能留，即去。◯過珙：朱買臣，字翁子，會稽人。漢武帝時，家貧，採薪以給養。妻羞之，求去。買臣笑曰：「汝苦日久，待吾富貴，當報汝功。」妻怒曰：「如公第當餓死溝中矣。」買臣不能留，即去。◯余誠：借蘇秦、買臣事影出晝錦，最工妙。一旦高車駟馬，◯虞集：謂之即重明輕。旗旄（ㄇㄠˊ）導前，◯過珙：雉尾著竿頭，而有鈴者曰旗，旄亦旗屬。◯敘二子之榮，引出衣錦之由。而騎卒擁後，夾道之人，相與駢肩累迹，◯過珙：駢肩，並肩也。累迹，足迹之多也。瞻望咨嗟；◯虞集：此皆形容富貴之時，人皆畏服之狀，以見其榮。◯余誠：將人情所榮處極力摹寫，淋漓盡致。而所謂庸夫愚婦者，奔走駭汗，◯過珙：奔走恐其不前，駭汗憂其記恨。◯余誠：應上「皆得易」句，伏下「不意」句。羞愧俯伏，以自悔罪於車塵馬足之間。◯吳楚材：歷數世態炎涼，何等痛切。◯過珙：只此兩句，收拾前面許多意思以入題目。◯若季子、買臣，則又見侮之尤者，一旦得志，其誇耀愈雄，而旁觀者之惴駭愈甚。悔，謂追悔往日玩侮之罪於車馬之前也。此一介之士，◯余誠：東得精神。得志於當時，◯虞集：終篇以「志」爲主，昔人志卑，而韓公志大。

◯余誠：「志」字是一篇之骨。**而意氣之盛，昔人比之衣（一ˋ）錦之榮者也。**◯虞集：此第一段，言以富貴歸故鄉爲榮者，窮士之所爲。凡二節。◯林雲銘：敘晝錦之所以爲榮，由於久窮而忽得志，反擊下意。◯吳楚材：數句收拾前文，振起下意。◯孫琮：收拾前面，以入正題。◯余誠：「榮」字一應。◯敘出晝錦。◯王基倫：虛寫。想像其畫面，生動而有力量，內含戲謔夸飾之詞。

惟大丞相衛國公則不然。◯樓昉：前面意思本自淺陋，得此一句斡轉。◯虞集：第一節，說韓公之富貴，非出於人之所不意。◯林雲銘：轉入韓公。◯吳楚材：一句撇過上文。◯余誠：此一段言富貴皆公所固有，非窮而後通者可比。**公，相人也，**◯樓昉：先著此一句。◯林雲銘：相州是公故鄉。◯吳楚材：伏句。**世有令德，爲時名卿。**◯歸有光：非一介之士。◯過珙：名卿，謂其祖父爲公卿而顯名者，以見非一介之士。◯余誠：讀此自知季子買臣輩，恰好作公之反襯。**自公少時，已擢高科，登顯仕，**◯歸有光：未經困阨。**海內之士，聞下風而望餘光者，蓋亦有年矣。**◯歸有光：未受庸夫愚婦之侮。**所謂將相而富貴，**◯歸有光：應起二句。**皆公所宜素有，**◯樓昉：回護。**非如窮阨之人，**◯過珙：指買臣、季子之流。◯余誠：緊跟前段作收束。**僥倖得志於一時，**◯虞集：照前「志」字。**出於庸夫愚婦之不意，以驚駭而夸耀之也。**◯歸有光：把世人所謂晝錦之榮，一總撇開，方可倒入韓公所以爲榮處。◯吳楚材：翻季子、買臣一段。**然則高牙大纛（ㄉㄠˋ），**◯虞集：第二節，言韓公不以富貴爲榮。◯余誠：此一段言公不以人情之所榮者爲榮，而自有其所以爲榮者。**不足爲公榮；**◯歸有光：牙，車輪輻牙；

纛，車上羽葆幢。◯過珙：高牙，將軍之旗。纛，大將出兵，令旗上之羽葆也。今行軍必先祭其纛神，即是此。羽葆，合聚五采羽爲旗者。◯孫琮：文氣開拓。◯余誠：「榮」字再應。桓圭袞冕，◯歸有光：三公所執所服。◯吳楚材：桓圭，三公所執；袞冕，三公所服。不足爲公貴。惟德被生民而功施社稷，◯虞集：第三節，言韓公之榮不在富貴。◯歸有光：非一鄉。◯過珙：德廣功崇，名傳不朽，則非一鄉可知。◯孫琮：數句伏後段之案。勒之金石，播之聲詩，以耀後世而垂無窮，◯歸有光：非一時。◯此韓公所以爲榮者。◯過珙：勒，刻也。金，鐘鼎之屬；石，碑記也。聲詩，乃歌功頌德之詞。「聲詩」二句，伏下「刻詩於石」及「銘彝鼎，被絃歌」等語。此公之志，◯歸有光：「志」字，篇中眼目。◯余誠：「志」字再應。而士亦以此望於公也，豈止夸一時而榮一鄉哉！◯虞集：反語。◯此第二段，說韓公富貴與窮士不同。凡三節。◯林雲銘：此韓公所以爲榮者。◯吳楚材：此又道公平生之志，以見異於季子、買臣處。◯過珙：「志」字是篇中眼目，凡三見，見公之志不在榮也。◯孫琮：以上道公平生之志，見其異於人處。◯余誠：「榮」字三應。

公在至和中，◯虞集：第一節。◯歸有光：方入作堂。◯余誠：此一段正記公之作堂，見其不以富貴爲榮，而其所謂榮者在邦家，不在閭裡也。嘗以武康（宋節鎮名）之節（總兵之符節）來治於相，◯虞集：「相」字照前。◯林雲銘：以武康節度來知相州，爲歸故鄉。乃作晝錦之堂於後圃。◯歸有光：點出本題。◯唐德宜：項羽曰：「富貴不歸故鄉，如衣繡夜行。」今公爲將相而歸故鄉，故反而名之曰「晝錦」。既又刻詩於石，以遺（ㄨㄟˋ）相人。其言以快恩讎、矜

名譽爲可薄，◯孫琮：本色中證。**蓋不以昔人所夸者爲榮，**◯余誠：回應篇首。◯「榮」字四應。**而以爲戒。**◯樓昉：丞相之見卻如此。◯歸有光：就公詩中之詞，見其平日之志，不以富貴爲榮。◯儲欣：駁題。◯吳楚材：就詩中之言，見其輕富貴而不以晝錦爲榮，爲韓公解釋最透。◯過珙：就詩中之言，見昔日季子、買臣之所誇者，公不以爲榮，而反以爲戒，爲公解釋最透。**於此見公之視富貴爲何如，而其志豈易量哉！**◯虞集：收「志」字。◯此第三段，言韓公以「晝錦」名，非以爲榮，而以爲戒也。凡一節。◯過珙：就公詩中之詞，見其平日之志，原不在恩譽等意，令人頌之，愈可想見其志量不在富貴，而在功德矣。◯余誠：「志」字三應。**故能出入將相，**◯虞集：第一節。◯吳楚材：公先經略西夏，後同平章事。**勤勞王家，而夷險一節。**◯吳楚材：夷，平時。險，處難。一節，謂一致也。◯過珙：魏公先時經略西夏，後平章事，是能勤勞王家也。夷險一節，謂不以安危而易其節操也。**至於臨大事，**◯虞集：第二節。**決大議，垂紳正笏**（ㄏㄨˋ），◯過珙：笏，手版也。朝臣所執，有事啓奏，則書其上以備忽忘。**不動聲氣，而措天下於泰山之安，**◯樓昉：語壯。◯歸有光：是其志之有成處。◯余誠：數語形容得最好，直道出魏公全副本領。**可謂社稷之臣矣！**◯吳楚材：公在諫垣，前後凡七十餘疏。及爲相，勸上早定皇嗣，以安天下。故曰：「臨大事」云云。◯此段所稱皆是實事。初無溢美。◯過珙：魏公嘗知平章事，勸仁宗早定皇嗣，以安天下，此非社稷之臣而能乎？大凡應大變、處大事者，需靜定凝重，如周公之赤舄几几是也。漢武帝因不移步識霍光，因不轉盼識金日磾，亦是窺見他靜定凝重處，故逆知其所以託孤寄命，魏韓公之凝重亦類此。歐陽公所謂「垂紳正笏，不動聲色，而措天下於泰山之安」，形容得最好。◯上只言魏公志不在富貴，而在功德，此正言其功德之實。◯余誠：應「功施社稷」。◯唐德宜：謂立英宗。**其豐功盛烈，**◯虞集：第三節。**所以銘彝鼎而被弦歌者，**◯歸有光：彝，《周禮注》：宗廟祭器。《尚書》：虎、蜼二尊也，所以盛爵鬯者。鼎，三足兩耳，和五味之寶器。三代時，人臣有功德，必銘於彝鼎。◯吳楚材：應前「勒金石，播聲詩」二句。◯過珙：三代時，人臣有功德，必銘於彝鼎，奏諸樂章，所以酬功。**乃邦家之光，非閭里之榮也。**◯樓昉：占地步。◯虞集：此第四段，言韓公功業非特榮其鄉。凡三節，只一意。◯歸有光：功在天下，可以傳之後世。其爲榮，原不在歸鄉與不歸鄉。◯林雲銘：如此收束，方結得本題住，且稱得韓魏公本領。◯儲欣：結穴。◯吳楚材：一篇結穴只二語，筆力千鈞。◯秦躍龍：結筆竟將起筆掃卻。◯余誠：「榮」字五應。作結。

余雖不獲登公之堂，◯余誠：此一段自敘所以作記之意。**幸嘗竊誦公之詩，**◯余誠：應「刻石」。**樂公之志有成，**◯余誠：「志」字四應作結。◯過珙：堂之華美壯麗，皆不必敘，而特取其作堂之意而言之，其意之見於石刻之詩者可誦之，而知其異於恆情也。**而喜爲天下道也。**◯虞集：天下形一鄉。◯過珙：公有其志，而卒能成之，天下所不及知也。吾樂其志而喜爲傳道。◯余誠：結得有體。**於是乎書。**◯虞集：此第五段，言作意。◯林雲銘：自敘所以作記之意。**尚書吏部侍郎、參知政事歐陽脩記。**

【彙評】

〔宋〕張表臣：〈晝錦堂記〉議論似〈盤谷序〉。（《珊瑚鉤詩話》卷一）

〔宋〕朱弁：歐陽文忠公作〈晝錦堂記〉成，以示晁美叔祕監，云：「垂紳正笏，不動聲色，措天下於泰山之安。如此，予所親見，故實記其事，無一字溢美。」於斯時也，他人皆惴慄流汗，不能措一詞；公獨閒暇如安平無事，眞不可及也。（《曲洧舊聞》卷八）

〔宋〕陳善：「仕宦而至將相，富貴而歸故鄉」，此歐公〈晝錦堂記〉第一句也。其後，東坡作〈韓文公廟碑〉，其破題云「匹夫而爲百世師，一言而爲天下法。」語句之工，便不減前作，議者謂歐語工於敘富貴，坡語工於說道義。蓋此二句皆即其人而紀其事，已道盡二人平生事實如此，自非筆端有力，哪能至是？（《捫蝨新話》下集卷一）

〔宋〕黃震：載韓公大節，出晝錦之榮之外。（《黃氏日鈔》卷六十一）

〔宋〕李塗：永叔〈晝錦堂記〉，全用韓稚圭〈晝錦堂〉詩意。（《文章精義》）

〔宋〕樓昉：文字委曲，善於形容。（《崇古文訣》卷十八）

〔元〕虞集：此篇是貶題中尊題。晝錦之說，始於項羽、朱買臣，其志卑陋不足道，當貶。韓公一世偉人，而以此名堂，不可貶。歐公卻謂：「以富貴歸故鄉爲榮者，窮士之所爲。韓公早貴，與窮士不同，其取『晝錦』名堂，蓋以古人之所爲者爲戒，若其功業之就，乃邦家之光，非閭里之榮也。」辭意奧妙，凡五段。（《文選心訣》）

〔明〕林次崖：[1]公立朝事業，薰人齒頰處甚多，篇中得「不足爲公榮」一段，方襯韓公素志，

而文勢峥嶸。（《山曉閣選古文全集》卷二十四引）

〔明〕歸有光：凡文章上句重，下句輕，或爲上句壓倒，須要上下相稱。此記起云：「仕宦而至將相，富貴而歸故鄉」，下即承以「此人情之所榮，而今昔之所同也。」子瞻〈六一居士集序〉起云：「夫言有大而非誇」者，下即承之以「達者信之，眾人疑焉。」非這樣語句，亦載不起，此妙處惟老手知之。（《文章指南》智集）

〔明〕茅坤：冶女之文，令人悅眼，而最得體處，在安頓魏國公上。以史遷之煙波，行宋人之格調。晝錦題本一俗見，而歐陽公卻於中尋出第一層議論發明，古之文章家，占地步如此。（《唐宋八大家文鈔・歐陽文忠公文抄》卷二十）

〔清〕林雲銘：「晝錦」之說，起於「富貴不歸故鄉，如衣繡夜行」二語，故以當晝而錦，指富貴歸鄉而言，蓋榮之也。韓魏公以相州人，於至和中，請以武康節度使來守相州。在魏公，榮君之恩，名其堂爲「晝錦」，雖覺貼切，其實魏公爲兩朝顧命、定策元勳，出入將相，功在社稷，其爲榮，原不在富貴不富貴、歸鄉不歸鄉也。作記者若單表平昔功業，又拋不下本題。是篇先就晝錦之榮翻起，倒入魏公之志，然後敘其平昔功業，以其榮歸之邦國。斡旋得體，文亦光明正大，與題相稱。（《古文析義》初編卷五）

---

1 林希元（一四八二～一五六六），號次崖，福建泉州人。明朝官員、學者，著有《古文類抄》、《程文繩尺》。

〔清〕儲欣：太近人矣。然其氣調員美，最利時文。（《唐宋十大家全集錄・六一居士全集錄》卷五）

〔清〕張伯行：以窮阨、得志者相形，見公超然出於富貴之上。因「晝錦」二字頗近俗，故爲之出脫如是。文旨淺而詞調敷腴，最爲人所愛好。（《唐宋八大家文鈔》卷六）

〔清〕何焯：題無深意，特高一層起論，施諸魏公，獨不爲誇。荊川云：「前一段依題說起，後乃歸之於正，此反題格也。」按反題卻愈切題，所以佳。（《義門讀書記》卷三十八）

〔清〕吳楚材、吳調侯：魏公、永叔，豈皆以晝錦爲榮者？起手便一筆撇開，以後俱從第一層立議，此古人高占地步處。按魏公爲相，永叔在翰林，人曰「天下文章，莫大於是」，即〈晝錦堂記〉。以永叔之藻采，著魏公之光烈，正所謂「天下莫大之文章」。（《古文觀止》卷十）

〔清〕過珙：題曰「晝錦」，卻反把晝錦之榮一筆掃開，此最是歐公善於避俗處。前後贊頌韓公，皆是實事，初無溢美。如此功德文章，正堪並傳不朽。（《古文評註全集》卷十）

〔清〕汪份：賴其後歸之於正耳。不然，便與今錦屏上文字無異，蓋其用筆殊無古健意。（《唐宋八大家文選》卷十一〈歐陽廬陵文二〉引）

〔清〕孫琮：「快恩讎、矜名譽」，庸俗之故態也。魏公功在社稷，澤被生民，志期遠大，自與一時爭榮寵者不同。此文入手將世情來與魏公相形，然後略敘作堂，就其詩中看出通篇主意，機神一片，議論風生，而不露矜張之迹。筆墨雍雅，且見深致。（《山曉閣選古文全

集》卷二十四）

〔清〕秦躍龍：如韓魏公眞所謂「衣錦晝歸故鄉」者，文偏將「晝錦」二字作翻案，言其不足爲榮，地步絕高。（《唐宋八大家文選》卷十一〈歐陽廬陵文二〉）

〔清〕余誠：從「晝錦」二字中想出個「榮」字來，復從「榮」字上一層想出個「志」字來，於是以「志」字爲經，以「榮」字爲緯，寫成一篇洋洋灑灑大文，卻妙在從人情說起，推出晝錦之所以爲榮處，爲魏公作反襯。且又不說壞若輩，不過只以富貴之榮，襯出公功德之榮來。然使一口竟盡，便索然無味，而文勢亦不峥嶸，故前幅既作襯筆，而轉入韓公後，仍多作頓宕，直至「公在」一段，方纔實敘出公之功德足以爲榮。字字是韓公實錄，毫無溢美之詞。崇議閎論，堪傳不朽，而結構亦極精密。此當是廬陵最用意之文，然非韓公之功德，正恐難當得此文也。（《重訂古文釋義新編》卷八）

〔清〕唐德宜：堂名「晝錦」，似以仕宦富貴爲榮矣，文卻隨擒隨縱，寫出魏公心事犖犖，與俗輩不同。可謂手寫題面而神遊題外者。（《古文翼》卷七）

〔清〕李扶九：題本以富貴爲榮，文乃翻進一層，方合魏公身分，亦見作者身分，如徒誇人富貴，近於諛矣。古人行文，原不苟也。此文以「志」字爲骨，從魏公生來，以「榮」字爲線，從晝錦堂生來，乃切人切題之法。（《古文筆法百篇》卷六）

〔民國〕謝无量：唐庚《文錄》曰：「凡爲文，上句重，下句輕，則或爲上句壓倒。〈晝錦堂記〉曰：『仕宦而至將相，富貴而歸故鄉。』下云：『此人情之所榮，而今昔之所同也。』

非此兩句，莫能承上句。」〈六一居士集序〉云：「言有大而非誇」，此雖一句，而體勢甚重。下云：「賢者信之，眾人疑焉」，非用兩句，亦載上句不起。韓退之與人書：「泥水馬弱不敢出，不果鞠躬親問，而以書。」若無「而以書」三字，則上重甚矣。歸震川《文章指南》遂因此立「下句載上」句法，亦稱歐陽永叔〈晝錦堂記〉、蘇子瞻〈六一居士集序〉，可以為法。以為「凡文章須要上下相稱，下句不重，則載上句不起，此妙惟老手知之。」今按歐、蘇二文中，實以起處兩句出色，且為一篇主腦。故知句法關係全篇甚重，輒依昔人所論，列此二篇全文於下。此句法雖惟見於起處，然通觀全篇，彌知其不易到也。（《實用文章義法》卷上）

延伸思考

1. 〈相州晝錦堂記〉一文出現的「志」字、「榮」字應該如何判讀？何者是全文的關鍵字眼？
2. 〈相州晝錦堂記〉一文是以「以史遷之煙波，行宋人之格調。」茅坤、顧錫疇皆如此說。試問宋人的格調是指什麼？又是如何形成的？
3. 蘇軾〈醉白堂記〉也是寫韓琦。如果拿來與歐陽脩此文對讀，他們寫韓琦各自有何特色？

祭石曼卿文

【題解】

本文選自《歐陽文忠公文集》卷五十，《居士集》卷五十。歐陽脩於好友逝世後二十六年追祭之文。讀本文須與〈石曼卿墓表〉合參。

維治平四年七月日，具官歐陽脩謹遣尚書都省令史李敭（一）至於太清（地名，曼卿故鄉，今河南商丘東南），以清酌庶羞之奠，致祭於亡友曼卿之墓下，而弔之以文曰：

嗚呼曼卿！○吳楚材：一呼。生而為英，死而為靈。○林雲銘：不與萬物同。○以「生」、「死」總點起。○吳楚材：「生」、「死」並點。○汪份：含起世之名說起。○宋文蔚：開首即提出「生」、「死」二字為全篇伏脈。其同乎萬物生死，而復歸於無物者，暫聚之形。不與萬物共盡，而卓然其不朽者，後世之名。○吳楚材：許其名傳後世，單就死一邊說。○過珙：雖是泛論，已注到曼卿身上，見其有身後名，自足不朽，以慰曼卿之意。○浦起龍：「不朽」二字，對荒涼翻出。○王文濡：形雖暫聚，名自不朽。此自古聖賢莫不皆然，而著在簡冊者，昭如日星。○金聖歎：此十九字，只是一句，勿讀斷。○名言也，然妙在下幅，不在此處。○林雲銘：身死名存，與萬物有同有異。○此單就死後一邊言。○吳楚材：引古聖賢一證，言其名之必傳。○汪份：後世之名不朽。○浦起龍：古聖賢，指證不朽。○宋文蔚：調法磊落，有奇氣。

嗚呼曼卿！○吳楚材：二呼。○宋文蔚：前系凌空立論，此處方入題。吾不見子久矣，猶能髣髴子之平生。○吳楚材：喚起下文。○過珙：由身後追憶其生前。○浦起龍：中從葬久荒涼設陣。○宋文蔚：兩句提起。其軒昂磊落，突兀崢嶸（ㄓㄥ ㄖㄨㄥˊ），而埋藏於地下者，○金聖歎：十六字一句。○過珙：軒昂，高爽之意。磊落，莊正貌。突兀，超出凡流也。崢嶸，山之高峻貌。○汪份：頂生平說，正是生英死靈。意其不化爲朽壤，而爲金玉之精。○過珙：地土之煖肥者曰壤。○浦起龍：矯爲意象菁英。○宋文蔚：一層。○王文濡：似從葬後作此文。不然，生長松之千尺，產靈芝而九莖。○金聖歎：奇情奇文。看他句中問，又下「不然」字，作一折。○林雲銘：又從死後憶其生前，言平日之奇如此，形雖埋藏地下，亦當化爲珍寶，爲良才，爲瑞草，不宜與萬物同也。○吳楚材：此從生前想其死後，必當化爲金玉、爲長松、爲靈芝，必不與萬物同爲朽壞也。○中間用「不然」一折，更快。○宋文蔚：幻出奇想，用反筆振起下文，二層。奈何

荒煙野蔓，◯孫琮：再折。◯吳汝綸：似〈蕪城賦〉。**荊棘縱**（ㄗㄨㄥ）**橫，風淒露下，走燐**（ㄌㄧㄣˊ，鬼火）**飛螢。**◯儲欣：短音促節，寫得悲涼。◯孫琮：悲其墳墓。◯浦起龍：折轉目中淒冷。◯宋文蔚：通篇用長句，此處間以短句，調法變換。**但見牧童樵叟，**◯孫琮：又折。**歌唫**（ㄧㄣˊ，「吟」古字）**而上下，與夫驚禽駭獸，悲鳴躑躅**（ㄓˊ ㄓㄨˊ，不能行貌）**而咿嚶**（ㄧ ㄧㄥ，聲之細者）**！**◯林雲銘：墓之外不忍見如此。◯吳楚材：悲其今日之墓。**今固如此，更千秋而萬歲兮，安知其不穴藏狐貉與鼯鼪**（ㄨˊ ㄕㄥ，飛生鼠也，狀如小狐，翅如蝙蝠）**？**◯王維楨：讀此令人悲酸。◯林雲銘：墓之中不可保如此。◯吳楚材：悲其後日之墓。◯汪份：是同乎萬物生死，而歸於無物，筆力馳騁。**此自古聖賢亦皆然兮，**◯儲欣：兩以「古聖賢」慰之。◯汪份：「亦」字從上「莫不皆然」生出。◯孫琮：文情酣恣。**獨不見夫纍纍乎曠野與荒城？**◯金聖歎：妙，妙，索性說到盡情。◯又牽「自古聖賢皆然」，妙，妙。文情一何酣恣！◯姚靖：滿眼蓬蒿。◯林雲銘：千古死者總歸於無物，則暫聚之形平日雖奇，不能不與萬物同其生死。◯「自古聖賢」句，與上呼應有情。◯汪份：大意言既有不朽之名，則暫聚之形，雖與萬物同歸於無物，固其常理，而不必悲哀。◯本重在後世之名，卻反結穴在同乎萬物復歸無物上，用筆變化。◯浦起龍：此「古聖賢」句，從荒景中反喚不朽者自在也。◯宋文蔚：聖賢雖負奇偉之品，其暫聚之形不能不與萬物同盡。◯王文濡：無窮感喟，非曼卿不能當此文。

嗚呼曼卿！◯吳楚材：三呼。**盛衰之理，吾固知其如此，**◯吳楚材：臨了又一折。

◯過珙：此理誰人不曉。◯孫琮：前文豪快，臨了又自述傷感，愈感愈豪。◯宋文蔚：此句束上文。**而感念疇昔，悲涼悽愴，不覺臨風而隕涕者，有媿乎太上之忘情。**◯《世說新語·傷逝》：「聖人忘情，最下不及情。情之所鍾，正在我輩！」◯金聖歎：臨了，又下「固知如此」句，作一折。◯林雲銘：補出交情，詞意方全。◯吳楚材：自述傷感，欷歔欲絕。◯過珙：看他臨了又作一折，補出交好相厚，不能忘情詞意。◯孫琮：住得勁。◯高步瀛：收到祭弔。◯宋文蔚：繳足通篇之意。◯王文濡：結處與上一貫。**尚饗！**

【彙評】

（明）茅坤：淒清逸調。（《唐宋八大家文鈔·歐陽文忠公文抄》卷三十一）

（清）孫鑛：字字痛哭，讀竟而哀不止。（《唐宋八大家偶輯》卷八引）

（清）金聖歎：胸中自有透頂解脫，意中卻是透骨相思，於是一筆已自透頂寫出去，不覺一筆又自透骨寫入來。不知者乃驚其文字一何跌蕩，不知非跌蕩也。（《天下才子必讀書》卷十三）

（清）姚婧：西崖謂此文「題外生意。曼卿得此，可以不死」，信哉！（《唐宋八大家偶輯》卷八）

（清）林雲銘：此遺祭曼卿墓下之詞，非始死而弔奠，故全在墓上著筆，而以曼卿平生之奇串入生發。其大意，從雍門子鼓琴一段脫化來。文情濃至，音節悲哀，不忍多讀。（《古文析

義》初編卷五）

〔清〕儲欣：運長短句，一氣旋轉。（《唐宋八大家類選》卷十四）

〔清〕儲欣：公祭文奇崛不及韓，清峭不及王，獨情致纏綿悽惻，而亦微帶俗韻，若此篇是也。（《唐宋十大家全集錄．六一居士全集錄》卷五）

〔清〕張伯行：似騷似賦，亦愴亦達。（《唐宋八大家文鈔》卷六）

〔清〕吳楚材、吳調侯：篇中三提曼卿，一歎其聲名卓然不朽，一悲其墳墓滿目淒涼，一敘己交情傷感不置。文亦軒昂磊落，突兀崢嶸之甚。（《古文觀止》卷十）

〔清〕過珙：《玉露》云：「晁文元嘗問隱者劉海蟾以不死之道，海蟾笑曰：『人何曾死？而君乃畏之。生胡所見？死者形爾，不與形俱滅者，固自在也。』」通篇只是此意，曼卿得此，可以不死矣。淒情逸調。讀之令人悲酸。（《古文評註全集》卷十）

〔清〕浦起龍：此一祭，蓋葬既久而近經其處，觸眼蒼涼，不禁侘傺歔欷，一寫其宿草之悲也。或把作隨常祭文批解，傖子又從而勦之以為活套，不足一哂。○文雖極悲涼，卻能向已墟境象，點出不朽精神。（《古文眉詮》卷六十二）

〔清〕孫琮：此文三提曼卿，分三段看：第一段許其名垂後世，寫得卓然不磨；第二段悲其生死，寫得淒涼滿目；第三段自述感傷，寫得欷噓欲絕，可稱筆筆入神。（《山曉閣選古文全集》卷二十四）

〔清〕朱宗洛：首段決其名之必傳，所以慰死者；中段寫死後之淒涼，所以悲死者；結處緊承中段，回環首段，結出自己四年之誠，知其用意固重在中一段也。此文妙處，總在轉換處、頓束處及開宕處見精神，故尺幅中有排宕百折之妙。（《古文一隅》卷下）

〔民國〕宋文蔚：如此篇用庚、青兩韻，古法本通，原不得爲轉韻。然其調法頓挫跌宕，自然與韻相赴，讀之遂覺其聲之抑揚高下，極慷慨悲涼之致，祭文中絕調也。（《評註文法津梁》中冊）

〔民國〕王文濡：意勢矯健，音節蒼涼，非六一不能爲此。（《評註古文辭類篹》卷七十四）

〔民國〕高步瀛：歐公此等文，最爲世俗所喜，然不善學之，易流於俗豔，故何義門頗譏之，然竟斥爲無味，則太過矣。（《唐宋文舉要》甲篇卷六）

延伸思考

1. 韓愈與歐陽脩的祭文寫作風格有何不同？
2. 石曼卿爲歐陽脩一輩子的好朋友，瞭解甚深。爲什麼不多寫對曼卿所知之事，轉而想像千秋萬歲後的墳墓光景？
3. 後人喜好這篇文章的原因安在？喜好而學習它，爲什麼會流於俗豔？

瀧岡阡表

【題解】

本文選自《歐陽文忠公文集》卷二十五，《居士集》卷二十五。歐陽脩於皇祐年間作〈先君墓表〉，載《歐陽文忠公文集》卷六十二，《居士外集》卷十二。晚年再刪削修定而有此作。

曾敏行《獨醒雜志》卷二：「兩府例得墳院，歐陽公既參大政，以素惡釋氏，久而不請。韓公為言之，乃請瀧岡之道觀。又以崇公之諱，因奏改為西陽宮，今隸吉之永豐。後公罷政，出守青社，自為阡表，刻碑以歸。江行過采石，舟裂碑沉。舟人曰：『神如有知，石將出。』有頃，石果見，遂得以歸立於其宮。紹興乙卯宮焚，不餘一瓦，碑亭獨無恙，信有神物護持云。」又，羅大經《鶴林玉露》甲編卷一「仕宦歸故鄉」條：「歐陽公居永豐縣之沙溪，其考崇公葬焉，所謂瀧岡阡是也。厥後奉母鄭夫人之喪歸合葬，載青州石鐫阡表。石綠色，高丈餘，光可鑑，阡近沙山太守廟。」

吳楚材：瀧岡，在江西吉安府永豐縣。

沈德潛：瀧音雙（ㄕㄨㄤ），水之奔湍處。

嗚呼！惟我皇考崇公，◯儲欣：起法。◯過珙：起句一提先公領起。◯浦起龍：「皇考」領局。**卜吉於瀧岡之六十年，**◯過珙：先出「瀧岡」。**其子脩始克表於其阡**（壟也）。◯過珙：次出「阡」字、「表」字。**非敢緩也，蓋有待也。**◯林雲銘：待賜爵贈封，「有待」二字是通篇眼目。◯儲欣：一篇骨子。◯吳楚材：提出緩表之故，包下種種恩榮。◯過珙：「有待」句通篇關鍵。◯沈德潛：一篇以「有待」作主。◯浦起龍：「有待」二字攝全神。◯唐德宜：待賜爵贈封。◯王文濡：揭出「有待」二字，爲下文作勢。

脩不幸，生四歲而孤，太夫人守節自誓，居窮，自力於衣食，◯林雲銘：點「守節」、「居窮」，爲下文「能自守」三字發端。◯浦起龍：太夫人入局。**以長以教，俾至於成人。**◯林雲銘：點「教」字，爲下文「告」字發端。◯吳楚材：爲下「告之」發端。◯梁玉繩：先敘母德。**太夫人告之曰：**◯儲欣：章法。◯孫琮：發端有情。◯沈德潛：作法。◯浦起龍：下以太夫人口訓，爲皇考行述，父因母顯，母受父成，而敘言即是敘教，面面周浹。◯秦躍龍：推本慈訓。◯賴襄：己童穉喪父，故碑文總自母口中寫出。**「汝父爲吏廉，**◯梁玉繩：次敘亡父遺訓。**而好施與，喜賓客；其俸祿雖薄，常不使有餘。曰：『毋以是爲我累。』**◯林雲銘：廉則不多取，好施與、喜賓客，則不多積累，恐玷其清德也。◯汪份：好施與，收入「廉」內。**故其亡也，無一瓦之覆，**◯林雲銘：屋宅。**一壟之植，**◯林雲銘：田園。◯王基倫：借代，以部分代全體，一瓦代房屋，一壟代田地。**以庇而爲生。**◯林雲銘：「庇」指屋宅，「爲生」指田園。十四字作一句讀。吾何恃而能自守邪？○吳楚材：反跌一句。吾於汝父，知其一二，以有待於汝也。○茅坤：婉曲。○林雲銘：「知其一二」見下文。「廉」與「惠」皆美德，卻從反跌處寫出，絕不費力，妙。○儲欣：照。○婉切。○吳楚材：起下「能養」、「有後」。○汪份：「待」字是起處「待」字之根。○過珙：應前「待」字。○浦起龍：提掇。自吾爲汝家婦，不及事吾姑，然知汝父之能養（一九）也。○過珙：起下第一段。汝孤而幼，吾不能知汝之必有立，然知汝父之必將有後也。○林雲銘：所以恃而能自守者以此。○「有待」單就「有後」一邊說，卻就「知」字趁筆扯出孝養來，絕無痕迹，妙。○儲欣：雙提。○吳楚材：一段，敘父之孝親裕後。○過珙：起下第二段。○孫琮：曲折情深。○沈德潛：「能養」、「有後」雙提。○唐德宜：立兩柱。

吾之始歸也，汝父免於母喪，方逾年。歲時祭祀，○秦躍龍：只舉祭祀一事。則必涕泣曰：『祭而豐，不如養之薄也。』○孫琮：淺語正敘事家本色。○唐德宜：千古箴銘。間（偶而）御酒食，則又涕泣曰：『昔常不足而今有餘，其何及也！』○林雲銘：一因致祭，哀親不逮存；一因自奉，恨己不及養。○吳楚材：淺語，更覺入情。○沈德潛：血淚語。○浦起龍：父言極平極至。○唐德宜：痛絕。吾始一二見之，以爲新免於喪適然耳。○吳楚材：頓宕。○孫琮：故爲播蕩以取勢。既而其後常然，至其終身未嘗不然。○浦起龍：母心極密極微。吾雖不及事姑，○孫琮：應上二句。而以此知汝父之能養也。○林雲銘：此段申明上文「能養」句。○儲欣：應。○吳楚材：一段，承寫孝親。○過珙：知其一。○王文濡：「吾雖不及事姑」二句，望溪刪。○王基倫：句尾連用虛詞。

汝父爲吏，◯茅坤：應上。當夜燭治官書，◯過珙：即官文書。◯秦躍龍：只舉治獄一事。屢廢而歎。吾問之，則曰：『此死獄也，我求其生不得爾。』◯林雲銘：所以可歎。吾曰：『生可求乎？』曰：『求其生而不得，則死者與我皆無恨也，矧求而有得邪？◯林雲銘：更無恨。◯儲欣：數轉。◯孫琮：情深語摯。以其有得，則知不求而死者有恨也。◯林雲銘：以本有可求處。◯儲欣：此轉尤妙。夫常求其生，猶失之死，而世常求其死也。』◯林雲銘：無有不死者。◯千古獄吏，一語說盡。◯儲欣：數折寫出仁人之心、仁人之言。◯由前所稱爲孝子，由後所稱爲仁人。約舉二端，而至今之稱孝子、仁人者，崇公必與焉。表章先德，豈在多乎？◯吳楚材：仁人之言，纏綿愷惻。◯沈德潛：筆筆折。◯治獄者敬而聽之。◯王文濡：「矧求而有得邪」至「而世常求其死也」，望溪刪。回顧乳者劍汝而立於旁，◯吳楚材：生波。◯儲欣：著筆欲活。◯寫真。◯沈德潛：接法神來。◯浦起龍：回顧一接，神來。◯吳汝綸：此學〈霍光傳〉「太后曰：『止。』」一段文法。因指而歎曰：『術者（星卜家）謂我歲行在戌（ㄒㄩ）將死，使其言然（應驗），吾不及見兒之立也，後當以我語告之。』◯林雲銘：乃爲死獄求生之語。◯爲下文「遺訓」二字作案。◯吳楚材：述至此，不勝酸楚。◯孫琮：是老婦絮絮光景，一字一淚。◯沈德潛：語治獄下，忽接乳者抱子及術者等言，字字悲愴。其平居教他子弟，常用此語，◯過珙：補一層。吾耳熟焉，故能詳也。◯茅坤：淋漓悲愴。◯吳楚材：描情真切。其施於外事，吾不能知，◯林雲銘：外言不入於閫，故上文但云：

「知其一二」，極得體。◯吳楚材：補筆。◯過珙：又補一層。◯沈德潛：補得有體。其居於家，無所矜飾，而所爲如此，是真發於中者邪？嗚呼！其心厚於仁者邪？此吾知汝父之必將有後也。◯林雲銘：此段申明上文「必將有後」句。◯儲欣：應。◯吳楚材：一段，承寫裕後。◯過珙：知其二。◯孫琮：又應「有後」。汝其勉之！◯王文濡：敘述母語，只此二事，不特摭實，亦且得體。夫養不必豐，要（一ㄠ）於孝；◯過珙：二句結「能養」一段。利雖不得博於物，要其心之厚於仁。◯過珙：二句結「有後」一段。◯沈德潛：仁、孝雙收。吾不能教汝，此汝父之志也。」◯茅坤：以上並母之言。◯林雲銘：總收數語，爲下「所以教」三字作案。◯已上皆述太夫人之言。◯吳楚材：總束數語，有收拾。◯汪份：敘其母述父之言，而母之賢達自見。◯浦起龍：兩段中，各加一層太夫人深意語，前段即事以徵情，此段因心以信理，節節微至。◯高步瀛：其「平居教子弟」至此一段，又上「吾雖不及事姑」二句、下「治其家」之「其」字，方氏、劉氏皆刪削。◯吳闓生：方、劉於古人文字輒好刪削，殆是習氣。「養不必豐」二語，總括大旨，尤不宜去。脩泣而志之，不敢忘。◯茅坤：以上並母之言。◯林雲銘：結一句，爲下文「不辱其先」句作案。◯吳楚材：結受母教。◯浦起龍：收束凝練，即拖醒「教」字。◯秦躍龍：鎖住。◯賴襄：平生大節盡於此，何必再多言。◯梁玉繩：束住太夫人訓語。◯曾國藩：以上太夫人述崇公之盛德遺訓。

先公少孤力學，◯孫琮：一段詳仕宦年葬。◯梁玉繩：次敘崇公履歷。咸平三年（真宗年號，一〇〇〇），進士及第。爲道州判官，泗、綿二州推官，又爲泰州判官。享年五十有九，葬沙溪之瀧岡。◯林雲銘：敘崇公仕、壽、葬處。◯浦起龍：下補敘。一表崇公仕宦、卒葬。◯秦躍龍：崇公亡時，太夫人年纔三十歲。◯曾國藩：以上崇公科第、官階、卒葬。太夫人姓鄭氏，◯梁玉繩：次敘太夫人履歷。考諱德儀，世爲江南名族。太夫人恭儉仁愛而有禮，◯唐德宜：此句是題，後一段是目。初封福昌縣太君，進封樂安、安康、彭城三郡太君。◯林雲銘：敘太夫人氏族、德、爵，其二封皆崇公服官時所受，故先提出。◯浦起龍：一表太夫人族姓、封卒。自其家少微時，治其家以儉約，◯儲欣：只誌一事。其後常不使過之。曰：「吾兒不能苟合於世，儉薄所以居患難也。」◯吳楚材：逆知後來遷謫之事，有先見。◯孫琮：真知其子，似有先見。◯王基倫：所謂「由儉入奢易，由奢入儉難」，身體力行者。其後脩貶夷陵，太夫人言笑自若，曰：「汝家故貧賤也，吾處之有素矣。◯孫琮：敘事中帶議論。汝能安之，吾亦安矣。」◯林雲銘：又單表太夫人儉德。◯「不能苟合於世」句，爲下文「幸全大節」句作案，即借太夫人口中說出，是善於占地步者。◯浦起龍：敘父略，敘母詳，所以然者，前敘母言，即是父行，而太夫人本行未著也。故於此悉之。◯曾國藩：以上太夫人盛德遺訓。

自先公之亡二十年，脩始得祿而養。◯茅坤：到此總次家世恩榮。◯孫琮：一段詳褒封并自己出處。◯賴襄：寫母之賢，乃見父之賢，皆就己之得知者敘之，而其不得知者在其中矣。作法妙。又十有二年，列官於朝，始得贈封其親。◯孫琮：家世恩榮，譜敘歷年，周詳不漏。

又十年，脩爲龍圖閣直學士、尚書吏部郎中，留守南京，太夫人以疾終於官舍，享年七十有二。◯林雲銘：點太夫人年壽。又八年，脩以非才入副樞密，遂參政事，又七年而罷。◯林雲銘：自敘歷官，爲下文贈封之地詳載年數，與篇首「六十年」句相應。◯汪份：其備載年數，正是醒起處「有待」之義。◯浦起龍：就祿養年中，夾敘自身歷官，即是詳子系之法。自登二府，◯過珙：二府謂副樞密、參政事。天子推恩，褒其三世，◯浦起龍：敘三世錫命。故自嘉祐（仁宗年號）以來，逢國大慶，必加寵錫。皇曾祖府君，累贈金紫光祿大夫、太師、中書令；◯汪份：俱不書諱。曾祖妣累封楚國太夫人。◯林雲銘：第三世。◯汪份：不書姓。皇祖府君，累贈金紫光祿大夫、太師、中書令兼尚書令；祖妣累封吳國太夫人。◯林雲銘：第二世。皇考崇公，累贈金紫光祿大夫、太師、中書令兼尚書令；皇妣累封越國太夫人。今上初郊，皇考賜爵爲崇國公，太夫人進號魏國。◯林雲銘：第一世。◯祖考不填諱，祖妣不書氏，以既列其世譜，具刻於碑故也。◯吳楚材：一段，敘出自己出處及歷朝寵錫。◯浦起龍：考妣事行列前矣，而其晉贈，亦留此連敘，碑版正法。◯曾國藩：以上自敘祿位，親得爵封。

於是小子脩泣而言曰：◯吳楚材：此段歸美祖先，方入己意。「嗚呼！爲善無不報，而遲速有時，此理之常也。◯吳楚材：名言至理，足以訓世。◯汪份：醒「有待」意。◯浦起龍：此段宜細觀收局體制，正與「有待」一貫。◯秦躍龍：將「有待」意，極力洗發。惟我祖考，積善成德，宜享其隆，○林雲銘：無不報。○孫琮：正應「能養」、「有後」。雖不克有於其躬，而賜爵受封，顯榮褒大，實有三朝之錫命，是足以表見於後世，而庇賴其子孫矣。」○林雲銘：遲速有時，總贊祖考。○儲欣：叫轉「有待」意，而歸功祖考，字字得體。○孫琮：歸美前人有體。○浦起龍：統束累世一層。乃列其世譜，具刻於碑。既又載我皇考崇公之遺訓，太夫人之所以教，○浦起龍：仍專歸考妣。○唐德宜：總敘該括。而有待於脩者，並揭於阡。○吳楚材：總收父母教訓，言約而盡。○汪份：結「待」字。○沈德潛：繳「有待」。○浦起龍：繳「有待」，字字體要。俾知夫小子脩之德薄能鮮，遭時竊位，而幸全大節，不辱其先者，其來有自。○唐順之：地步。○林雲銘：又單以父母之教訓，併自己之立身，總括上文，明所以表阡之意。○儲欣：何等結束。○結法。○吳楚材：結出己之立身，本於先澤，最得體要。○孫琮：不自誇一語，結得體要。○沈德潛：褒結重厚有力。○秦躍龍：此公所毅然自信處。○賴襄：文體極變，文情極正。○王文濡：收束處歸美遺訓，得「善則歸親」之義。

熙寧三年，歲次庚戌四月辛酉朔十有五日乙亥，男推誠保德崇仁翊戴功臣、觀文殿學士、特進、行兵部尚書、知青州軍州事兼管內勸農使、充京東東路安撫使、上柱國、樂安郡開國公，食邑四千三百戶、食實封一千二百戶，脩表。○唐德宜：列官亦是有關係文字。○曾國藩：以上著立表之意。

【彙評】

〔明〕顧錫疇：自家屋裡文，亦只淡寫幾句家常話，遂無一字不入情，無閒語不入妙，歐公集中之至文也。（《歐陽文忠公文選》卷十）

〔明〕茅坤：幼孤而欲表父之德也於其母之言，故爲得體。（《唐宋八大家文鈔·歐陽文忠公文抄》卷三十）

〔明〕孫鑛：不事藻飾，但就眞意寫出，而語語精絕，即閒語無不入妙，筆力渾勁，無痕迹可求。歐公文，當以此爲第一。（《山曉閣選古文全集》卷二十四引）

〔清〕林雲銘：墓表請代作，與誌銘同用於葬日，此常例也。今乃自爲表於既葬六十年後，事屬創見。且其文尤不易作，何也？幼孤不能通知父之行狀，必借母平日所言爲據，多一曲折，一難也。人生大節，莫過廉、孝、仁厚數端，而母以初歸，既不逮姑，且婦職中饋，外言不入於閫，惡從知之？二難也。母卒已十數年，縱有平日之言，亦不知今日用以表墓，錯綜引入，不成片段，三難也。贈封祖考，實己之顯親揚名，咏歎語稍不斟酌歸美，便涉自矜，四難也。是作開口便擒「有待」二字，隨接以太夫人教言。其有待處，即決於乃翁素行，因以死後之貧驗其廉，以思親之久驗其孝，以治獄之歎驗其仁，或反跌，或正敘，瑣瑣曲盡，無不極其斡旋。中敘太夫人，將治家儉薄一節重發，而諸美自見。末敘歷官贈封，以讚歎語結之。句句歸美先德，且以自己功名皆本於父母之垂裕，深得立言之體。此廬陵晚年用意合作也。（《古文析義》初編卷五）

〔清〕儲欣：懇懇惻惻，可以教孝。○所誌不過一二事，而父母之仁賢聖善，炳鑠千古矣。彼所見者大也。（《唐宋八大家類選》卷十三）

〔清〕儲欣：千百年墓表中有數文章，豈惟《居士集》之冠？予師觀我先生令永豐，貽予〈瀧岡阡表〉石刻本，旁有龍爪迹二焉，指數歷然。土人云：「公始磨刻此碑於家，舟載以行。無何，大風雨，舟覆。稍定，使人汨水求碑不可得。越一日，碑已在瀧岡阡矣，完善無毫髮損，增二爪迹而已。父老相傳，龍王欲讀公文，遣其屬攫致之。」其說頗誕，然文章能事至於如此，於以動明神而感怪物，亦理之或然者歟？（《唐宋十大家全集錄．六一居士全集錄》卷二）

〔清〕吳楚材、吳調侯：善必歸親，褒崇先祖。仁人孝子之心，率意寫出，不事藻飾，而語語入情，祇覺動人悲感，增人涕淚，此歐公用意合作也。（《古文觀止》卷十）

〔清〕過珙：以「有待」句爲主，卻將「能養」、「有後」二段實發「有待」意，逐層相生，逐層結應，篇法纍纍如貫珠。其文情懇摯纏綿，讀之眞覺言有盡而意無窮。（《古文評註全集》卷十）

〔清〕孫琮：善必歸親，仁人之志；褒崇祖先，孝子之思。篇中前幅表揚父母之孝節仁儉，善必歸親之意也；後幅詳述膺封之隆寵，褒榮祖先之心也。仁孝深情，藹然如見。以子而表其親，情致纏綿，其極瑣碎煩絮處，語語從至性流出，似此方爲至文，亦必似此方可稱爲大文。（《山曉閣選古文全集》卷二十四）

〔清〕方苞：擲其繁複，則格愈高，義愈深，氣愈充，神愈王。學者潛心於此，可知修辭之要。（《古文約選．歐陽永叔文約選》）

〔清〕沈德潛：不特不鋪陳己之顯揚，并不實陳崇公行事，只從太夫人語中傳述一二，而崇公之爲孝子仁人，足以庇賴其子孫者，千載如見，此至文也。若出近代鉅公，必揚其先人爲周、孔矣。○按表，崇公之年，長於太夫人二十九年，古人配偶，不論年齒如此。○相傳龍王欲讀公此文，遣龍攫之而去，旋爲公立於墓所，故碑旁有爪角痕不磨滅也。此誕妄之語，斷不可信。（《增評八大家文讀本》卷十四）

〔清〕浦起龍：半山（王安石）論禮，有知天知人之說。惟文亦然。天主性，人主學，天至則眞，人至則純，必此文，纔可許爲天人並至。○按太夫人之卒，後崇公四十二年，得年七十二，則是崇公卒之年五十九，太夫人纔三十歲耳。相少長且二十九年，是一重疑案。（《古文眉詮》卷六十二）

〔日本〕賴襄：〈瀧岡阡表〉人莫不稱其實。與〈張司錄墓表〉同一作法也。（《增評八大家文讀本》卷十四）

〔清〕唐德宜：從太夫人口中敘述前德，意眞詞切，一字一淚。（《古文翼》卷七）

〔民國〕林紓：歐公之〈瀧岡阡表〉，歸震川之〈項脊軒記〉，瑣瑣屑屑，均家常之語，乃至百讀不厭，斯亦奇矣。雖然，敘細碎之事，能使熔成整片，則又大難。觀〈瀧岡表〉中語，時時用一「知」字，又時時用一「待」字。蓋歐公幼不見贈公，但述太夫人深信贈公，故累累用「知」字；既知贈公之必有後，故累累用「待」字。既用此二字爲之提綱挈領，則以下瑣瑣屑屑之處，皆有所消納，而不致散漫煩贅，令人生憎。震川力追歐公，得其法乳，故〈項脊軒〉一記，亦別開生面。（《春覺齋論文》）

（民國）唐文治：此文首段總冒以「吾於汝文，知其一二，以有待於汝」一句，引起「能養」、「有後」二意；中間一段能養，一段有後；後以「養不必豐」四句作封鎖。天性忱摯，字字血淚，更不可以法繩之，而法度自然精密。至哉文乎！○首段「非敢緩也，蓋有待也」八字，丰神最宜細玩，當與〈出師表〉「親賢臣，遠小人」一段同讀。倘改去「也」字，即失神氣矣。（《國文經緯貫通大義》卷二）

（民國）王文濡：是千古至性文字，堪與昌黎〈十二郎文〉並傳，語氣增減不得。吳君辟疆云：「方、劉於古人文字，輒好刪削，殆是習氣。」洵不誣矣。（《評註古文辭類篹》卷四十五）

延伸思考

1. 來自父母的訓誨，對歐陽脩一生產生了哪些影響？
2. 歐陽脩自幼年起，生長在單親家庭的環境中。這樣的家庭，單親（母親或父親一人）應該如何教養子女？
3. 方苞追求文章雅潔，因此在自認為不失文意的原則下，可以稍微刪簡文字，對待長篇文章尤其如此。劉大櫆亦循此說。然而，吳闓生、王文濡不以為然。方苞的閱讀方式，我們可否認同？

江鄰幾文集序

【題解】

本文選自《歐陽文忠公文集》卷四十四，《居士集》卷四十四。讀本文可與〈蘇氏文集序〉合參。

余竊不自揆，少習爲銘章，因得論次當世賢士大夫功行。○孫琮：首述爲士大夫銘。○王文濡：從銘章引入，自不鶻突。自明道、景祐以來，名卿鉅公，○儲欣：客。往往見於余文矣。○宋文蔚：從「名卿鉅公」陪出「朋友故舊」，即反對下文「諸不得志者」。至於朋友故舊，○儲欣：主。○孫琮：次述爲朋舊銘。平居握手言笑，意氣偉然，可謂一時之盛，○宋文蔚曰：先作一跌。而方從其遊，遽哭其死，○茅坤：悲慨。○孫琮：神情隱躍，照出江鄰幾。遂銘其藏者，是可歎也。○鍾惺：只此數言，已盡感慨。○宋文蔚：

四句爲一調，便覺悽咽動人。〇王文濡：分數層説，便覺情文斐亹。〇高步瀛：以上先從爲友人作誌銘引起。

蓋自尹師魯之亡，〇儲欣：引。〇孫琮：俱借他人陪引。逮今二十五年之間，相繼而歿，爲之銘者至二十人，〇儲欣：暗藏鄰幾。〇宋文蔚：承上説入。又有余不及銘與雖銘而非交且舊者，皆不與焉。嗚呼，何其多也！〇宋文蔚：作一掉筆，中間凡三轉，長調所不可少。不獨善人君子難得易失，而交遊零落如此，反顧身世死生盛衰之際，又可悲夫！〇茅坤：又悲慨。〇儲欣：上略頓。又於中指出數層，拍著題目。〇孫琮：愈增悲慨。〇沈德潛：此就作墓志上寄慨。〇賴襄：感慨淋漓，千古有生氣。不著一句議論，而千萬言議論所不及焉。〇宋文蔚：再追進一層，作一長調，中凡三轉，層折極清。〇王文濡：已包括聖俞、子美在內。而其間又有不幸罹憂患、觸網羅，至困阨流離以死，與夫仕宦連蹇、志不獲伸而歿，〇儲欣：暗藏鄰幾。〇沈德潛：鄰幾亦坐子美事落職。獨其文章尚見於世者，〇儲欣：數折纔入文章。〇孫琮：惜其著作是主。〇秦躍龍：折入文章。則又可哀也歟！〇茅坤：又悲慨。〇沈德潛：上概説交遊，此説到同罹憂患，文章可傳，此行文淺深法。〇宋文蔚：再從可悲處追進一層，作一長調，凡三轉，愈轉愈見可悲。然則雖其殘篇斷稿，猶爲可惜，〇宋文蔚：放鬆一層，作一跌筆。況其可以垂世而行遠也？〇宋文蔚：接一宕筆。故余於聖俞、子美之歿，○茅坤：借來寫悲慨處。○孫琮：借來寫悲慨，獨見親切。○秦躍龍：引。既已銘其壙，又類集其文而序之，其言尤感切而殷勤者，以此也。○沈德潛：此就有文集者寄慨。○賴襄：一路層層説下，一層切於一層，終至本題人，如剝筍皮。○宋文蔚：以聖俞、子美陪起鄰幾，又作一長調，凡三轉，情韻不竭。○高步瀛：以上由銘墓説入序文，以聖俞、子美爲鄰幾影子，今皆俯仰，感喟蒼涼，使人情爲之移。

陳留江君鄰幾，○姚靖：以下文雖淡宕，其意甚感。常與聖俞、子美遊，而又與聖俞同時以卒。○孫琮：一筆聯絡。○宋文蔚：入鄰幾，仍帶定聖俞、子美。見前段結處，非泛言也。余既誌而銘之，○宋文蔚：句與上文應。後十有五年，來守淮西，又於其家得其文集而序之。○宋文蔚：還清題面。鄰幾，毅然仁厚君子也。○孫琮：贊其文行。○宋文蔚：應上「善人君子」。雖知名於時，仕宦久而不進，○儲欣：仕宦連蹇。○宋文蔚：應上「仕宦連蹇」。晚而朝廷方將用之，未及而卒。○王文濡：略敘一生行藏。○宋文蔚：應上「志不獲伸而歿」。其學問通博，文辭雅正深粹，而論議多所發明，詩尤清淡閑肆可喜。○儲欣：文章可傳於後。○宋文蔚：應上「可以垂世而行遠」。○王文濡：功名未顯，所傳者文章而已。然其文已自行於世矣，固不待余言以爲輕重，○孫琮：結出作序之意。○宋文蔚：作一撇筆，引起下文。而余特區區於是者，蓋發於有感而云然。○孫琮：倒收一篇。○宋文蔚：收束全篇，一絲不漏。○高步瀛：以上作序之意。熙寧四年三月日，六一居士序。○賴襄：三篇末語如結不了，蓋末尾署年號月日姓名，讀之自然有節奏鏗然處。錄者刪去可惜。1

【彙評】

〔明〕茅坤：江鄰幾文今不傳，當非其文之至者，而歐陽公序之，只道其故舊凋落之意，隱然可見。（《唐宋八大家文鈔．歐陽文忠公文抄》卷十七）

〔明〕孫鑛：只以悼亡意作感慨調，抑揚頓挫，便有無限風致。此文佳處，蓋在字句外。（《唐宋八大家偶輯》卷七引）

〔清〕姚靖：欷歔嗚咽，如聞高筑、荊歌，不自知其何以洟涕。（《唐宋八大家偶輯》卷七）

〔清〕儲欣：一意累折而下，紆餘慘愴，言有窮而情不可終，此是廬陵獨步。（《唐宋八大家類選》卷十一）

〔清〕儲欣：此《居士集》有名文字，而意味似薄，去〈蘇子美序〉等篇遼矣。（《唐宋十大家全集錄．六一居士全集錄》卷五）

〔清〕孫琮：歐公作〈子美文集序〉，純是十分痛惜。今作〈鄰幾文集序〉，又純是十分感慨。作痛惜語，止就子美一人身上，層層說出許多悲惘；作感慨語，只得從眾人身上，大概澹澹說出許多零落，此篇純是從眾人身上發揮。想公與二人，交有淺深，情有厚薄，故不得不寫作兩樣。文字從性情中流出，何曾假飾得一筆。（《山曉閣選古文全集》卷二十三）

〔清〕沈德潛：爲亡友志墓，爲亡友序遺文，本人生極傷感事，故言言悲切。○前半只大概說，

暗藏鄰幾在內，此又一法。（《增評八大家文讀本》卷十一）

〔清〕秦躍龍：按鄰幾與歐陽公契分不疏，晚著雜誌，詆公尤力，梅聖俞以為言，而公終不問。鄰幾既死，公往弔，哭之慟，且告其子曰：「先公碑石，脩當任其責。」故公敘銘鄰幾，無一字貶之。前輩云：「非獨見公能容，又使天下後世讀公之文，知公與鄰幾始終如一，且將不信其所詆矣。」（《唐宋八大家文選》卷十二〈歐陽廬陵文三〉）

〔清〕劉大櫆：情韻之美，歐公獨擅千古，而此篇尤勝。（《評註古文辭類纂》卷八引）

〔清〕賴襄：江蓋不及梅、蘇者，故泛言一時交遊以及梅、蘇，然後點出江，而江倚此以重矣。（《增評八大家文讀本》卷十一）

〔民國〕宋文蔚：如此篇大意，先從作誌銘寄懷舊之念，次說到同罹憂患，及仕宦連蹇，不得伸其志，獨其文章可傳，不得不為之表彰，趁勢拍到本題。通篇層層轉落，俱用長調頓宕而出，此為歐文之極軌。（《評註文法津梁》中冊）

〔民國〕宋文蔚：一片懷人傷逝之心，逐層頓折而出，文情最勝。（《評註文法津梁》中冊）

〔民國〕宋文蔚：文中長句，最難得法。勉強學之，非失之冗，即失之弱。惟用頓宕或反掉之

---

1 三篇，指歐陽脩所作〈蘇氏文集序〉、〈梅聖俞詩集序〉、〈江鄰幾文集序〉。三文性質相近，沈德潛《八大家文讀本》皆選入，又將文末尾所署年號月日姓名悉數刪去，賴襄於此有感而發云。

筆，可救此病。歐陽脩〈江鄰幾文集序〉通篇全用長句成調，如云：「不獨善人君子難得易失，而交遊零落如此，反顧身世死生盛衰之際，又可悲夫！」又云：「其間又有不幸罹憂患、觸網羅，至困阨流離以死，與夫仕宦連蹇、志不獲伸而歿，獨其文章尚見於世者，則又可哀也！」中間聯絡數小句作一氣讀，最爲可法。（《評註文法津梁》下冊〈長句包小句〉）

〔民國〕陳衍：歐陽永叔〈江鄰幾文集序〉，全寫友朋交好、零落可悲之情。而層累而下，分出四五種類，歸重於死而有文章可傳者。此種結撰，最爲百餘年來講散文者所學，實本曹子桓（丕）〈與吳季重書〉，而層折勝之。（《石遺室論文》卷五）

延伸思考

1. 歐陽脩一生理念的理念是：「惟爲善者能有後，而託於文字者可以無窮。」然而我們看到許多被他肯定有文才的墓主，如張子野、黃夢升、張堯夫、江鄰幾等人，而今文章亦不傳於世。關於這點，你怎麼看？
2. 多讀幾篇歐陽脩所寫的墓誌銘，會發現他在寫作緣起、段落結構、情感表達等方面，似乎有一些相近的寫作模式。但是文章千篇一律的話，不可能都是好文章。那麼這些墓誌銘各自的特殊性又在哪裡？

各篇入選表

〈與高司諫書〉	〈樊侯廟災記〉	篇名 / 作者+書名
		呂祖謙《古文關鍵》
		樓昉《崇古文訣》
		謝枋得《文章軌範》
		虞集《文選心訣》
		歸有光《文章指南》
	✓	茅坤《唐宋八大家文抄》
		金聖歎《天下才子必讀書》
✓	✓	姚靖《唐宋八大家偶輯》
✓	✓	呂留良《晚邨先生八家古文精選》
		林雲銘《古文析義》
✓	✓	儲欣《唐宋八大家類選》
✓	✓	儲欣《唐宋十大家全集錄》
		杭永年《古文快筆貫通解》
		吳楚材《古文觀止》
		過珙《古文評註全集》
✓	✓	孫琮《山曉閣選古文全集》
✓		方苞《古文約選》
✓	✓	沈德潛《增評八大家文讀本》
	✓	浦起龍《古文眉詮》
✓	✓	秦躍龍《唐宋八大家文選》
		余誠《古文釋義》
	✓	姚鼐《評註古文辭類篹》
	✓	唐德宜《古文翼》
		李扶九《古文筆法百篇》
	✓	宋文蔚《評註文法津梁》
		姚永樸《國文學》
		唐文治《國文經緯貫通大義》
		高步瀛《唐宋文舉要》
		李剛己《桐城吳氏古文法》
		吳闓生《古文範》
		吳闓生《古文典範》
		謝无量《實用文章義法》

〈石曼卿墓表〉	〈縱囚論〉	〈張子野墓誌銘〉	〈答吳充秀才書〉	〈讀李翺文〉	篇名／作者+書名
	✓				呂祖謙《古文關鍵》
				✓	樓昉《崇古文訣》
	✓			✓	謝枋得《文章軌範》
					虞集《文選心訣》
	✓				歸有光《文章指南》
✓	✓	✓	✓	✓	茅坤《唐宋八大家文抄》
	✓		✓	✓	金聖歎《天下才子必讀書》
	✓	✓			姚靖《唐宋八大家偶輯》
✓	✓	✓	✓		呂留良《晚邨先生八家古文精選》
	✓	✓		✓	林雲銘《古文析義》
	✓	✓			儲欣《唐宋八大家類選》
✓	✓	✓	✓	✓	儲欣《唐宋十大家全集錄》
					杭永年《古文快筆貫通解》
	✓				吳楚材《古文觀止》
	✓				過珙《古文評註全集》
✓	✓	✓	✓	✓	孫琮《山曉閣選古文全集》
✓	✓	✓	✓	✓	方苞《古文約選》
✓	✓	✓	✓		沈德潛《增評八大家文讀本》
✓	✓	✓			浦起龍《古文眉詮》
✓	✓	✓	✓	✓	秦躍龍《唐宋八大家文選》
					余誠《古文釋義》
✓		✓			姚鼐《評註古文辭類篹》
	✓	✓		✓	唐德宜《古文翼》
	✓				李扶九《古文筆法百篇》
	✓				宋文蔚《評註文法津梁》
			✓		姚永樸《國文學》
					唐文治《國文經緯貫通大義》
✓		✓			高步瀛《唐宋文舉要》
					李剛己《桐城吳氏古文法》
					吳闓生《古文範》
✓					吳闓生《古文典範》
✓	✓				謝无量《實用文章義法》

〈醉翁亭記〉	〈豐樂亭記〉	〈論杜衍范仲淹等罷政事狀〉	〈朋黨論〉	〈黃夢升墓誌銘〉	〈王彥章畫像記〉	〈釋祕演詩集序〉	〈釋惟儼文集序〉
			✓				
✓	✓	✓					
			✓				
✓					✓		
			✓				
✓	✓	✓	✓				✓
✓	✓		✓				
			✓	✓		✓	
	✓		✓		✓	✓	✓
✓	✓		✓			✓	
✓	✓	✓	✓		✓	✓	✓
✓	✓	✓	✓	✓	✓	✓	✓
✓							
✓	✓		✓			✓	
✓	✓		✓			✓	
✓	✓	✓	✓	✓	✓	✓	✓
✓	✓	✓		✓		✓	✓
	✓	✓	✓	✓	✓	✓	✓
✓	✓				✓	✓	✓
✓	✓	✓	✓	✓	✓	✓	✓
✓			✓				
	✓		✓	✓		✓	✓
✓	✓		✓			✓	
✓	✓						
✓	✓					✓	
✓	✓						
	✓			✓		✓	
	✓						
	✓						
			✓			✓	

〈五代史宦者傳論〉	〈五代史伶官傳序〉	〈蘇氏文集序〉	〈祭蘇子美文〉	〈送楊寘序〉	篇名／作者+書名
					呂祖謙《古文關鍵》
✓	✓		✓		樓昉《崇古文訣》
	✓				謝枋得《文章軌範》
					虞集《文選心訣》
					歸有光《文章指南》
✓		✓	✓	✓	茅坤《唐宋八大家文抄》
	✓			✓	金聖歎《天下才子必讀書》
✓	✓			✓	姚靖《唐宋八大家偶輯》
✓	✓	✓			呂留良《晚邨先生八家古文精選》
✓	✓				林雲銘《古文析義》
	✓	✓		✓	儲欣《唐宋八大家類選》
		✓	✓	✓	儲欣《唐宋十大家全集錄》
					杭永年《古文快筆貫通解》
✓	✓			✓	吳楚材《古文觀止》
✓	✓			✓	過珙《古文評註全集》
✓	✓	✓		✓	孫琮《山曉閣選古文全集》
✓	✓			✓	方苞《古文約選》
✓	✓	✓		✓	沈德潛《增評八大家文讀本》
✓	✓	✓			浦起龍《古文眉詮》
		✓	✓	✓	秦躍龍《唐宋八大家文選》
					余誠《古文釋義》
✓	✓	✓	✓	✓	姚鼐《評註古文辭類篹》
✓	✓	✓		✓	唐德宜《古文翼》
	✓				李扶九《古文筆法百篇》
	✓	✓		✓	宋文蔚《評註文法津梁》
					姚永樸《國文學》
	✓			✓	唐文治《國文經緯貫通大義》
	✓	✓	✓		高步瀛《唐宋文舉要》
✓	✓				李剛己《桐城吳氏古文法》
					吳闓生《古文範》
					吳闓生《古文典範》
					謝无量《實用文章義法》

〈江鄰幾文集序〉	〈瀧岡阡表〉	〈祭石曼卿文〉	〈相州晝錦堂記〉	〈集古錄目序〉	〈秋聲賦〉	〈河南府司錄張君墓表〉	〈送徐無黨南歸序〉
							✓
			✓		✓		✓
			✓	✓			✓
			✓				
✓	✓	✓	✓	✓	✓		✓
	✓	✓			✓		
✓		✓					
	✓			✓		✓	✓
	✓	✓	✓	✓	✓	✓	
✓	✓	✓		✓	✓		✓
✓	✓	✓	✓	✓	✓		✓
					✓		
	✓	✓	✓		✓		
		✓	✓		✓		
✓	✓	✓	✓	✓		✓	
	✓	✓		✓	✓	✓	✓
✓	✓			✓		✓	✓
	✓	✓			✓	✓	
✓	✓	✓	✓	✓	✓	✓	✓
			✓		✓		
✓	✓	✓		✓		✓	✓
	✓	✓	✓		✓		✓
			✓		✓		
✓		✓					✓
							✓
	✓				✓		✓
✓	✓	✓					✓
		✓	✓		✓		

參考文獻

〔漢〕司馬遷著，〔日本〕瀧川龜太郎考證：《史記會注考證》，臺北：萬卷圖書公司，二〇一〇年五月。

〔漢〕班固撰，〔唐〕顏師古注，王先謙補注：《漢書》，臺北：藝文印書館，一九七一年。

〔漢〕趙岐注，〔宋〕孫奭疏：《孟子注疏》，〔清〕嘉慶二十年江西南昌府學開雕重刊宋本，十三經注疏8，臺北：藝文印書館，一九八九年。

〔魏〕何晏注，〔宋〕邢昺疏：《論語注疏》，〔清〕嘉慶二十年江西南昌府學開雕重刊宋本，十三經注疏8，臺北：藝文印書館，一九八九年。

〔南朝梁〕昭明太子（蕭統）撰，〔唐〕李善注：《文選》，臺北：藝文印書館，一九七六年十月。

〔後晉〕劉昫等撰：《舊唐書》，臺北：藝文印書館，一九七一年。

〔宋〕歐陽脩、〔宋〕宋祁撰：《新唐書》，臺北：藝文印書館，一九七一年。
〔宋〕歐陽脩：《歐陽文忠公文集》，臺北：臺灣商務印書館四叢刊正編，集部，第四十四～四十五冊，一九七九年十一月。
〔宋〕歐陽脩著，洪本健校箋：《歐陽脩詩文集校箋》，上海：上海古籍出版社，二〇〇九年八月。
〔宋〕司馬光撰，〔元〕胡三省注：《資治通鑑》，臺北：中新書局，一九七六年十一月。
〔宋〕蘇軾著，孔凡禮點校：《蘇軾文集》，北京：中華書局，一九八六年三月。
〔宋〕呂祖謙評，〔宋〕蔡文子註，〔清〕徐樹屏考異，〔清〕俞樾跋：《古文關鍵》，臺北：廣文書局，一九七〇年十月。
〔宋〕樓昉：《崇古文訣》，東京：汲古書院，一九七九年二月。
〔宋〕黃震：《黃氏日鈔》，臺北：臺灣商務印書館，景印文淵閣四庫全書，第二〇七～七〇八冊，子部，儒家類十三～十四冊，一九八六年三月。
〔宋〕謝疊山批選，〔明〕李九我評訓，〔日本〕原田由己標箋：《正續文章軌範》，臺北：廣文書局，一九七〇年十二月。
〔元〕虞集：《文選心訣》，東京：早稻田大學圖書館，昌平叢書。
〔明〕歸有光評選：《文章指南》，臺北：廣文書局，一九七七年七月。

〔明〕茅坤：《唐宋八大家文鈔》，中國哲學書電子化計畫，美國哈佛大學燕京圖書館，盧文弨過批本。

〔清〕金聖歎評注，韓道誠校訂：《天下才子必讀書》，臺北：書香出版社，一九七八年十一月。

〔清〕林雲銘評註：《古文析義合編》，臺北：廣文書局，一九八四年一月。

〔清〕呂留良編，〔清〕呂葆中點勘：《晚邨先生八家古文精選》，臺北：國立臺灣師範大學圖書館，呂氏家塾讀本。

〔清〕姚靖評：《唐宋八大家偶輯》，臺北：國立臺灣大學圖書館，美國哈佛燕京圖書館微捲：明清文學，編號0456，二〇〇七年。

〔清〕儲欣：《唐宋八大家類選》，臺北：國立故宮博物院圖書館，光緒壬辰（一八九二）閏六月湖北官書處重刊本。

〔清〕儲欣：《唐宋十大家全集錄》，臺南：莊嚴文化事業公司，四庫全書存目叢書，集部，總集類四〇五冊，《六一居士全集錄》，一九九七年十月。

〔清〕吳留村鑑定，〔清〕吳楚材評註：《評註古文觀止》，臺北：廣文書局，一九八一年十二月。

〔清〕過商侯編：《古文評註全集》，臺北：宏業書局，一九七九年十月。

〔清〕孫琮：《山曉閣選古文全集》，臺北：國立臺灣大學圖書館，美國哈佛燕京圖書館微捲：明清文學，編號0459，二〇〇七年。
〔清〕和碩輯：《古文約選》，臺北：臺灣中華書局，一九六九年三月。
〔清〕沈德潛著，〔日本〕賴山陽增評：《增評八大家文讀本》，東京：早稻田大學圖書館，玉巖堂藏板，一八五五年。
〔清〕秦躍龍：《唐宋八大家文選》，臺北：國家圖書館，清乾隆十八年（一七五三）序刊本。
〔清〕清高宗御選：《唐宋文醇》，臺北：臺灣中華書局，一九八四年十二月。
〔清〕余自明評選：《古文釋義》，京都：隆福寺，寶書堂藏板，清乾隆八年（一七四三）刊本。
〔清〕姚鼐輯，王文濡校註：《評註古文辭類篹》，臺北：華正書局，一九七四年七月。
〔清〕何文煥編：《歷代詩話》，臺北：木鐸出版社，一九八二年二月。
〔清〕唐德宜：《古文翼》，天津：天津圖書館，清道光二十七年（一八四七）刊本。
〔清〕李扶九編選，黃紱麟書後：《古文筆法百篇》，臺北：文津出版社，一九七八年十一月。
林紓：《畏廬論文等三種》，臺北：文津出版社，一九七八年。
宋文蔚：《評註文法津梁》，臺北：蘭臺書局，一九七七年十月。
陳衍：《石遺室論文》，蘇州：蘇州大學圖書館，無錫國學專修學校叢書。

姚永樸：《國文學》，臺北：廣文書局，一九六二年十一月。
唐文治：《國文經緯貫通大義》，蘇州：蘇州大學圖書館，無錫國學專修學校叢書。
高步瀛選注：《唐宋文舉要》，臺北：漢京文化事業公司，一九八四年五月。
吳闓生、李剛己批註：《桐城吳氏古文法》，臺北：文津出版社，一九七九年四月。
吳闓生：《古文範》，臺北：臺灣中華書局，一九八四年五月。
徐世昌編定，吳闓生評點：《古文典範》，北京：中國書店，二〇〇八年三月。
謝无量：《實用文章義法》，臺北：華正書局，一九八三年九月。
黃公渚：《歐陽永叔文》，臺北：臺灣商務印書館，一九七七年十一月。
林逸：《宋歐陽文忠公脩年譜》臺北：臺灣商務印書館，一九八七年六月。
劉子健：《歐陽脩的治學與從政》，臺北：新文豐出版公司，一九八四年十月補正再版。
洪本健：《歐陽脩資料彙編》，北京：中華書局，一九九五年五月。
嚴杰：《歐陽脩年譜》，南京：南京出版社，一九九三年十一月。
劉德清：《歐陽脩紀年錄》，上海：上海古籍出版社，二〇〇六年七月。

國家圖書館出版品預行編目(CIP)資料

歐陽脩文彙評／王基倫著. --初版. --臺北市：
五南圖書出版股份有限公司, 2024.11
面； 公分
ISBN 978-626-393-862-5(平裝)

1.CST：(宋)歐陽脩 2.CST：宋代文學
3.CST：文學評論

845.15 113015937

1XZM

歐陽脩文彙評

作　　者 — 王基倫

企劃主編 — 黃文瓊

責任編輯 — 吳雨潔

封面設計 — 姚孝慈

出 版 者 — 五南圖書出版股份有限公司

發 行 人 — 楊榮川

總 經 理 — 楊士清

總 編 輯 — 楊秀麗

地　　址：106台北市大安區和平東路二段339號4樓

電　　話：(02)2705-5066　　傳　　真：(02)2706-6100

網　　址：https://www.wunan.com.tw

電子郵件：wunan@wunan.com.tw

劃撥帳號：01068953

戶　　名：五南圖書出版股份有限公司

法律顧問　林勝安律師

出版日期　2024年11月初版一刷

定　　價　新臺幣420元

經典永恆．名著常在

五十週年的獻禮——經典名著文庫

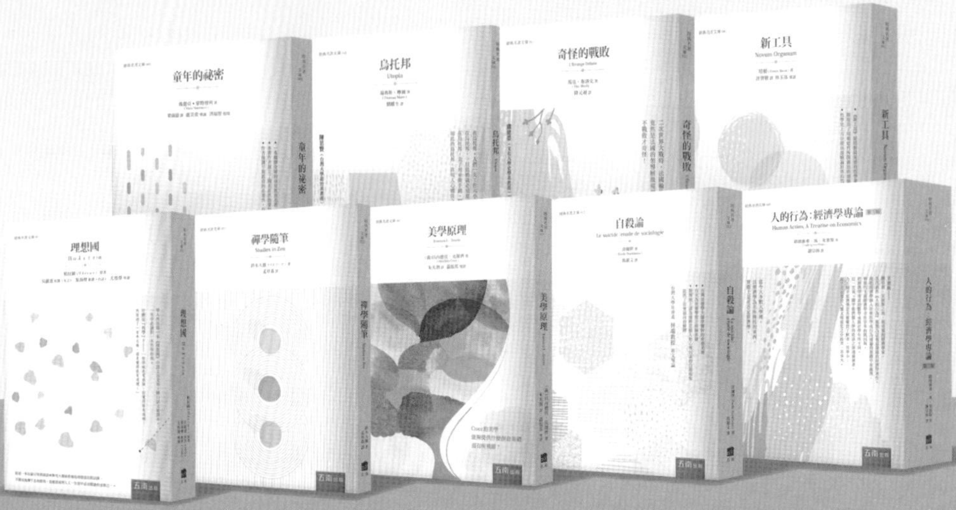

五南，五十年了，半個世紀，人生旅程的一大半，走過來了。
思索著，邁向百年的未來歷程，能為知識界、文化學術界作些什麼？
在速食文化的生態下，有什麼值得讓人雋永品味的？

歷代經典．當今名著，經過時間的洗禮，千錘百鍊，流傳至今，光芒耀人；
不僅使我們能領悟前人的智慧，同時也增深加廣我們思考的深度與視野。
我們決心投入巨資，有計畫的系統梳選，成立「經典名著文庫」，
希望收入古今中外思想性的、充滿睿智與獨見的經典、名著。
這是一項理想性的、永續性的巨大出版工程。
不在意讀者的眾寡，只考慮它的學術價值，力求完整展現先哲思想的軌跡；
為知識界開啟一片智慧之窗，營造一座百花綻放的世界文明公園，
任君遨遊、取菁吸蜜、嘉惠學子！